江苏省高校优势学科建设工程资助项目
日本创价大学中日友好学术研究资助计划项目

谭桂林 著

唤醒人们的诗心

池田大作文学创作初论

南京大学出版社

创价大学田代理事长转来池田大作所赠汉诗（2016.12）

目录

绪　言　池田大作文学创作研究的意义与展望…………… 1
　第一节　文学家的气质和敏感力………………………… 2
　第二节　本土文学和佛经文学的培育…………………… 8
　第三节　世界文学知识的深厚广博……………………… 15
　第四节　丰富的主题与多样的体式……………………… 27

第一章　池田大作的"新文艺复兴"思想………………… 33
　第一节　用艺术弥合人类生命的分裂…………………… 35
　第二节　"用诗心复兴人的精神"………………………… 44
　第三节　"写真实"………………………………………… 55
　第四节　"逼近民众的原像"……………………………… 66
　第五节　重建文学的"叙事力量"………………………… 76

第二章　池田大作文学中的生命主题…………………… 89
　第一节　"漠视死，就不能获得充实的生"……………… 90
　第二节　"共生的道德气质"……………………………… 102
　第三节　"总是奋力要找到新的出路"…………………… 111

第三章　池田大作文学中的自然主题…………………… 123
　第一节　宗教与文学融合的自然观……………………… 125
　第二节　写景纪行散文中的自然精神…………………… 133

第三节　诠释自然与感受色彩……………………………148
第四章　池田大作文学中的世界意识……………………………155
　　　第一节　生命共同体与人类共感性……………………………157
　　　第二节　新的"文化"与"人"的出生………………………167
　　　第三节　行走在"世界大道"上的智者歌吟…………………176
第五章　池田大作文学中的童年母题……………………………183
　　　第一节　固守在灵魂深处的童年情结…………………………186
　　　第二节　游戏的快乐与童话的魅力……………………………193
　　　第三节　做"真的孩子之发现者"……………………………200
第六章　池田大作文学中的外交主题……………………………209
　　　第一节　民间外交家的理念与形象……………………………211
　　　第二节　"人的价值优先"的思想原则………………………219
　　　第三节　文学成为民间外交的最好媒介………………………225
　　　第四节　闪耀在外交事务中的个人魅力的光辉………………232
第七章　池田大作文学中的母性书写……………………………239
　　　第一节　母亲是"可以回归的大地"…………………………241
　　　第二节　所有母亲的面容都展现了"历史的美"……………250
　　　第三节　舞向新世纪的"创价之母"…………………………257
第八章　池田大作的文学批评……………………………………267
　　　第一节　文如其人与知人论世…………………………………268
　　　第二节　国际视野与比较眼光…………………………………277
　　　第三节　感同身受与以心印心…………………………………285
后　记　又是秋深时节……………………………………………293

绪言

池田大作文学创作研究的意义与展望

2012年5月中旬,日本创价大学在东京召开"日中国交正常化40周年纪念暨池田大作研究座谈会"。这次会议的学术主题是池田大作思想研究的回顾与展望,参会的中国专家人数不多,但在中国学界的池田大作研究方面具有一定的代表性,会上大家就各自的研究领域,对池田大作思想研究如何拓展与深化的问题做了深入的探讨。我应邀参加了这次会议,做了题为"池田大作文学研究的回顾与展望"的学术报告,重点汇报自己关于池田大作文学思想的研究成果,并且就池田大作的文艺思想和文学创作研究可能的发展趋势做了预测。就是在这个发言中,我指出池田大作的研究者们应该充分认识到,池田大作不仅是一位享有盛名的宗教家、教育家、社会活动家,而且是一位颇有成就的文学家。关于这一点,有一则逸事是值得记下的。在这一次访问日本的过程中,我曾将拙著《池田大作与世界文学》托创价大学的教授转赠给池田大作。据说先生看到此书后,十分高兴地说,别人说我是这个家,那个家,我倒是希望自己做一个文学家。此言或许是随缘而发,但也可看出先生对文学的由衷喜爱以及他对自己文学活动的自信。我本人对池田大作的研究,虽非专业,而且断断续续,但十余年来的深切关注和浸润其中,使我坚定地相信,池田大作丰富的文学创作和他的文学思想一样,影响不仅及于日本,及于中国,而且走向了更为广泛的世界,确实值得学术界深入研究。

第一节　　文学家的气质和敏感力

说池田大作是一个有成就、有影响的文学家,这并非溢美之词,也不是一时兴起的随意比附,而是有着多方面的根据,当然也是经过比较深入的研究才敢得出的结论。从文学界的评价来看,日本现代著名作家井上靖在读了池田大作的诗作《宇宙》和《母亲》之后,就非常感动地赞扬道:"这不是一般的诗人所能写出的诗。"井上靖对池田大作获得的"桂冠诗人"称号也给予了很高的评价,认为池田大作具有一颗诗魂,他能"把广阔的天空和人间的生活深刻的意义,在一瞬间包容进自己的心中"[①]。他称赞池田大作是一位自由的思想家,"以人与人之间心灵的接触为基础,从这种接触所产生的结果中看到重大的意义和价值,并欲

[①] 参见池田大作、木口胜义、志村荣一:《佛法与宇宙》,经济日报出版社,1997年,第54页。

使之与动荡中的世界结合在一起"①。中国著名的日本文学翻译家文洁若也曾撰文赞扬池田大作写周樱的诗,她还说:"日本的井上靖、川端康成、松本清张、三岛由纪夫等人的作品,我都翻译过。我喜欢可读性强,文学性强,有意思的故事。我喜欢松本清张、池田大作的作品,不喜欢石原慎太郎的'阿飞文学'。"②除了业内人士的赞扬外,不少政治家、科学家和著名文化人士也谈论过阅读池田大作文学作品的感受。戈尔巴乔夫在同池田大作的对话中,曾深情地说他和妻子反复诵读过池田大作送给他的诗歌《高尚的灵魂的赞诗》,感受到了池田大作的诗心"真是美丽多彩"③。日本天体物理学家木口胜义赞扬池田大作的诗歌《宇宙》:"用极其准确、美丽的语言表达了充满于这太虚的天空中的法则。使人感到惊异,我作为一个选择宇宙作为毕生研究课题的科学家,也深深受到教育。"志村荣一也说自己反复读过《宇宙》,深受感动,"觉得这是光辉的诗魂从探究佛法、贯彻实践的立场所迸发出来的直观的信念"④。

从文学的属性与本质来看,文学本来就有广狭两义。广义的文学概念具有相当大的包容性,凡是用文字来宣讲道理、记叙事件的作品都可以称之为文学,所以中国春秋战国时代的《尚

---

① 井上靖、池田大作:《四季雁书》,吉林人民出版社,2005年,第10页。
② 参见陆云红访谈录《和萧乾一起翻译〈尤利西斯〉的时光最快乐》,《深圳特区报》2013年3月20日。
③ 戈尔巴乔夫、池田大作:《20世纪的精神教训》,社会科学文献出版社,2005年,第31页。
④ 池田大作、木口胜义、志村荣一:《佛法与宇宙》,经济日报出版社,1997年,第75页。

书》《国语》和诸子百家都被称之为文学。直到魏晋时期,人的意识的觉醒带来了文学的自觉,才把以形象思维来言志抒情的作品从大文学概念中划分出来,形成了文章学与文学的区分。但在学术史上,将大文学概念坚守下来的学者也不乏其人。20世纪初,国学大师章太炎始终以文学概念来统领各种文章文类就是一个典型的例子。而且在学术的框架内,直到如今,中国古代文学史仍然将《尚书》《国语》、诸子百家作品还有汉代的《史记》等,都当作中国文学的源头。这也说明在文化起源上,文学就是一个融汇了文章、历史与哲学的大概念。所以,池田大作许多谈佛学、谈人生、谈教育、谈人类和平与智慧的散文小品,由于他的运思之精妙,用墨之多彩,意境之高远,气势之磅礴,称之为优秀的文学作品也未尝不可。当然,我所谓要把池田大作当作一位颇有成就的文学家来研究,其意义还不仅仅是指这种大文学概念下所包含的作品,而且也是从以情思文采为根底的纯文学意义上来思考的。

这里还想说说我在阅读池田大作作品时一种特别的感觉。我觉得池田大作是一位文艺气质特别深厚的人,这种气质突出表现在两个方面。一是特别喜欢和懂得叙事的力量,他是一个佛学家,也是一个政论家,无论在佛学上,还是在环保、和平、教育等议题上,他都有着深厚的理论修养。但他不论作文、写信,还是在日常生活中,都不怎么泛泛而谈那些高深的道理,枯燥的教条,而是喜欢讲述一些亲身经历或者有所耳闻的故事。譬如,池田大作可谓创价理论广宣流布的贡献最大者,但他很少在自己的作品里长篇大论地阐释创价理论的观点,他最喜欢做的是娓娓讲述两位前任会长的日常生活故事。他曾说创价理论的创始人牧口常三郎是教育家的一生,哲学家的一生,在牧口常三郎那追求生的学问的形象中,蕴含着一种秋霜般的严肃。但他又说,尽管牧口常三郎像秋霜一般严于律己,但他对弱者又始终是温和的,并且怀着无限的慈爱。他接着讲了两个故事:一天,牧口先生去一位熟人家,因与熟人谈得投机,不知不觉到了晚饭时间。主人给客厅中的牧口先生端来家常的咖喱饭。牧口先生端着这咖喱饭,走到隔壁房间中一边吵闹、一边吃着同样的咖喱饭的小孩子中间,笑嘻嘻地同他们一起吃饭。一个冬天的晚上,一位妇女背着年幼的孩子,去牧口先生家请教。正要回去的时候,不巧下起雨来。牧口先生放心不下,一直送到外面,又担心在撑伞的母亲背上睡着了的幼子被雨淋而着凉,于是仔细地用报纸在孩子身上裹了好几层。池田大作曾一再宣示,创价理论是爱民众的理论,是为弱者的学说。这些关于创始人的小故事,生动地体现出了牧口先生那颗对弱者、对儿童的温暖的心,比起苍白地宣讲理论教条,无疑更具有感染力和说服力。

池田大作曾在创价学会第二任会长户田城圣身边随侍多年,对恩师的生活故事更是如数家珍。许多故事自己亲身参与,讲述起来不仅生动有趣,而且情深意切。譬如,1950年代初期,巷间闾里传唱着一首反映战争刚结束时日本社会灰暗状况的流行歌曲:"像流星一样飘忽不定……这样的女子谁人要……"那时候户田城圣和池田大作师徒正在为穷途末路的事业重辟新路而奔走。有一天,师徒两人带着一条以不完备而告终的对策,结束一天的劳累走在回家路上,池田大作突然套用那首歌唱道:

"这样的男子谁人要……"户田先生马上回过头来莞尔一笑说:"我要!"又如一次正月聚会,创价学会的骨干们和恩师一起展望新年的工作。池田大作在聚会上唱起了他特别喜爱的长诗《星落秋风五丈原》,户田先生听了后,对池田大作说:"再唱一遍!再唱啊再唱!"在聚会上,户田先生好几次这样要求,而且一边听歌一边挥泪不止。这首歌是日本诗人土井晚翠根据《三国演义》诸葛亮的故事改写的,"出师未捷身先死,长使英雄泪满襟",户田城圣要求弟子一遍又一遍地唱这首歌,表现出的正是对忠心耿耿的孔明与自己心曲相通的无限感慨。池田大作曾说:"户田先生是个自由豪放的人。他有时穿着过膝衬裤出现在人前。他好酒,越饮越爱开玩笑,逗得周围人忍俊不禁。似乎也有的人正是看到他的这种样子,才对户田城圣这个人物有所理解的。"池田大作也是这样,他认为自己与恩师的关系是先亲人后求法。他说:"我要重复的是:我认识了户田城圣,并从他那儿学到了佛法。对我来说,信仰决不是处于先决地位的。我是知户田后而知佛法,而不是知佛法后而知户田先生的。"[1]正是因为从户田城圣的人格魅力感染中而学习佛法,所以,池田大作在同朋友或学生讲述他信奉的道理时,也就很自然地特别喜欢讲述那些能够显示恩师人格魅力的故事。

第二个方面表现在池田大作对于身边的物事有着特别细致的敏感和特别浓厚的兴致。临风落泪,见月伤心,这本来就是对文学家人格的一种描述。中国现代作家丰子恺也曾说过,他从

---

[1] 井上靖、池田大作:《四季雁书》,吉林人民出版社,2005年,第40页。

幼时开始，就经常有一种疑惑与悲哀不绝地袭击他的心。自己手中的不倒翁玩具掉到河水里，他会怔怔地怅望这茫茫白水，疑惑这不倒翁的下落与结果究竟如何；从口袋里摸出一块铜板，他也会心有所动，思索起这块铜板可有离奇的故事和丰富的历史；一颗饭粒从碗中翻落到他的衣襟上，也会惹起他一大篇的疑惑与悲哀来，不知道哪一天哪一个农夫在哪一处农田里种下一批稻，中间有一株稻穗上结着煮成这颗饭粒的谷子。丰子恺说，这些物事大众是不会关注的，"看他们似乎全然不想起这类的事，饭吃在肚里，钱进入袋里，就天下太平，梦也不做一个"。但他不能不想，这些疑惑不能解除，他始终不能心安。"我的年纪越大，知识越富，它的袭击的力也越大。大众的榜样的压迫越严，它的反动也越强。"①丰子恺的这种说法，其实就是将文学家和一般大众在人格气质上做了区分。这种区分或许有点极端，但确实的是，那些有成就的文学家，之所以会有成就，甚至之所以会从事文学创作，就在于他们对于身边的物事，有一种不同寻常的敏感力。《四季雁书》中，池田大作在写给井上靖的信中说："从冲绳回来后就一直是低温天气，但今天在庭园散步时，发现一株红梅和一株白梅的枝头上都有了米粒大的嫩芽，赤城杜鹃的枝梢也冒出了比红梅和白梅大得多的新芽。植物都开始为迎接即将到来的新春而做准备了。"看到这样的描写，我常常莫名感动。一个社会活动家，一个有着上千万会员的社会团体的领袖，整日

---

① 丰子恺：《大账簿》，《缘缘堂》，陕西师范大学出版社，2009年，第294页。

为学会的发展而奋斗,为创价学说的广宣流布而思虑,能有这样一份细腻的心情,关心到枝梢上的嫩芽,为春天气息的透露而欣喜,这不就是文学家的气质和敏感力吗?我在本著中所论到的池田大作的自然主题以及池田大作对摄影艺术的爱好,都可以看到这种文学家气质和敏感力的表现。

第二节　　本土文学和佛经文学的培育

作为一个有成就的文学家,池田大作的文学气质和敏感力是天生的,但仅有这种天生的气质和敏感力是不够的,在某种意义上说,后天的文学修养对于他的成就实现而言,更为重要。只要接触过池田大作作品的读者,都会认同这一点,即池田大作是一位有着深厚文学修养的作者。池田大作出生在一个劳苦家庭,从小在和生活劳苦及体弱多病做斗争。但正如池田大作在自传散文《我是怎样度过年轻时代的》中所说:"我在内心里坚定地起誓,唯有读书决不能疏忽,要一辈子不停地前进。""我的青年时代一有闲暇就努力读书。战后初期,书籍是十分贫乏的,有时到岩波书店去,要排着长队,好不容易才买到一本自己所要求的书。"池田大作的阅读面是十分广泛的,他曾说:"我从19岁到30岁的11年间,在先生(户田城圣——引者注)的下面受到了熏陶。不用说佛法,就是人文、社会和自然的各门科学,以及礼节和组织管理的问题,乃至对世界形势的分析和判断,凡是我所学到的东西,可以说全部是先生教给我的。"这里虽然没有列出书目,但从池田大作所列出的知识分类,就可以看出其阅读内容之广。在和季羡林的对话中,池田大作也说:"青春时代我也是个书迷。当时如饥似渴地读过《三国演义》、《唐宋八大家文钞》以及托尔斯泰的《战争与和平》、卢梭的《爱弥儿》、雨果的《悲惨世界》和《歌德诗集》等文学、哲学书籍,还有诗集。尤其是诗,遇到我喜欢的就把它背下来,一边走路一边低声吟诵。现在回忆起来真令人怀念。"①可见,文学乃池田大作最大的爱好,因为文学阅读,不仅是知识的积累,不仅是学问的增长,而且始终伴随着一种情感的参与。池田大作曾回忆过自己少年时代阅读吉川英治《三国志》时的意气飞扬,他也曾多次谈到自己阅读某首和歌、俳句时的情绪宛转,这种带有感情参与的阅读,对阅读者人格建构的影响是不可低估的。他后来在许多对话中,会突然地联想起某句和歌,会随机地引用某个诗人的佳句,这些都和他早期的文学阅读以及良好的记忆能力有关。

就其根基而言,池田大作的文学修养首先是来自本土文学和佛经的培育。佛经固然浩如烟海,汉译佛经仅经、律、论三藏就多达1400余部,5500余卷。但最原初的佛经本来就是佛祖讲道时所用的文字因缘,里面有许多优美的故事和精妙的比喻,充满着文学的意味。创价学会特别推崇的《法华经》,更是一部具有高度文学性的经典。无论就其辞藻的华丽还是就其场面描写的宏大、意境构设的精深而言,即使说它就是一部优美的文学作品也绝不为过。对《法华经》的文学性,池田大作也曾赞许过,

---

① 池田大作、季羡林、蒋忠新:《畅谈东方智慧》,四川人民出版社,2004年,第11页。

他在法兰西学士院的演讲中说:"《法华经》的确充满戏剧的、文学的、绘画的、雕刻的意象,《法华经》的说法中心部分叫作'虚空会',那是在空中举行的仪式。在仪式之中,以金、银、琉璃、珍珠等七宝装饰的巨大宝塔升上天空,那个耸立在大宇宙的'宝塔',其实象征生命的壮大和庄严。""姑且不论佛法上的意义,那些菩萨从大地涌现的情貌,被赋予强劲有力、生气洋溢的艺术形象,'起舞'、'踊跃'、'踊而始出'——我深受这些带有象征意义的表达方式所感动。通过巧妙的象征手法,澎湃搏动的创造性生命的活力在此表现出来。"所以,池田大作感动地说:"《法华经》本身是一出生命动态的戏剧。"①

佛教文化对中日文学都有深刻而广泛的影响。唐以前,中国文学的发展曾有两个纪念碑式的事件,一个是庄子、列子的横空出世,另一个就是佛经东来的潜移默化,尤其是后者,带给中国文学无数美丽的因子,催生出了中国文学无数美丽的文章。唐以后,这种佛经与文学的合流现象也传到了日本,影响日本文学至为深远,日本的大文学家在人格精神与文采意境上几乎无不受到佛经文学的浸润,这已经是日本文学史上公认的事实。与池田大作有过长期交往的井上靖也折服于《法华经》的文学力量,他的长篇小说《敦煌》,以中国的佛教文化为背景,塑造了一个由儒入佛的中国传统知识分子赵行德的形象。赵行德科举失利,流落西域,经过种种磨难,后来转变成为佛教信徒,并在战乱

---

① 池田大作:《东西方艺术与人性》,《池田大作集》,上海远东出版社,1997年,第249、250页。

时刻将大量的佛经藏入敦煌石窟,从而为佛教史料文献的保存建树了卓越的功绩。赵行德的由儒入佛就是从偶然接触《法华经》开始的。在肃州城里,一堆人围着听一个汉僧讲《法华经》,赵行德也挤进去听了,那汉僧讲着讲着就唱了起来:"楼上撞钟建道场,日夜不停焚名香。天空日日瑞云绕,下界时时现祯祥。天龙频频垂护佑,圣贤屡屡施赞扬。诸神降临勉励多,莲台白毫生灵光。感谢佛光永普照,利欲之心不可长。何日但能闻妙法,立时便脱轮回场。"赵行德平时对这种通俗讲法是不屑一顾的,但他近来身经种种劫难,战乱频仍,人命如蚁,使他痛感人生无常。所以,这次听到《法华经》里的说经言辞,深受感动,立即就找了全七卷的《法华经》来阅读,看完《法华经》后,再找《金刚经》来研读,就这样一步一步地走入了博大精深的佛教文化,沉迷浸润,乐而忘返。这个人物当然是虚构的,但唯其虚构,才更能体现这个人物的塑造,其实是爱好中华文化的井上靖的夫子自道,寓含着井上靖自己的人生体验。至少赵行德对《法华经》的爱好,显现的就是作者井上靖对《法华经》的态度。作为文学家的井上靖尚且如此,作为宗教家兼文学家的池田大作本来就熟谙《法华经》等佛经典籍,他对《法华经》等佛经的文学性感受更深,就是很自然的事了。池田大作随时随地随缘地运用这些佛经典籍来广宣流布创价理念,日积月累,融会贯通,举一反三,立竿见影,佛经的思想、意境、文采无疑都渗织到了肉体血液之中,其修养自是难以一般性地用深刻、广博来形容。

　　对本土文学的接受,这是一个文学家成长的必由之径,古往今来,概莫能外。不过,各人接受教育的途径不同,接触本土文学的方式有别,再加上文学兴趣与爱好各异,对本土文学的接受无疑会有各自的选择与取向。池田大作不是科班教育出身,没有受过规范的学科训练,他各方面的教育包括文学教育,几乎都是私淑户田城圣,所以就文学阅读而言,他的特殊性与选择性更其分明。从池田大作的各种回忆来看,他对日本文学的爱好和接受大致可以归纳为三个方面。

一是古典文学。池田大作比较喜欢古代的和歌和俳句,他曾盛赞《万叶集》:"万叶集可说是古代人歌颂对人生或自然之感情起伏之诗篇。虽然是没有后来之古今集、新古今集等之文笔上之技巧,但是它那不加修饰之处,正是表达出人之赤裸裸的感情。万叶集里的人们的纯朴感情的余韵,我认为是超越时代的层次而达到现在。"[①]深受古代和歌与俳句文化的浸润,池田大作经常在自己的作品中,或者在和他人的对话中,信手引用和歌与俳句中的精美佳句。他后来特别喜欢摄影艺术,出版过《光之调》《宇宙之曲》等写真集,而且亲自在自己的摄影作品上配上短诗,这些短诗颇具和歌与俳句的神采与风韵,形式短小,意义隽永,与光影艺术交相辉映。深谙日本文化的周作人曾在《日本之俳句》一文中引英人赫伦的话来谈俳句的妙处,他说:"英人赫伦,后归化日本,从妻姓曰小泉八云,著《日本杂记》,其'小诗'一章有云:'日本诗歌之原则,与绘画相合。歌人用数单字以成诗,正犹画师之写意,淡淡数笔,令见者自然领会其所欲言之情景,

---

① 池田大作:《我的提言·人的美》,香港佛教日莲正宗,1980年,第32页。

其力全在于暗示,倘白描着色,或繁辞缛彩,反失之矣。盖其艺术之目的,但在激起人之神思,而非以厌饫之也。故读佳妙之短诗,如闻晨钟一击,幽玄之余韵,缕缕永续,如绕梁而不去。'"①周作人赞叹"其言颇透辟",这种诗画相合的观点,用来分析池田大作的写真摄影与配画短诗之间的妙处,无疑也是很贴切的。

二是民间文学。池田大作喜欢古代和歌和俳句,除了其中饱含对自然与人生的领悟外,也是因为古代和歌往往是来自民间的歌唱。芳贺矢一在《国民性十论》中指出:"在全世界上,同日本这样,国民全体都有诗人气的国,恐怕没有了。无论什么人都有歌心(Utagokoro),现在日本作歌的人,不知道有多少。每年宫内省(内务府)进呈应募的歌总有几万首。不作歌的,也作俳句。无论怎样偏僻乡村里,也有俳句的宗匠。菜店鱼店不必说了,便是开当铺的,放债的人也来出手。到处神社里的匾额上,都列着小诗人的名字。因为短诗易作,所以就是作得不好,大家也不妨试作几首,在看花游山的时候,可以助兴。"②对于和歌与俳句的大众性和民间性,池田大作也有深刻的认识,他曾经说:"我特别喜欢戍人歌和东歌。因为那很多是无名的平民的歌。在这些诗歌深处的人性的升华,不能不使人深受感动。那些歌颂人、歌颂大自然、与生活融合在一起的抒情,是那样坦率、诚挚,跳动着生命的脉搏。"③至于日本小说,明治以来,私小说

---

① 周作人:《日本之俳句》,《若社丛刊》1916年6月第3期。
② 转引自周作人:《日本的诗歌》,《小说月报》1921年第12卷5号。
③ 池田大作:《万叶精神》,《池田大作选集》,北京大学出版社,1988年,第239页。

非常发达,几成日本文坛主流。但池田大作似乎并没有太多涉猎,他更为喜欢的是吉川英治这样的通俗小说家。池田大作曾经出版过关于吉川英治的对话集《吉川英治:人和世界》,也曾写过一首缅怀吉川英治的诗歌《如同富士山一样》。之所以对吉川英治充满敬意,就是因为吉川英治是他心目中的"为民众的作家",他欣赏吉川英治为民众而不是为自己的写作,不仅写民众喜闻乐见的题材,而且运用民众喜闻乐见的艺术形式。

三是现实主义文学。在同汤因比对话时,池田大作曾说过:"文学是时代的精神,也是反映社会的镜子。因此,在当前这种价值多样化的时代,有各种方向的分歧恐怕也是自然的。色情文学和描写性关系的东西也成为文学题材,从这种意义上来说,也是反映了现代人的意识的变化吧。但我并不认为这种倾向可以持久,因为这种欲望的满足只不过是敷衍一时而已,用不了多久大众就会不屑一顾了。"[1]池田大作虽然奉守文学的自由精神和多元价值共存的包容主义,对各种价值分歧的文学并未给予褒贬,但他自己对现实主义文学的爱好还是旗帜鲜明的。这一点从他与井上靖的亲切关系就足以证明。从《四季雁书》中可以看到,池田大作喜欢阅读井上靖的作品,有的作品看了报纸上的分期连载,后来结集出版了,池田大作还要买来再看上一遍。井上靖是战后日本文坛上的现实主义巨擘,他大学毕业后曾在大阪做过很长时间的新闻记者,对日本战后社会的现实状况有深

---

[1] 池田大作、汤因比:《展望二十一世纪》,国际文化出版公司,1999年,第70页。

入了解。后来转向文学写作,他在诗意的激奋昂扬中依然保持了新闻记者的那份敏感与对真实原则的信守。他忠于社会的真实,也忠于自己的真实,力图在这两种真实的融合中,展示出战后日本社会的现实状况和人们的心理历程。池田大作选择与井上靖通信,畅谈文学与人生,应该说就是因为两人在文学倾向上心气相通。

第三节　　世界文学知识的深厚广博

不过,谈到池田大作的文学修养,令人惊叹的还是他在世界文学知识上的广博与修养上的深厚。日本是一个岛国,四面环水,交通不利,其文化的发展有较大的封闭性。尤其是 1636 年,江户幕府为了彻底禁止基督教传入日本,并割断西南诸藩同外国的贸易,颁布了一系列锁国令,开始了日本历史上长达二百多年的锁国时代,这个民族的岛国意识也越加浓厚与鲜明。明治维新后,日本开始向欧洲学习,脱亚入欧曾是那个时代思想家提出的一个口号,而反思与批判日本民族的岛国意识,也成为当时思想界和文化界热烈讨论的话题。池田大作担任创价学会第三任会长以后,立誓要实现恩师将创价理念广宣流布的遗愿,他接任会长后,放手做的第一件大事就是将创价学会的活动由日本本土推向世界,成立了国际创价学会。因此,池田大作一直作文写诗教导年轻人,鼓励年轻人破除日本人常有的岛国意识,放开眼界,敞开胸怀,做一个世界公民,一个地球人。在这方面,池田大作身体力行,为年轻人树立了典范,而他的世界文学修养就是他的世界意识活水奔流的源泉,而且也为他倡导"世界公民"、"地球人"做了一个极好的例证。

池田大作对中国文学的爱好,可谓贯通古今。在古代方面,他不仅对《论语》中的佳句懿言如数家珍,而且对《论语》处理天人关系与人人关系上表述出的共生哲学,关于人的修身方面表现出的伦理改革意向,教师在教学中对自己的弟子应有清晰的了解,学生为了使老师永垂不朽而进行捍卫师道的斗争,其中包蕴的师生之心意,都有着深刻的了解和深深的敬仰。池田大作甚至还从文化比较的角度,指出儒和佛都具有人本主义的精神特质。对于中国四大古典小说中的《水浒传》和《三国演义》,池田大作在青年时代就爱不释手,做过仔细的阅读,而且生成了一些具有独特角度和观点的意见。譬如他认为《水浒传》的主题是对于民众愿望的真挚反映,对后世的影响显示出一本好的小说必须有一代又一代群众的支持。而作为一个宗教领袖和社会活动家,池田大作更为注意《三国演义》中表现出的政治智慧,对于《三国演义》的道德意义尤其是对于"义"的本质,池田大作也有很精彩的评论。他对于"义"的理解往往是将其同秩序感觉联系在一起的,体现出英国著名历史学家汤因比的影响,也说明了《水浒传》、《三国演义》这些古典小说里所弘扬的精神与日本文化、日本人性格之间的相似性。

甲午海战以来,百余年间中日之间在民族政治、文化交流方面一直处于一种特殊的关系,战争的阴影,和平的呼声,交错互动,总是缠绕在两个民族的各种交往之中。池田大作继承了创价学会创会会长牧口常三郎的反战精神,一贯主张中日友好,而且勇敢地付诸行动,是促进"二战"后中日邦交正常化的主要民间政治力量。所以,池田大作对中国现代文学的爱好和兴趣,包含着一种独特的情感联系,一种心心相印、高山流水似的知音之感。譬如,在中国现代作家中,池田大作最为崇敬鲁迅,他曾在创价大学的讲堂里为创大学子做过一堂文化讲座,题目就是《谈革命作家鲁迅》。他还高度赞扬鲁迅作为"革命"作家的贡献。但这一称谓同中国学界的"革命"意味不同,其主要思路是高度评价鲁迅的文学生涯在人性改革方面所具有的独特贡献。而人性改革不仅是创价学会的重大理念,而且是池田大作终身为之奋斗的目标。鲁迅与日本的关系是十分深厚的,正是在日本,鲁迅完成了他一生的最为重大的选择:弃医从文,开始了他用文艺启蒙民众的新文化推动工作。鲁迅对厨川白村的爱好,对藤野先生的纪念,与内山完造的至交,是终生不变的。甚至到了晚年,当中日两国的关系到了硝烟烽起、剑拔弩张的时候,鲁迅也不惧被人骂作汉奸的风险,依旧用日本文化的尺子来衡量和评价中国的事情。这些都说明鲁迅受到了日本文化的深刻影响。池田大作对鲁迅的崇敬与爱好,当然不止于鲁迅与日本文化的亲睦关系这一点上,他看到的或者说他更为注重的是鲁迅精神对日本当下文化重建与发展的借鉴意义。一般说来,过去的鲁迅研究界,无论是中国学者还是日本学者,更多的是关注鲁迅在日本留学的生活与学习,关注日本文化与文学对鲁迅的影响,而池田大作从日本岛国国民性改造的角度,从日本如何应对现代化的思想高度来看待鲁迅对当下日本文化建设的借鉴意义,这种文化反哺的眼光无疑是很了不起的。

池田大作读过许多鲁迅的作品,在他的藏书中,有各种鲁迅选集的日译本,上面留下了很多池田大作阅读思考的痕迹。他对鲁迅文学创作的特点做过深入的思索,而且运用他作为社会活动家敏锐而开阔的眼光和超卓的提纲挈领的能力,提炼出了四个关键词来概括鲁迅精神与鲁迅文学的特色。这四个关键词,一是"凝视内心深处的文学",二是"人性革命的文学",三是"逼近民众的原像",四是"世界性"。早就有学者指出,鲁迅的小说创作不怎么细致地写人物的外貌衣着,也不太注重写屋内的摆设、周围的景致等环境因素,他的小说笔触最集中透视的是人物的心理,视线聚焦,而且久久不易,这就是"凝视"之意。鲁迅在谈到自己为什么作起小说来时,也曾十分明确地表示,就是为了改造国民性,就是因为相信文艺是能够点亮国民精神之火的明灯。这种"改造国民性"思想,在池田大作那里,被置换成了"人性革命"的理念。鲁迅曾经说过,他从俄罗斯文学中看到了上层社会的堕落和下层民众的悲哀,而且明白了肉食者是无可救药的,他把改造社会、改造国民性的希望都寄托在下层民众的人性改造上,所以鲁迅对民众"哀其不幸,怒其不争",他的文学原点就是民众,终点还是民众。至于"世界性",这恰恰是鲁迅看待民族事件、讲述中国故事的一个基本的标尺,也是鲁迅改造国民性思想所要达到的目标。可见,池田大作的这四个关键词层层递进,互相联系,不仅对鲁迅文学创作的特点做出了精彩、深刻而形象的概括,准确地阐释了鲁迅为什么在 21 世纪还是有着不朽影响,而且精辟地指出了鲁迅精神能够从哪些方面对日本当下文化的重建提供有益的启示。

确实,"二战"结束以后,日本百废待兴,不仅物质生产的重建对人民的生活构成了巨大的生存压力,而且在精神文明的重建以及国家文化向何处发展的种种问题上,思想文化界也意见纷纭。六七十年代日本的汉学界曾升起的"鲁迅热",无疑与日本学者在文化重建中寻找启示与思想资源的焦急心态有关。如著名鲁迅研究专家和教育家伊藤虎丸就写过系列论文,重点探讨鲁迅早年在东京所写的四篇文言论文的思想,指出鲁迅当时的文化发展观是以固有文化之血脉,既接受欧洲又抵抗欧洲,而日本自明治维新以来提出"脱亚入欧"的观念,文化发展完全转向,结果就演变成了后来的军国主义和物质主义。① 伊藤虎丸认为鲁迅这种接受与抵抗并存的整体性思维方式值得日本文化发展予以借鉴。可见,肯定鲁迅精神对日本文化发展的反哺性,这在当时具有批判性的日本知识分子中,是有一定共识的。不过,正如译者李冬木所言,伊藤虎丸的鲁迅研究主要在揭示鲁迅不仅是什么,而且为什么"是"和怎样"是",其初心和旨归最终不过是一种学术性的探讨。在日本学术界,鲁迅研究一直是日本现代汉学中成就最高、影响最大的领域,影响的范围不仅在日本,而且深入中国学界。在中国现代文学研究中,有所谓"竹内鲁迅"、"伊藤鲁迅"、"丸尾鲁迅"、"藤井鲁迅"之说,这些概念标志着这些研究者的鲁迅研究成果独具特色,而且呈现出代际继

---

① 参阅伊藤虎丸的著作《鲁迅与终末论》(三联书店,2008年),以及本人的论文《伊藤虎丸的鲁迅论及其对当下鲁迅研究的启示意义》,载《首都师范大学学报》2014年第5期。

承与超越。现在也有学者提出"池田鲁迅"的概念,这概念是否成立呢?我觉得是可以成立的,但还需做进一步的思考,也就是说,确立"池田鲁迅"的概念,不仅要真正分辨出池田大作理解鲁迅的独到之处,而且要在理论上建构起属于池田大作自己的体系。同时,也要看到池田大作研究鲁迅的出发点与许多鲁迅研究专家的不同之处。

池田大作本来就无意于学术,也不止于学术,他对鲁迅的文学创作做出如此深入的探讨和精辟的分析,就在于他的鲁迅研究其实是夫子自道,是借鲁迅来谈自己,借鲁迅精神来谈创价理念,谈日本国民性的重建,这才是"池田鲁迅"真正的精髓所在。2016年12月我在创价大学研修的时候,应文学部教授高桥强先生之邀给学生们做了一场"鲁迅文学与人性教育"专题讲座。在这场讲座中,我把"鲁迅文学与人性教育"视为"池田鲁迅"的核心思想,也就是说池田大作对鲁迅的赞赏与评价,对鲁迅文学不朽精神力量的分析,都是围绕池田大作自己的"人性教育"观念来进行的。在池田大作看来,鲁迅揭示下层民众的精神疾苦,揭示国民性的弱点,目的就在于"人性革命"。在给创价大学毕业生所做的文化讲座《谈革命作家鲁迅》中,池田大作就曾明确指出:"鲁迅先生用阿Q这一形象表达的思想超越国境,启示全世界民众。要改变社会,首先改变自己!自己坚强起来!聪明起来!"正是因为有这样一种观念,所以当学术界的研究者大多将研究的视线聚焦在阿Q这一形象所体现的"精神胜利法"的消极意义和负面因素时,作为社会活动家与创价教育推行者的池田大作,他所看到的却是阿Q性格中具有积极性的潜能。新世纪以来,当中国学界有学者开始通过阿Q生命中某些瞬间场景的分析,津津乐道地指出阿Q生命中所具有的积极能量时,其实池田大作早在1980年北京大学的演讲中,就已经明确地表达了他对阿Q生命能量的积极性观感。他说自己读到《阿Q正传》,"脑子里鲜明地浮现出愚钝却像茁壮生长的杂草一般顽强的民众的原像。它使我联想到著名的维克多·雨果。雨果也曾经在巴黎的流氓少年的心灵深处敏锐地发现了'从巴黎的气氛中的某种观念所产生的一种非腐败性'"①。愚钝,却"茁壮"、"顽强",还有"非腐败性",这些都是积极性的生命能量,而有了这些积极性的生命能量,也就有了人性改变的精神基础。这些结论当然与那个时代鲁迅学术界的主流观点并非一致,但确实体现出了一个宗教家与教育家的独具慧眼,也从一个特别的维度显示出了鲁迅文学与社会现实的精神联系。

在日本的教育史上,创价大学是一个十分独特的存在。在日本,绝大多数大学要么以地名、城市名来命名,要么以人物、财团等名称来命名,要么以专业、专科来命名,而像创价大学这样以理念来命名的学校却比较罕见。这种命名方式就已标示出创价大学是依据一定理念而创办的大学,大学创办的目的之一也就是要为这种教育理念的实现提供阵地。承蒙创价大学的盛情和信任,我曾在2005年和2016年两度到该校做访问学者,有幸亲身体验了创价大学的文化氛围,也通过有意识的访问、考察,

---

① 池田大作:《寻求新的民众形象》,《池田大作选集》,北京大学出版社,1988年,第112页。

目睹了牧口常三郎的创价教育理念在创价大学的实践。根据我的粗浅体验,窃以为创价大学的教育实践可以归纳为三个特点:一是通过艺术教育来全面解放人的创造性潜能,二是通过体育教育为人的积极向上提供优质的身体基础,三是通过实践教育为学生走向社会架起沟通的金桥。从平行比较的文化视角看,这三种特点与鲁迅精神是颇为相似的。譬如鲁迅毕其一生都非常喜欢美术,家中有许多关于浮世绘和欧洲木刻版画之类的美术藏书,在教育部上班时他负责的就是民国的美术教育,发表过许多关于美术的精彩评论。鲁迅到日本学医,其目的就是要强健国民体魄,让国人不再被人称为东亚病夫。在20年代关于"青年必读书"问题的争论上,鲁迅明确说过年轻人最要紧的不是言而是行。从这些联系中间不难看出,池田大作在创价大学所实践的人性教育与鲁迅精神有着高度的吻合,绝非偶然。池田大作甚至还对创价大学的学生提出过这样的号召:"大量培养像鲁迅先生那样放眼世界的世界公民是我创价大学的使命。"从这些方面来看,所谓"池田鲁迅"的要义就不是学术的,而是社会的、实践的。它启示我们的研究,不仅要从公共话语空间的层面上来讨论池田大作与鲁迅关系的发生,从家庭出身略同、身体状况相似这些私人话语空间来显示两位文化伟人之间关系的精神特质,而且,应该或者说必须从社会问题的发生与解决的层面上来理解这两位不同时代文化伟人的精神共鸣与心灵遇合为什么能够达到如此深刻的地步。

如果说对鲁迅只是一种心仪,一种精神崇仰,那么池田大作和巴金、金庸的关系则是一种直接的交往和对话了。巴金在20

世纪 30 年代以小说《家》崛起文坛,是现代中国为数不多的一直深受青年读者爱戴的新文学作家之一。他的创作以写真实、控诉和反抗黑暗势力而著称,尤其是其晚年写作的散文集《随想录》,以自己的亲身经历和切身感受讲述"文化大革命"的苦难与罪恶,里面充满着民族和个人觉醒后的忏悔与反思。池田大作与巴金由交往到相知,除了两人都倡导中日和平并且愿意为之付出努力之外,还有许多的精神共通点为人乐道。譬如,两人都对文化专制和文化迫害深有感触,巴金在"文革"时期被打成黑线人物,被扫进牛棚,书也被视为毒草而遭禁;池田大作也为了坚守和推行自己的创价教育理念而备受社会的攻击甚至谩骂,创价学会曾多年被日本宗教界视为异端。两人都对青年充满了爱和期望,巴金说他的写作就是为青年——为青年而流泪,为青年而控诉,池田大作的创价教育理念也是为了促进青年创造自己有价值的人生,创价学会中的骨干力量就是青年。当然,促使两人相知的还有一个更为重要的原因,这就是他们具有共同的文学爱好,共同的文学观念。在文学趣味上他们都崇拜鲁迅,都热爱俄罗斯文学;在文学观念上,他们都主张"写真实",都主张同黑暗势力抗争。所以,池田大作一见到巴金这位世纪老人,立刻就被他的坚毅和真诚所征服,专门撰文回忆他与巴金的相见与相识。

至于金庸,可以说是与池田大作交往时间最久、关系最密切的中国作家。池田大作与金庸曾经有过一场精彩而内容丰富的对话。值得指出的是,近几十年来,池田大作曾经与许多世界政要、文化名人、学术大师及著名文学家进行过对话,对话主题有历史、文化、教育、科学,也有专门晤谈佛学的,但相关文学的专题,则只有与金庸这一场对话。所以,这一场对话对认识和了解池田大作的文学趣味、文学知识和文学思想至为重要。池田大作自己的文学阅读历史与关于文学问题的思考,可以说几乎都囊括在这场对话里了。金庸成名于20世纪六七十年代的香港,但金庸真正成为中国大陆家喻户晓的武侠小说作家则是在改革开放初期的80年代。金庸的小说融汇中国的历史、文化与传说,以传统的侠义为经,以人物的情爱为纬,建构起了一个暴力与温情、信诺与背叛、自由与束缚、正义与阴谋相互交错的文学世界。曲折生动的故事情节,个性鲜明的人物形象,丰富广博的文化知识,幽默典雅的语言表达,张弛有致的叙述节奏,惩恶扬善的人间情怀,种种元素的有机融合一扫过去言情侠义通俗小说留给读者的恶劣印象。20世纪80年代以来,金庸小说在中国开创了一个文学阅读的世纪神话,万人争读,洛阳纸贵。池田大作与金庸的对话之所以得以进行,无疑得益于改革开放以来中日文化交流迅速发展的大背景,同时也得益于两人颇为相似的人生阅历和相近的文化接受。

日本明治维新以来,向欧洲学习成为日本文化界、科技界的思想主潮。欧洲文化的优秀成果被大量介绍到日本,因而在日本近代史上曾经演绎过"欧洲的发现"文化神话,深深地影响了近代日本文化、科学、学术乃至思想发展。池田大作在推动创价理念的过程中提出"世界公民"、"地球人"的观念,无疑是看到了过去日本文明脱亚入欧的狭窄性,超越了近代日本"欧洲的发现"思维模式的局限性,也是对科技发达带来的经济全球化新时代特点的因应。但是,生活在日本传统文化与欧洲文化强势联系的环境里,池田大作对于欧洲文化与文学的了解是特别深入的,对于欧洲文明的现实走向也是特别关注的。这从他第一次尝试就文化发展问题与世界大师对话,就找到了近代欧洲文明历史的批判者、英国著名历史学家汤因比即可见一斑。而池田大作的各种演讲和作品中,欧洲文豪们的著作与名言佳句,可谓顺手拈来,俯拾皆是。比较而言,池田大作对法国文学与俄罗斯文学似乎情有独钟,这也显示出池田大作文学阅读的强烈个人色彩,与池田大作广宣流布创价理念的行为目标息息相关。他爱好法国文学,对法国文学的关注十分广泛。他从雨果那里主要感受到"民众的真正力量"和对人性与灵魂的追求,在柏格森那里主要吸取了两个重要元素:一个是世界的存在本质是"生命冲动",一个是生命的冲动是一种创造性的能量。在大仲马那里,他深深地感受到了其创作中所呈现的"故事的力量",而这种"故事的力量"恰恰是我们这个科技发达的时代里越来越稀薄的东西,后来,池田大作在阐述他的叙事诗学时,就一再讲到大仲马这一重要的精神资源。在法兰西学士院的演讲中,池田大作还把他所崇拜的《法华经》同法国诗歌的象征主义联系起来,他说自己一用到象征这个词,就会想到法国"光辉的文学传统——'象征主义'","每想到这个象征的纯度,我就想起保罗·瓦勒里一段优美的话,在著名的对话篇《灵魂与舞蹈》里,他借苏格拉底的口,这样描绘一个女郎的舞姿"[①]。

[①] 池田大作:《东西方艺术与人性》,《池田大作集》,上海远东出版社,1997年,第250页。

与俄罗斯文学的亲近，无疑更是显示出池田大作文学修养的与众不同。从近代日本的历史与思想文化主潮来看，脱亚入欧之"欧"主要指的是德、英、法等传统的欧洲文化老牌代表。日本开始明治维新时，俄罗斯还没有真正从农奴制中解脱出来，经济上比日本还要落后，更何况日俄之间还爆发过战争。"二战"结束，苏联占领"北方四岛"（南千岛群岛）；苏联解体以后，日本与俄罗斯关于"北方四岛"的争端从来没有停息过。但池田大作并不受这些外在政治因素的干扰，他在青年时代就特别倾心于俄罗斯文学，这与当时日本文学的主潮思想是多么不同。池田大作深刻地意识到俄罗斯文学较之西欧文学更接近自己的创价理念，如果说西欧文学重视的是个人自由与生命价值的话，那么，俄罗斯文学最大的特色就是始终把文学究竟能为全体民众的幸福、解放、和平理想做些什么当作自己的目标。所以他特别欣赏俄罗斯文学守护苦难者的传统，重视俄罗斯文学和宗教传统中的和平主义与博爱精神。在池田大作心目中，托尔斯泰就是一个超越众多世界文豪的精神圣徒。在和井上靖的通信中，他曾特别提到托尔斯泰刻满皱纹的脸。那张脸上的皱纹，不仅是人生的风霜，是经验和智慧，更是一个精神圣徒的光辉标识。托尔斯泰是基督主义者，呼吁神的王国在我心中，同与权力同流合污的俄罗斯东正教有过正面的冲突。他认为，人听从信仰而行动，不是去相信看不到的东西，也不要去希望得到所期待的东西，而是通过确认自己在世界之中的位置，自然地在自己所处环境中去采取与之相适应的行动。池田大作非常赞赏托尔斯泰这种敢于坚持自己对信仰的观念而与传统教会抗争的精神，指出：

"在托尔斯泰的语境里,意味着把精神的净化作用最大限度地扩大之后,又明确地宣告了一种'爱的无偿性'。"[①]池田大作的托尔斯泰崇拜,也许不仅是一种文学的趣味,而且还是他带领创价学会对抗日本正统佛教界偏见与歧视的一种精神支撑力量。

第四节　　丰富的主题与多样的体式

　　池田大作在日本传统文学、中国和欧美经典文学的深刻影响下,养成了伟岸的人格,形成了深邃的文学思想,而且成就了他的演讲、著述中强烈鲜明的文学性。但是要阐述池田大作的文学成就,外部研究不过是提供了一种关系学上的理解,要真正把握池田大作的文学贡献,必须还要走向池田大作文学的本体研究。池田大作是一个十分勤奋且文思敏捷的作者,利用繁忙的公务余暇,他创作了大量文学作品。这些文学作品,主题广阔深厚,讴歌和平、人类爱、女性、童心与自然;体式丰富多样,包括了诗歌、散文、游记和小说等,一些重要的文学体裁他都有所尝试,并取得了相当可观的成就。从写作目的上来看,这些文学作品大致可以分作三类。第一类是随感而发的小品或诗歌,这类作品未必有明确的写作目的,而是池田大作在自然时序变化中的一些人生感想、生命趣味的表达,是一位文学家心性的体现。第二类是一些纪事的作品,小者如池田大作记录描写他与国际

[①]　戈尔巴乔夫、池田大作:《20 世纪的精神教训》,社会科学文献出版社,2005 年,第 258 页。

朋友、和平人士会面的散文，大者如著名的小说长卷《新人间革命》，等等。此前的《人间革命》是以户田城圣为主人公，描写创价学会从小到大的发展历程，池田大作的《新人间革命》承《人间革命》的体式，主人公山本伸一则是以池田大作自己为原型塑造的，描写的是池田大作继承恩师遗志，将创价理念广宣流布推向世界的历程。这两部小说长卷基本上都属于纪实作品，是户田城圣与池田大作两代创价学会人奋斗历史的记录与见证。第三类作品则是大量的专题诗歌与散文，如倡和平、赞友谊、颂扬母亲、歌咏女性、鼓舞青春、感悟自然，等等，这些作品可以说就是池田大作哲学思想、宗教情怀、人性关注的文学性表达。毫无疑问，这些作品尤其是后两类作品的发表与出版，有力地宣传了池田大作的宗教、哲学、政治和文化思想，是创价学会成员共享的精神成果。

2012年5月访问日本时，我曾到石卷地区受到海啸破坏的灾区考察。在创价学会会员居住的灾民简易工棚里，我亲眼看到了学会会员阅读池田大作来信时那种激动的心情，看到了在地震、海啸这种巨大的自然灾害面前，在家破人亡这种深重的悲痛时刻，池田大作文学作品所发挥的鼓舞人心的极大宣传作用。文章乃经国之大业，文以载道，作文要代圣贤立言，这是古人对文学作用的高度肯定。后来随着人的生命意识和个体意识的觉醒，文学也开始向着个体言志抒情的方向发展。尤其是近代以来，个性解放思潮传遍全球，文学作为个性解放思潮的推进者，更加走向了个人化、内心化、隐秘化的不归路，文学理论和美学理论也都在为文学的私人写作和向内转而鼓吹。不过，在这样的文学时代大潮裹挟之中,还是有着一些文学家在坚守着文学古老的载道传统。他们相信,文学固然不是宣传,但只要文学家希望自己的作品有人读,希望自己的作品能够感染人,文学作品就不可能回避宣传的功能。文学理论家们也不能把具有宣传功能的作品一概驱逐于文学之外,关键还是要看这些作品于宣传之外,在形式上是否具有文学的形象思维特性,是否具有内容的充实与技巧的上达之间的完满统一。池田大作就是载道传统的固守者,他的文学创作无疑是为了创价理念的广宣流布而作,但这些作品之所以会那么感人至深,除了他自身的人格本身为文学做了身体力行的佐证,除了创价学会的会员对池田大作的信赖与爱戴,也是因为他的作品本身在艺术形式上有独到之处,叙事也自有魅力所在。而这一点,恰恰就是我们应该全面、深入、细致地研究池田大作文学创作的一个重要原因。

应该说,近20年来关于池田大作的研究已经有了长足的发展。尤其是在中国,不少著名学府都成立了池田大作研究机构,创价大学也设立了日中友好学术资助计划,资助中国的学者研究池田大作思想和日本文化的课题。在创价大学和这些研究机构的合力推动下,每两年有一次大型的池田大作思想研讨会召开,几乎每一年都有关于池田大作思想的新研究专著和论文集出版,中国学界中有不少哲学、政治、教育、语言等领域中学有成就的专家对池田大作这位中国人民的老朋友、中国文化的知音抱有浓厚的研究兴趣。但就研究成果而言,由于池田大作在社会、宗教、教育等领域的成就巨大,影响广远,过去思想界和学术界对池田大作的研究主要集中在他的宗教、政治、哲学和教育思想方面,集中在他作为一个社会活动家给人类求福祉的行动方面,对于他的大量文学创作则缺乏足够深入和专门性的研究。从池田大作本人的影响力所波及的领域来看,这是不可避免的,也是理所当然的,不过,对于池田大作研究的全方位发展而言,这又显然是一个缺憾。所以,通过对池田大作文学创作的研究,全面地归纳总结池田大作的文学观念,分析池田大作诗文、小说等多种文学创作的特点,解读池田大作寓含在这些作品中的对历史、人生的深刻生命体验,挖掘池田大作思想中所蕴含的丰厚本土文化与世界文学资源,进而探讨池田大作对日本文学乃至世界文学所做出的可能贡献,这对于丰富池田大作的研究无疑具有很重要的意义。

最后想谈谈本书的写作缘由。2006年,我在《鲁迅研究月刊》上发表了自己第一篇研究池田大作的论文《池田大作与鲁迅》,此文后来被翻译成日文发表在创价大学东洋哲学研究所主办的杂志《平和、教育、文化》上。此后十余年来,我在自己的专业之余,一直致力于研究池田大作的文学成就。这一方面是对一位日中友好的积极推动者和坚定维护者表达自己的崇敬,一方面也是因为在研究的过程中,反复地阅读,细致地品味,自己觉得越来越喜欢上了池田大作的作品。读池田大作的诗歌与散文,不能不折服于他对自然景致的敏锐感悟力,对花草虫鱼、日月星辰充满智慧和童心的理解。即使是纪行和书信一类作品,也充溢着文学的魅力。池田大作与井上靖的通信集《四季雁书》,我就反复读过,两位文学家对生命意义的探讨,对四季时令变迁的感悟,对人事无常的慨叹,对一些生活细节的把握,等等,都让我受益良多；而两位在通信中表现出的谈吐优雅，行文舒卷，理解对方的宽厚，有所收获的喜悦，高山流水似的知音感，也都深深地迷醉过我。当然，自己也还有一个小小的心愿，就是希望能在池田大作的研究领域内开拓出一条新的路径，对池田大作研究在文学领域内的缺憾做出力所能及的弥补。2008年，我以"池田大作与世界文学"的项目获得创价大学日中友好学术资助计划的研究资助，此项目的研究成果两年后在香港中文大学出版社出版。此著比较全面地梳理了池田大作的文学成就以及他与中国文学和欧美文学之间的密切关系，对池田大作的深厚文学修养以及这种修养的源泉做出了一种专门性的考量。在这些研究中，我采用实证的方法，到池田大作的各种著述以及学者的研究成果中查找和整理池田大作对中国文学、欧美文学的接受事实，包括池田大作对中国文学、欧美文学的各种评论，中国文学、欧美文学的一些传统特点在池田大作创作中的体现以及池田大作对中国文学和欧美文学中一些重要原型意象的运用，等等。这一研究应该说为进一步研究池田大作文学创作的本体奠立了基础。

  本书的写作就是在《池田大作与世界文学》的基础上展开与深化的。从研究对象上来看，本书主要研究池田大作的文学创作，包括他的小说、散文和大量的诗歌，以及池田大作的文学思想体系。研究的途径在于通过对池田大作文学创作基本主题的剖析，深入探讨池田大作文学的本土性与世界性，池田大作小说所塑造的人物性格内涵意义以及池田大作创作主题与他哲学思考的关系；通过对池田大作小说细节的精彩描写以及池田大作诗歌与散文的抒情结构和意象结构的赏析，深入探讨池田大作诗歌创作的想象力与内在气韵，探讨池田大作文学的叙事力量。在本书的写作中，我想尽量全面地归纳和总结池田大作的文学观念，分析这些文学观念怎样转化成为池田大作诗文、小说等多种文学创作的特点，解读这些文学观念中所寓含的池田大作对历史、人生的深刻生命体验，挖掘池田大作这些文学思想中所蕴含的丰厚的本土文学与世界文学资源。一言以蔽之，即从池田大作与世界文学关系这一外部研究转入池田大作文学创作自身的内部研究，通过文本自身的细读，领略池田大作文学创作的精妙，验证池田大作文学创作给日本文学乃至世界文学带来的独有贡献。当然，这只是我的一种写作构想，由于学力有限，水平不足，能否实现这一写作构想，只能尽力而为。但我相信，文学是对社会的百科全书式反映，从文学角度研究池田大作，不仅可以包含哲学、宗教、教育、历史等各个学科的各自特点，而且凸显了自己的优势，这就是对于池田大作感受美、领悟美、创造美的能力的研究，对池田大作丰富情感的细腻流露和超卓想象力的尽兴发挥的把握，这些研究可以展现池田大作活生生的生命特征，揭示池田大作人格魅力形成的内在机制。它的重要性不言而喻，这一研究领域的发展需要我们大家共同和持久的努力。

第一章

池田大作的"新文艺复兴"思想

文艺复兴是欧洲文明史上一个极其重要的里程碑。在此之前,中世纪长时期的黑暗笼罩着欧洲的思想、文化与人们的日常生活。宗教与政治的联姻使得教会成为社会的主宰力量,禁锢思想、清除异端成为教会维护自身统治的手段,而神学则把哲学、文学和艺术等一切需要人类创造力的事物变成了自己可以任意使唤的奴仆。14世纪到16世纪,随着佛罗伦萨考古的进展,人们从古希腊罗马文化中发现了真正的人性之美,领略到了人作为万物之灵长的伟大与高贵,人本主义思想终于冲破神学与禁欲主义的束缚,一时间蔚为潮流,很快就席卷欧洲,人类文明从神的统治进入人的自觉时代。但是18世纪以后,启蒙主义在用科学理性为世界祛魅的同时,也将人类对自然和神性的敬畏扫荡殆尽,知识拜物教试图取代上帝成为人类新的宗教。此后随着弗洛伊德主义、尼采主义等各种思潮的流行,随着西方科学技术的发达所导致的人类创造物对人类自身控制力的不断增强,西方以上帝为象征的共同话语体系轰然倒塌,包括文学在内的西方思想文化进入全面解构、游戏至上和狂欢的荒原时代。高贵与才气已经离人而去,文学专以发掘琐屑为乐。人类不再以追求和表达理想为己任,也不再以情感的抒发为自然,黑色幽默、垮掉的一代、嬉皮士、无主题变奏、零度叙事等充斥在20世纪文学中。从池田大作各种有关文艺的论述和谈话中,我们可以感受到他对20世纪以来现代主义、后现代主义等西方主流文学的不满。或者也许可以这样说,正是出于这种不满,热爱文学的池田大作才会一方面在繁忙的宗教与社会事务之余,亲自创作了数量庞大、体裁众多的文学作品,来宣传自己的宗教和文化理念,一方面又在各种不同的场合阐述自己对文学的观念。

"新的文艺复兴"就是池田大作提出来的一个重要文学观念。这一观念是20世纪90年代池田大作在与戈尔巴乔夫的对话中提出来的。戈尔巴乔夫认为,俄罗斯之所以能在苏联解体后快速地恢复活力,最为重要的原因是虽然许多哲学家和历史学家的著作遭到了禁止,但普希金、陀思妥耶夫斯基、托尔斯泰、契诃夫等人的文学作品仍流传于社会,使人性不致泯灭,国魂得以传存。池田大作也很认同这一看法,所以,面对当今物欲横流的社会状态,他在对谈中大力呼吁"新人文复兴",希望"新文艺复兴"能以自己的精神性,使每个人恢复希望与信仰,从而使一个国家或者一个民族走向复兴。他说:"我深信,犹如众多河川要流进大海一样,人人有了'人生的再生'和'人类的革命',新文艺复兴的潮流才能蔚为江河湖海。"①池田大作的"新文艺复兴"思想在表述上的一个最突出特点就是有感而发,直接面对人类的现实问题与精神状况。作为宗教领袖、著名社会活动家,池田大作对文艺的思考服从于或者说发端于他对社会、人生问题的思考。所以,对池田大作"新文艺复兴"思想的整理与分析也应该紧紧地围绕他最为关注的现代社会生命异化与救赎这一基点来进行,而对现代异化生命的救赎,恰恰就是池田大作"新文艺复兴"思想所要达成的目标之一。同时,尽管在提出"新文艺复兴"这一概念时,池田大作并没有对这一概念的内涵做出详细的阐述,但结合他平时在各种场合中表达的文学看法,可见这一概念正是他众多文学观念的集大成概括,是他文学思想体系中的核心支撑,也是他经过深思熟虑后为统合当今世界文学乱局、建构新的文学气象所得出的一个纲领性文学改革口号。

第一节　　用艺术弥合人类生命的分裂

　　池田大作虽然是诗人,但他毕竟首先是一个宗教领袖,一个著名的社会活动家,所以他的诗学思考一个最突出的特点就是有感而发,锋芒直指人类的现实问题与精神状况。

　　池田大作出生在20世纪20年代,少年时代经历了"二战"的恐惧,青年时代经历了"二战"以后日本社会普遍的经济残败

---

　　①　戈尔巴乔夫、池田大作:《20世纪的精神教训》,社会科学文献出版社,2005年,第391页。

与精神迷茫的阶段,中年时代则面对着日本工业发展、经济繁荣所带来的环境污染和"冷战"铁幕所导致的人类的分裂、核战的危险等问题。这样的生命经历,加上佛教修习形成的智慧与观察问题的独特思维方式,使得池田大作关注社会人生的基点始终聚焦在科技发达时代里人类生命异化与救赎这一问题上。近代以来,人类生命的异化状况突出地体现为人类生命的分裂,包括人自身的主观和客观、肉体与精神的分裂,人与他人的分裂,人与自然的分裂,等等。这些问题一直是池田大作十分痛心、十分忧虑的事情。总体来看,池田大作对这个时代突飞猛进发展着的科学有着通达的态度,他曾经和许多科学家做过对谈,对生命科学、心理科学甚至物理学和天体学都充满着好奇和兴趣,他希望科学和技术这种人类聪明才智的创造物,应该维护、促进和发展人类与自然的和谐、生命与生命之间的共存。但池田大作也清醒地看到了愿望与结果的适得其反,人类的科学技术愈是高明,人类的生命智慧便愈被人类生命的欲望之魔所遮蔽,以致在科学技术迅猛发展的现代社会,人类的生命状况反而堪忧,所以,池田大作在痛心与忧虑之中对如何弥合人类分裂的生命状态进行了深入的思考。

在各个民族的文学思想体系中,诗学都是学术王冠上的明珠,而诗学讨论的一个根本问题即诗何以存在,也就是说诗并不创造物质财富,它有什么理由存在,这一点是诗学思考所不可回避的问题。在此,我们必须提到40多年前池田大作与汤因比的那场著名对话。在对话中,两人曾谈到现代社会里文学的存在依据与社会作用。池田大作说:"我在思考文学的作用时,不由得想起萨特曾经说过的一句话:'对于饥饿的人们来说,文学能顶什么用呢?'自那以来,对于文学在现代有什么意义这个问题,展开了各种争论。赞同萨特见解的人对文学采取了虚无主义的态度,而相信文学的有效作用的人们则奋斗着设法开拓新领域。"①池田大作当然属于后者。从池田大作一以贯之的艺术态度看,他对艺术的社会作用这一问题的思考,显然受到人类生命目前呈现的分裂危机状态的困扰。他指出:"现代悲剧,用一句话来形容,就是分裂带来的结果。自然与人的分裂,民族与民族的分裂以及人与人之间的分裂。本应融合、协调的一切被四分五裂,从宇宙、自然等的韵律中割裂开来的人,成为片断,陷进孤独的深渊。现代社会蔓延的利己主义、一时快乐主义、破坏的冲动、绝望与虚无主义……这些也许可以说是被分裂的、封闭的人的灵魂的挣扎。"②在这样的境况中,艺术绝对不能放弃自己的责任。所以,作为"相信文学的有效作用"的人们,池田大作"奋斗着设法开拓"的"新领域",一言以蔽之,就是要用艺术来弥合人类生命的分裂。

分裂,这是人类进入现代社会以来所面对的一个重要的生命问题。早在 18 世纪,席勒就曾在他的《审美教育书简》中对人类的这一问题做出了预言。不过,席勒所预言的是人类由古典社会向近代社会转型中生命的主体和客体、主观与客观之间的

---

① 汤因比、池田大作:《展望二十一世纪》,国际文化出版公司,1985年,第 69 页。

② 池田大作:《用诗心复兴人的精神》,《池田大作集》,上海远东出版社,1997年,第 231 页。

分裂,而进入20世纪物质文化高度发达的现代社会以后,人类生命体不仅主体与客体、主观与客观之间的分裂状态愈加严重,而且人类生命的主体和主观自身也处于分裂的状态,所以,20世纪人文社会科学的各种学说中,"分裂"一直是学者们描绘现代人类生命困境的核心词汇与中心观点。作为一个社会活动家,池田大作思想的可贵之处在于,他不仅仅指出现象,分析现象,而且总是设计解决问题的方案,提出解决问题的策略措施。对人类生命分裂状态的思考也是如此,他发表意见的重心不在于对这种分裂现象的批判,而是在于我们能够依赖什么来弥合这种分裂,来消解这种孤独的焦虑。在这一问题上,作为宗教家的池田大作当然会将这份重大的责任赋予他所信奉的佛法。"佛教的确具有包涵一切思想、宗教、民族的通融性。因为一切思想、民族的根基是生命,而佛教挖掘到生命的最深处,已到达生命的终极点。"① 佛教依正不二和儒家天人合一思想,主张的就是宇宙万物相互交织成一个整体,生命与生命之间相依共存,和谐发展。这种世界观,它能全方位地引导和提升人的生命趋向。但同时,池田大作也想到了艺术。这不仅是因为人们常常相信宗教与艺术在精神上是相通的,而且是因为池田大作在自己的艺术欣赏与艺术创作的生命体验中,深深感悟到了艺术的力量,感悟到了艺术与生命的息息相关。

从文学的发展历史来看,人的生命从来都是文学表现的主

---

① 池田大作:《人生寄语——池田大作箴言集》,上海社会科学院出版社,1992年,第56页。

要对象。当然,生命主题也随着时代的发展而有所变迁。当中世纪的黑暗隐退,文艺复兴的太阳冉冉升起时,具有生命主体性的人开始摆脱神的奴仆的地位,承受着人们过去献给上帝的所有赞词。莎士比亚在悲剧《哈姆莱特》中就曾说过:"人类是一件多么了不得的杰作,多么高贵的理性!多么伟大的力量!多么优美的仪表!多么文雅的举动!在行为上多么像一个天使!在智慧上多么像一个天神!宇宙的精华!万物的灵长!"在启蒙主义时代,人自认理性和知识几乎到了无所不能的地步,歌德《浮士德》中的主人公是如此自信,甚至敢于拿自己的灵魂来和魔鬼下赌注。但曾几何时,当弗洛伊德的精神分析学说用力比多、无意识等理论告诉人们,在自己光明朗润的理性意识背后还埋伏着一片无法穿透的黑暗大陆时,人类认识自我的自信终于受到了巨大的冲击。于是整个世界文学呈现内转趋势,文学对人的生命主体的表现也开始出现变异。不仅人的主体性分裂(主观与客观的分裂、灵与肉的分裂、理性与感性的分裂等)成为文学的基本主题,人不再是一个完整的主体,而是成了支离破碎的东西;而且人在无意识状态下出现的种种琐屑甚至丑陋的一面,也成为艺术审美的主要对象,人与社会历史的联系被抽空、被消解。正是因为文学与生命的关系所发生的这种异化,促使生命的主体性成为20世纪诗学体系中一个最为重要的命题,许多诗人与哲学家都曾从自己的体验与思考出发阐述过生命与诗的关系,其中最有影响力的有尼采、里尔克、海德格尔等哲学家与诗人。

尼采曾经草拟"艺术生理学"十八条提纲,其主要内容强调艺术是生命的最高使命和生命本来的形而上活动,是使生命成为可能的伟大手段,是生命的伟大兴奋剂,生命通过艺术拯救而自救。里尔克用自己的诗作叙说着生命的尊严与神秘,特别是以自己的诗歌创作经验强调生命的无意识对诗歌创作的神秘力量。海德格尔以荷尔德林的诗作为例,指出:"诗意创作的灵魂通过生灵建立着大地之子的诗意栖居。所以,灵魂本身必须首先在有所建基的基础上栖居。诗人的诗意栖居先行于人的诗意栖居。"①在这里,海德格尔提出了人诗意地栖居在大地上的重要命题,为人类在技术化的时代里如何保护生命的尊严与本质力量提供了一个可以让人们无限阐释的理论依据。比较而言,池田大作作为"一战"以后出生、经历了"二战"的一代诗人,对于技术化、机械化和信息化给人类生命所带来的压迫与紧张,感受更为直接,更为深切。因而生命不仅是池田大作关于人类文明思考的核心问题,他的哲学思想、宗教思想、教育思想与文学思想也几乎无不以生命为出发点,又以生命为最终宗旨。尤其是世界文学内转以来,文学对人类生命的分裂趋势虽然具有敏锐的感受力,但西方发达国家的许多作家对这种分裂趋势或者熟视无睹,习以为常,或者津津乐道,甚至推波助澜。正是出于对这种文学状态的失望,池田大作挺身而出,站在生命异化及其解脱之道的角度来正面思考和阐述艺术的作用和特点。在许多相关论述中,他都不仅大声呼吁尊重生命,体验生命,珍爱生命,而且极力阐述和张扬艺术的"结合力"特点,呼吁艺术家们重视和

---

① 海德格尔:《荷尔德林诗的阐释》,商务印书馆,2000年,第109页。

运用艺术所具有的这种独特力量来弥合人类生命的分裂。他对艺术问题的关注超越了纯粹的诗学问题,在一种自觉的状态下提升到了人类精神革命的思想高度。

这些阐论和倡导在池田大作的作品中是一以贯之的。譬如在提交给"第十次世界诗人会议"的论文中,池田大作一开篇就以"分裂"为靶子,尖锐地批评了当前世界的文化和精神状况。他认为现代悲剧,无论是人与人的隔阂,民族与民族的相残,种族与种族的歧视,还是自然的肆虐,科技的异化,人心的冷漠,"用一句话来形容,就是分裂带来的结果"。人类自身的发展已经到了一个关键时刻,"分裂"给现代人类带来的各种精神灾难,不应听之任之,更不能推波助澜,人类社会要运用自己的智慧和能力进行"连接"和"弥合"。但依靠什么来"连接"和"弥合"呢?池田大作郑重提出的就是艺术。"诗是连接人、社会、宇宙的心。"[1]因为诗人把万物看成朋友,所以他不会贪得无厌地去掠夺自然,使人类成为自然的敌人与毁坏者;因为诗人注重的是心与心的交流,所以"诗人有时穿过人为的制度与意识形态的包围去发现潜藏在一个人身上的无限的可能性的光辉,并且,有时会察觉把众人联系在一起的看不见的纽带"[2]。池田大作对艺术的这种价值与功能做了充分的肯定:"为什么艺术一直对人类这样重要呢?我认为最大的原因在于艺术的结合力。"何为艺术的

---

[1] 池田大作:《用诗心复兴人的精神》,《池田大作集》,上海远东出版社,1997年,第231页。

[2] 池田大作:《用诗心复兴人的精神》,《池田大作集》,上海远东出版社,1997年,第232页。

结合力呢？池田大作进一步解释说："艺术展示出有限扩展为无限、个别的经验成为普遍的意义。我认为艺术特有的蓬勃结合力正蕴含于此。"①

诗的功能当然很多，关于诗的功能的看法也见仁见智。古代中国圣人孔夫子言诗就有所谓"兴观群怨"之说，钱穆在《论语新解》中指出，孔子的"诗，可以群"，其意指的是学习诗可以帮助人在群中和他人善处，也就是孔子"温柔敦厚"之谓。池田大作所强调的"连接"与"弥合"的特征，大抵与孔子的"群"之功能较为相近。池田大作特别注重诗在这个分裂与异化的时代里所具有的"连接"与"弥合"的价值与功能，其理论依据可以从两个层面来理解。首先从人与自然的关系看，正所谓一沙一世界，一叶一菩提，每一种艺术虽然都是在有限的空间内创作出来，但是每个诗人的灵魂都希望通过自己的创作活动，跟可称为宇宙生命的"统一实体"联系起来，与之融为一体，使有限扩展为无限。其次从民族与民族的关系看，艺术同科学一样是没有国界的，一个民族的艺术，一个地域的艺术，只要它是人类心灵的表现，它就是全人类的，就可能由个别的经验扩展为普遍的意义。人与人本是同类，因为国族利益、阶级理念等意识形态方面的因素在战场上厮杀，但爱美之心人皆有之，厮杀中的人与人也可能在伟大的艺术中沟通与和解。正如池田大作的诗歌所说："啊，艺术/啊，艺术/你是有爱的广场/万众聚集，握手/互报以微笑。"(《艺

---

① 池田大作：《东西方艺术与人性》，《池田大作集》，上海远东出版社，1997年，第245页。

术颂》)这就是艺术(诗歌)的结合力,是在这个分裂与异化的物欲世界里艺术(诗歌)之所以存在而且必须存在的依据,是诗歌为我们所处时代做出的重大贡献。所以,池田大作在他的《艺术颂》一诗里虔诚地祈祷:"艺术/伸出自己的手,带领灵魂/步向安静和抚慰心灵的森林/飞向高悬天上的想象力花园/登上崇高的智慧舞台/飘向地球文明的远方。"

人类艺术发展史上,从来就有两条路线齐头并进:一条是高蹈派,以虔诚的双眼仰望星空;一条是现实派,把根深深扎在人世的土壤中。诗歌作为人类艺术皇冠上的明珠,往往更容易走向高蹈,而远离现实。虽然高蹈的诗与现实的诗同样地具有"连接"与"弥合"的力量,但作为一个社会活动家,池田大作的诗歌观念与白居易的"诗歌合为事而作"更为相近,更加看重的是诗人面对社会现实的责任感。譬如池田大作对印度诗人克里希纳·斯里尼瓦斯博士的评论。克里希纳·斯里尼瓦斯博士是一个注重歌唱宇宙永恒主题的诗人,他的诗歌谈论宇宙、精神和真理,得到了世界上许多知名诗人的赞赏,也体现了印度这个民族擅长于沉思冥想的特点。池田大作对他也赞誉有加,从克里希纳·斯里尼瓦斯博士的诗歌中,池田大作意识到"诗人是要寻求永恒的人,由于浑身都能感受到永恒,所以他会彻悟诸行的无常。由于万物不停流转映入眼内,所以懂得它的每一瞬间都极其宝贵。对于这样的现在,这样充实的现在,充满生命的现在,诗人不能不爱惜,不能不歌唱"。"诗人总是站在原初的地平面上,他每天早晨都会重新诞生,对他来说,每天都是新的开始。诗人以'永远的孩子'的纯真的眼光来看世界。"但池田大作也清醒地意识到:"20世纪已病入膏肓,人们好像在没有感动、没有气力的心死的状态中呻吟,物质主义这黑得发绿的病菌好像已经把人的心变成了机械,该悲伤的时候不会悲伤,该欢喜的时候不会欢喜,只想用刹那间的陶醉来掩饰其焦躁。"正是有感于人类生命的这种现实状况,池田大作非常欣赏克里希纳·斯里尼瓦斯博士的诗歌观念,诗人既是永恒的歌者,同时,"诗人是战斗者","他对人类的命运感到有责任。他不能容忍世界什么地方有遭到非人对待的人。他感到每个人都是连接整个宇宙这张巨大的编织物的结扣,缺少任何一个人,这宇宙就不是完整的"①。诗人只有对人类的命运感到有责任,他才会宁愿牺牲一点仰望星空的时间与神思,也要为时而作,为事而作,从冥想者变为战斗者,让自己的诗歌直指当下,成为现代人类生命分裂的连接与弥合的力量。池田大作的许多诗歌就是在这样的目的催动和责任担当中写作的。

第二节　　"用诗心复兴人的精神"

由于强调唤醒诗的结合力来应对人类生命的分裂和异化,在池田大作的"新文艺复兴"思想体系中,诗是他谈论得最频繁、也是他在创作中实践得最为应手的一种艺术形式。池田大作在文学创作上是多面手,他写过诗,写过散文,创作过小说,也创作

---

① 池田大作:《我的世界交友录》,湖南师范大学出版社,2006年,第223页。

过童话,中年以后喜欢摄影,对绘画和音乐也都发表过专业性很强的见解。但比较而言,池田大作更喜爱诗,而且对诗的喜爱可谓贯彻始终。为什么会有这样一种艺术的偏爱,从池田大作丰富的诗论中可以找到充足的理由。在池田大作的心目中,诗具有三种特点。一是切近自然,诗人必然是自然的朋友,"诗人与草木倾谈,与星星对话,与太阳寒暄,把万物看成朋友,从中发现生命,注入生命,看到变化不定的现实世界的现象中贯穿着大宇宙的不变法则"①。二是直指人心,诗是诗人心灵深处生命体验的表现,读诗则是读者在心灵上对诗人生命体验的感应,写诗与读诗关系的深层是一种心灵与心灵的交流。所以,诗人以心为本,"诗人把目光对着人心。即使是物,也不简单地把它看成是物"②。从这些观点,可以看到池田大作与他所仰慕的中国现代作家鲁迅的相似之处。早在20世纪初,鲁迅在东京留学时即写作了《摩罗诗力说》。在这篇论文中,鲁迅曾经从诗歌起源的角度强调过诗歌直指人心的社会作用。"盖人文之留遗后世者,最有力莫如心声。古民神思,接天然之閟宫,冥契万有,与之灵会,道其能道,爰为诗歌。其声度时劫而入人心,不与缄口同绝。"③池田大作也时时刻刻不忘提醒诗人应以心为本。在诗人的心中,

---

① 池田大作:《用诗心复兴人的精神》,《池田大作集》,上海远东出版社,1997年,第232页。

② 池田大作:《用诗心复兴人的精神》,《池田大作集》,上海远东出版社,1997年,第232页。

③ 鲁迅:《摩罗诗力说》,《鲁迅全集》第1卷,人民文学出版社,2005年,第65页。

即使星星也会向人强烈地倾诉,即使枯萎的草木也会感应秋风的肃杀。三是具有伟大的结合力,而这一特点前面已经详细地阐述过,在池田大作的"新文艺复兴"思想中,它直接就是连接和弥合人类生命分裂的一种利器,是拯救人类走出争斗掠夺深渊的一剂良药。诗的这三种特点是紧密联系着的,因为诗人把万物看成朋友,所以他不会贪得无厌地去掠夺自然,因为诗人注重的是心与心的交流,所以"诗人有时穿过人为的制度与意识形态的包围去发现潜藏在一个人身上的无限的可能性的光辉,并且,有时会察觉把众人联系在一起的看不见的纽带"①。所以,池田大作喜欢诗,喜欢写诗,也喜欢谈诗,形成了自己丰富而独特的诗学思想。

在文学史上,每个时代都可能产生自己时代的诗学观念,每个时代的诗人都可能依据自己时代面临的主要问题来确立诗的价值和意义,来思考诗的功能与作用。一旦诗的价值和意义被确立,那么,在当今世界,诗的功能是什么,诗与时代有什么样的联系,诗可以用来做什么?这些都是每一位严肃的哲人或诗人不能不思考的问题。中国的孔子,早在两千多年前的春秋时代,就曾经收集民间诗歌,删削选校,留下了《诗经》这部伟大的经典,并且提出了温柔敦厚的诗教观念,强调了诗兴观群怨的社会功能。而到了魏晋南北朝时期,文的自觉成为一种思潮,诗言志说确立了中国古代诗教的核心理念。在西方,古希腊哲学家亚

---

① 池田大作:《用诗心复兴人的精神》,《池田大作集》,上海远东出版社,1997年,第232页。

里斯多德著有《诗学》,将诗的功能与作用从史学中分离独立出来。近代启蒙哲学家康德也曾经说过,在一切艺术之中,占最高地位的是诗,因为诗能够开启心智,磨炼意志。很显然,康德是从他的启蒙主义立场来为诗歌的功能定义的。池田大作崇拜康德,曾做过"牧口与康德"的长篇演讲,对康德关于诗的功能的论说也"深以为然",表示在康德诗论的激励下"决心要创作开辟人精神新境界的诗"①。在与汤因比的对话中,池田大作曾表达过对文学功能与作用的肯定,希望"相信文学的有效作用的人们奋斗着设法开拓新领域",谈到诗歌的功能时则表示"决心要创作开辟人精神新境界的诗"。两者联系起来看,开拓新领域,开辟新境界,"新"是池田大作特别注重的一个修饰语。这说明池田大作对于诗歌功能的理解,一方面继承弘扬了康德的启蒙主义精神,一方面也依据当下时代面临的主要问题提出了自己的思考,形成了既具有时代气息又具有独特角度的启蒙理念。诗具有伟大的"结合力",能够连接和弥合人类生命的分裂。但诗通过什么样的途径和方法来连接和弥合呢?康德的启蒙理念给了池田大作以启示。所以,池田大作在许多场合不断阐述诗应像宗教哲学一样用来开发人类的"软能"。可以说,对人类"软能"的开发,就是池田大作所希望开拓的诗的"新领域",也是所决心开辟的诗的"新境界"。

　　软能(soft power)一词是相对于硬能(hard power)而言的,最早由美国哈佛大学奈尔教授提出,硬能是指军事、权力、财富

---

① 池田大作:《牧口与康德》,《圣教新闻》2001 年 11 月 23—25 日。

等资源,软能则是指知识、情报、文化、思想等方面的资源,前者是偏向物质性的,后者则更倾向于精神性方面。池田大作接受了这一概念,也欣然同意奈尔教授主张在我们这个强权与物性的世界里更应注重开发软能的理论。不过他对软能的概念做了自己的发挥,认为开辟软能时代至为重要的关键,在于"内发的因素"。何谓内发的因素呢?综合池田大作的有关论述来看,其实就是康德曾经说过的人生命深处的一种道德律令,一种自律与自我控制之心,它是决定人以何种方式感应外在世界的一种核心力量。所以,池田大作对软能的开发抱有一种先知似的忧虑:"没有人的'内发'的反应,那么,知识、情报等无论怎样丰富,也易于受到权力的操纵,甚至很可能招致'笑眯眯的法西斯主义'的复活。""尤其在相异文化冲突,招致混乱状态时,人们所深切要求的是内发性的自我规律、自我控制之心。"[1]那么,怎样才能在人的生命中培植起这种内发的反应呢?伟大的哲学与宗教都可能承担起这种重任,因为内发的精神一直植根于人的精神与宗教本质上,而且自古以来已被认作广义的哲学的本分。此外,池田大作特别看重诗歌在这方面所能起到的独特作用,因为"这能动的、综合的、内发的生命发动,如柏格森和怀特海所指出的,不仅是自我表现的消灭(无我),而且是自他生命同时的融合和扩展,由小我向大我,将自我扩大为大宇宙"[2]。而这种融合

---

[1] 池田大作:《软能的时代与哲学》,《池田大作集》,上海远东出版社,1997年,第280页。

[2] 池田大作:《软能的时代与哲学》,《池田大作集》,上海远东出版社,1997年,第283页。

恰恰是诗的本质力量的显现,所以,在谈论软能开发时,池田大作举到爱默生、梭罗、惠特曼等诗人的例子,而且特别提到爱默生一首讴歌"内发因素"的诗。诗云:"启示有神在我内心的,鼓舞我/告诉我神在心外的,使我成为癌与瘤。"池田大作认为爱默生的诗表达了"在那以前的,公认政教合一色彩浓厚的潮流,与在那以后的让世俗化把所有精神问题都打为内心的私事的时代之间产生的、侥幸的风平浪静的幸福状况"。而且池田大作相信:"那不仅是一个已成过去的时期,而且作为宝贵的传统,将会永远蓄积在美国人历史意识的深层。"①从这些论述中,我们可以看到池田大作对诗可培植人的生命深处内发因素的坚定信心。

怀着这一坚定的信心,池田大作提出了他著名的"诗心"说。他坚定地相信"诗心的深化可导致自我的复兴","只有不断地向人生复兴或自我复兴挑战的人,才能创造出让人们安心与感动的未来"②。因而,他不仅在康德的纪念馆前下"决心要创作开辟人精神新境界的诗"③,而且呼唤当代的诗人们要努力实现"唤醒人们的诗心,开出芳香的人性之花"的伟大使命④。过去的池田大作思想研究者比较关注他的宗教思想与和平主义,对

---

① 池田大作:《软能的时代与哲学》,《池田大作集》,上海远东出版社,1997年,第282页。
② 池田大作:《心灵四季》,时事出版社,1989年,第37页。
③ 池田大作:《牧口与康德》,《圣教新闻》2001年11月23—25日。
④ 池田大作:《用诗心复兴人的精神》,《池田大作集》,上海远东出版社,1997年,第233页。

"诗心说"这个看起来偏近于艺术问题的思想的注意显然远远不够。我认为,"诗心说"不仅可以视为池田大作"新文艺复兴"思想体系中的一个核心问题,而且也可上升到池田大作人本主义思想体系中来认识和评价其意义与功能,因为"诗心说"在池田大作的"新文艺复兴"思想体系中,不是一个纯粹的诗学问题。

"诗心说"可从两个层次来理解。一是诗学层次,即要求诗人具有诗心,这是不言而喻的,因为诗是诗人心灵深处的神性的回声,是诗人生命之流奏响的曼妙旋律。真正的诗人必然具有一颗充满爱、善、美的诗心,倾听神性的呼唤,与自然交融,与人性沟通,这样的诗人才能写出"再现与大宇宙、大自然相融律动的人的生命的真实性、充满对万物的慈爱与感动的优秀的诗",才能实现诗人"唤醒人们的诗心,开出芳香的人性之花"的伟大使命①。二是人性复兴的层次。百余年前,鲁迅在东京写作《摩罗诗力说》,谈到理想的诗人时,他曾神采飞扬地指出:"盖诗人者,撄人心者也。凡人之心,无不有诗,如诗人作诗,诗不为诗人独有,凡一读其诗,心即会解者,即无不自有诗人之诗。无之何以能解?唯有而未能言,诗人为之语,则握拨一弹,心弦立应,其声澈于灵府,令有情者皆举其首,如睹晓日,益为之美伟强力高尚发扬,而污浊之平和,以之将破。"②作为鲁迅的崇仰者,池田大作也在各种场合不断地指出,不仅诗人应有诗心,而且每一个

---

① 池田大作:《用诗心复兴人的精神》,《池田大作集》,上海远东出版社,1997年,第233页。
② 鲁迅:《摩罗诗力说》,《鲁迅全集》第1卷,人民文学出版社,2005年,第70页。

平凡的人都应养育一颗诗心。因为诗不关功利,所以有诗心的人能够抗御这个时代物欲横流的袭击;因为诗与自然相通,所以有诗心的人可以同宇宙万物生命相融,和谐相处;因为诗以爱善美为内容,所以有诗心的人慈悲为怀,以生命为重。诗心还是人的想象力与创造力的源泉,"它在大地上培育理想、希望与勇气,带来和谐与融合,带着任何人都无法侵犯的力量,使人的内心世界由荒芜走向充实"①。

芳贺矢一在谈及日本民族的国民性时,曾十分自豪地指出这个民族的诗人气质,在生活纯粹简单的古代,不仅哲人写诗,诗人写诗,而且村野农夫、酒贩兵丁都能写诗。但在物质生活日益繁复的现代,民族的宝贵诗心也在不断地消褪丧失,作为这个民族优秀的先觉者,池田大作不能不深深地为这一褪失现象感到遗憾。所以,他的"诗心说"的提出,不但不缺乏社会生活的物质基础,而且有的放矢,直逼社会生活的现实基础。在我们这个技术控制的时代里,恢复人的权利的源泉只有诗心,只有诗心的回归才能把 21 世纪转变为人的世纪。"诗心的深化可导致自我的复兴,我想把这称为人性复兴","只有不断地向人性复兴或自我复兴挑战的人,才能创造出让人们安心与感动的未来"②。要达此目的,人人都应培植诗心,必须带着诗心工作。但是,诗人往往是天才的产物,众生芸芸,平凡而普通,怎样在世俗的生活

---

① 池田大作:《用诗心复兴人的精神》,《池田大作集》,上海远东出版社,1997年,第232页。
② 池田大作:《心灵四季》,时事出版社,1989年,第37页。

中培植自己的诗心呢？对此，池田大作充满了信心，他说："诗心并不是什么稀奇东西，也非只属于少数专家学者的专利，它是人生真实感受的积累。"①他依据自己的经验体会，真诚地提出培植诗心的三种途径：一是欣赏艺术作品，让优秀的艺术作品在精妙的旋律中充实生命，升华生命；二是向大自然发现美，郁郁黄花，无非般若，青青翠竹，尽是真如。大自然中到处都是生命的智慧与美妙的体现，一个人不断地融入自然之中，诗心必然长养滋润；三是视人生如诗，用诗意的眼光与心情来观照生活，享受生活，传授如何生活的经验。这三种途径，归根结底，说明诗心就来自我们丰富的日常生活，说明诗心就如佛教所言的佛性一样，是我们普通人的人性中本来就具有的，也能够达到的，培植诗心的关键就在于我们要全身心地、诗意化地投入我们的生活。

对此，池田大作不仅有主张，而且自己也一直身体力行地实践。在池田大作的倡导下，创价学会创办了规格很高、规模很大的东京富士美术馆。美术馆收藏了超过5000件藏品，包括西洋绘画、版画、雕刻、陶瓷、武具、刀剑等艺术作品。藏品中尤其以西洋艺术为特色，对美术史上的代表性作品，均做有计划的收藏。其典藏的西洋艺术范畴，从文艺复兴初期一直到现代，包括了17世纪的巴洛克、18世纪的洛可可、英国的风景画、自然主义、德国的浪漫风格、印象画派、后期印象画派、超现实主义、前卫艺术，甚至中东、地中海沿岸出土的古瓷均有系统性的搜集。可以说，东京富士美术馆丰富的收藏品，几乎涵盖了一整部西洋

---

① 池田大作：《心灵四季》，时事出版社，1989年，第23页。

美术史。之所以设置这样的美术馆，其宗旨正如池田大作所指出的："要创立一个可以讨论世界美术，以交流为目的，并透过艺术、文化的交流，达到对促进世界和平有帮助的美术馆。""东京富士美术馆是要让来馆的人的心充满新的活力与欢喜，是受到滋润的绿洲。"在这"滋润的绿洲"概念下，美术馆从一开始就以多元的文化中心形式规划，除了馆藏品展、海内外美术馆的交流展览之外，更设有独立的景观庭园餐厅、咖啡厅、纪念品中心、儿童游戏活动场所以及举办各种文化茶座、音乐表演的场所设施。可见池田大作创办美术馆和收藏艺术品不是等待艺术品升值，而是供平民百姓观摩、鉴赏和学习，是为了实现他"唤醒人们的诗心"的启蒙目的。在学校教育上也是如此，创价学会创办的学校从创价学园幼稚园一直到已经具有一定国际影响力的创价大学，各个层次的国民教育都非常重视艺术教育，把艺术教育当作必修课程，合唱团、器乐团等社团，更是遍及创价学会各个层级的学生活动。

除了这些公益的艺术事业，池田大作个人也特别喜欢到大自然中去感悟生命的精妙和奥义。青壮年时，他用诗和散文描绘、讴歌着日本的自然风物，太阳、海洋、樱花、秋枫、北海道的雪野等，都是池田大作笔下经常呈现的自然主题。到了老年，池田大作爱上了摄影，用镜头去捕捉自然生命的诗意，一朵花，一片叶，都有生命经络的律动，一颗星，一片云，都有生命的灵魂的颤抖，生命的光影与池田大作的诗心获得了完美的融合。至于在日常生活与工作中，池田大作如何用诗来鼓舞自己、激励自己，用诗来感染自己的同志，他的《新人间革命》中就有许多描写，能让读者读了亦随之心潮澎湃,情绪昂扬。他的人生是宗教的,也是哲学的,更是艺术的、诗化的人生。

需要指出的是,"诗心说"是池田大作生命诗学中的核心部分,而生命诗学则是池田大作新文艺复兴思想体系的重要支柱,也是理解和阐析池田大作所有文学创作的一个重要理论依据。20世纪世界诗坛上生命诗学非常流行,但各家学说往往具有比较浓厚的神秘主义倾向,无论是尼采的酒神精神,里尔克无意识深渊中的生命呼喊,柏格森的生命直觉,还是海德格尔的人要学习倾听,都或多或少为生命的神秘性和不可解释性保留了一点空间。池田大作是一位宗教家,他论生命必然会具有宗教感,而且他在谈论自己与自然的交融和自己作诗的感悟时,也时时表现出一种大音希声、大象无形、大美无言的无可言说的感觉,也就是说,在池田大作的诗人气质和心性中,也可以看到高蹈派的因子。但是,池田大作"新文艺复兴"思想体系最为突出的特点还是他的实践性和人间意志。"诗人是战斗者",诗人"对人类的命运感到有责任",池田大作对克里希纳·斯里尼瓦斯博士诗歌观念的极力赞赏,说明了池田大作绝对不是为了诗学而谈诗学,而是为了实现他所提倡的人性复兴来谈诗学,是为了弥合人类生命的分裂状态而谈艺术何为。所以,在这里我觉得有必要澄清一种误解。有评论说池田大作的"诗心说"是"从心灵到心灵,从精神到精神,而忽视了物质因素对人的精神发展的作用","它缺乏社会生活的现实基础,其理想只能成为一种美好的、空想的乌托邦","假如把它当成改造人类社会,从而进一步消除当代重大社会问题的理论,则它显然是过于单薄,过于软弱无力"①。我认为这种评价实际上并没有把握住或者说是有意忽略了池田大作诗学的精义所在。池田大作的生命诗学并不是从心灵到心灵,从精神到精神,恰恰相反,它正是对当代社会物质生活方式的一种十分敏感而锐利的反应。池田大作的"生命诗学"始终是关注现实中的生命存在和发展的。他对当代社会生活提出的改造主张,他用艺术来弥合人类生命分裂的功能设计,在力量上也许是单薄的、软弱的,技术时代的社会发展也许还理解不了其生命诗学的意义,但他无疑提出了人类社会发展过程中的一个永恒问题,而且恰恰因有这样一些看来单薄无力的理想主义者与物欲世界的永恒抗御,人类才在文明演进的历史中保持住了生命的尊严,这种意义是不应用简单化的辩证法来轻易贬低的。

第三节　　　　"写真实"

池田大作"新文艺复兴"思想体系中的第二个重要内容是文学要"写真实"。

"真实"的概念,大量地见于佛经。最著名的如《华严经》卷十六《金刚幢菩萨十回向品》"于真实性觉如如。不坏诸法真实性",说的是佛教觉悟的法门;又如《大乘义章》卷二云"法绝情妄为真实",意谓远离情伪、虚妄、颠倒的状态;《瑜伽师地论》卷一

---

① 曾小五:《诗心:人类旅途中的涓涓泉水》,《关爱生命　善待生命》,湖南师范大学出版社,2003 年。

三云"云何真实？谓真如及圣谛"，与真如、真谛、真理等义相同；《法华经·见宝塔品》云"如所说者，皆是真实"，则指的是佛陀的说法。佛经对"真实"的含义做过细致的辨析，如《瑜伽师地论·菩萨地真实义品》提出了"四真实义"的观点。一是"世间极成真实"，也就是世间共同承认、确定无疑的真实，如"谓地惟是地，非是火等"，"一切世间，从其本际展转传来，想自分别，共所成立，不由思惟筹量观察，然后方取，是名世间极成真实"，故此真实即世间语言分别、约定俗成的常识性知识。二是"道理极成真实"，即由理论、逻辑和经典等证明成立的真实，包括一切由现量、比量和圣教量证成的道理，其特点也是人为的，是由少数人的极善思择所建立、施设。三是"烦恼障净智所行真实"，即克服"烦恼障"的那种智慧所缘虑的对象，特指苦集灭道四谛的道理。第四种是"所知障净智所行真实"，指克服"所知障"的那种智慧所缘虑的对象，即"法无我"理。《菩萨地持经·真实义品》将这四种真实义译为，一者世间所知，二者学所知，三者烦恼障净智所行处法，四者智障净智所行处法。这四真实义呈现出一种从常识到真理再到破除真理这样一个由低级向高级的梯级发展，由这些细致微妙的概念辨析可见佛教学说对于真实观的重视。

佛教的真实观对中国文学思想的写真实思想影响巨大。中国儒家传统思想重实际，重伦理，兴观群怨的诗歌教化观念具有强烈的功利色彩。儒家文人强调"实录"、"征实"、"增益实事"，虽然体现出了朴素的唯物主义思想，但"这种创作观不能反映文学的概括性、典型性的特征,不能看清生活真实与艺术真实的差异"①。佛教的真实观与儒家的真实论大不一样,给中国文学思想中的真实观带来了新质。如诗僧支遁曾主张在诗歌中表现"身外之真",他在《八关斋会诗序》中说:"静拱虚房,悟身外之真;登山采药,集山水之娱。遂援笔染翰,以慰二三之情。"这里的"身外之真"无疑超越于常识之外。陶渊明要"养真衡茅下",说"此中有真意,欲辩已忘言"等,他努力探求的人生宇宙的"真实",显然也不是对现实生活的真实的概括,而是超越平凡的更高远的精神境界。著名文论家刘勰在《文心雕龙》中辨析"真"、"伪",也明显受到佛学般若空观的影响,强调"习亦凝真"、"要约而写真"、"壮辞可以喻其真"。他所言及的"真",也都超出形迹之外。所以,中国六朝时期文学思想在"真实"问题上看法的变化,是中国文学实践向前发展的反映。正是佛学的"真实观"的影响,促使中国文学从一般的学术与文化中脱离出来,开始了独立存在的自觉进程。

池田大作深谙佛法,对佛教真实义亦有深入的了解。"写真实"成为池田大作对文学的基本要求,也是最终要求,这不能不说与他心目中对佛学的深深信仰相关。池田大作在与汤因比的对话中曾谈到如何认识事物真相的话题。池田大作认为,"空、假、中"三谛论是构成佛法认识论基础的一部分,在"三谛"的三种立场中,"假谛就是相当于显现在该物的表面,通过人的感觉能感知的映像。不论是我们的肉体,或是宇宙的流转,万物一瞬

---

① 孙昌武:《佛教与中国文学》,上海人民出版社,1988年,第324页。

间都不得停止运动。我们的身体也在不断地新陈代谢,不是静止不变,而是在有力地运动着。它的形态可以作为映像而被感知,但是被知觉的形态本身,只能说是'假的东西'"。"与假谛相应,所谓空谛就是指一切现象的特征说的。它是不能作为存在而被感知的。正是这样,如果忽视了它,就不能正确地掌握住存在。所谓中谛是指包括假谛和空谛在内的本质上的存在。它是使形象显现出来,或者决定该物特性和天性的生命本源的存在。即或外貌形态有所变化,它也不变而贯彻始终。虽说如此,它却只有在假谛、空谛中才能表现出来,离开它们,没有什么另外的中谛。"所以,池田大作明确地说:"万物的真相可以认为是空、假、中形成的一体,后者是前者的三种表现方式。佛法认为这样的看法是正确的。我想佛法提出的三谛是原原本本地掌握事物真相的有效方法。"[①]通俗地说,这里所谓假谛,就是指事物可见可触摸的状态,这是事物的表相;所谓空谛乃是事物的本质特性,这是不可见、不可触摸到的真理;这二者分别开来,都不是真相,只有中谛,也就是把这二者结合起来,才是事物的真相。由此可见,池田大作心目中的"真相",既不是眼见手触的表面事实,也不是虚无缥缈的空玄道理,而是能够体现出事物本质特性的生动表象。正如"真实"概念原本于佛教,但在后来的演变过程中逐渐脱离宗教意味,而成为世人观察、分析客观事物的知识谱系中的一个重要名词,池田大作的真实观虽然首先是立足在

---

① 池田大作、汤因比:《展望二十一世纪》,国际文化出版公司,1999年,第340页。

世俗知识的话语谱系上的,即指人们眼中所见的客观事物本身。但在其根本旨义上,他的真实观并不仅仅局限于对自然存在的客观事物的认知上,也包括对符合客观规律的真理、真谛的探寻、发掘与坚守。

20世纪70年代初期,池田大作爱上了摄影,缘由是学会全体职员赠送给他一架"日光"F牌照相机。池田大作觉得不能辜负他们的一番好意,便决心亲自摄影。后来,手持照相机就成为池田大作的一个小小乐趣。他甚至说:"这也可以说是我一生中不断革新的一个事例。"自从爱上摄影之后,池田大作无论走到哪里,都喜爱用照相机的镜头去对准自然与人生。与文学的文字功能相比照,这是一种新的与自然对话的方式。无论是富士山头悠然闪过的一团白云,山野间一树灿然怒放的细碎花朵,一片纹路清晰凸显、颜色鲜丽耀眼的绿叶,一轮独自悬挂在静谧夜空的皎洁新月,还是纽约繁华都市的一角街景,欧洲乡村中古老庄园的一栋贵族宅院,镜头之中,这都是实实在在的自然,也就是19世纪末自然主义文学所推崇的"照相般的真实"。尤其是在光影技术高度发达的今天,这种"照相般的真实"不仅体现在物体的轮廓、架构与面相的层次上,而且颜色与纹理的呈现都已经纤毫毕现,比人眼所见更为真实。池田大作的摄影喜欢采用特写镜头,喜欢呈现自然生态的某一个场面,某一个瞬间,可见池田大作对自然之逼真状态的重视。但池田大作的摄影之所以得到观众的喜爱,或者说池田大作之所以会喜欢摄影,恰恰还在于池田大作的镜头所指之处,总在探寻与追求着某种诗意的存在,也就是支遁所谓的"身外之真"。池田大作自己也说过:"我的技术并不高明。不,也许说一窍不通更为恰当。不过,我觉得这也无妨。因为,摄影包含着一种哲学,它不是单纯的技术,而是透彻的心灵的作业,是表现自我的手段。一张出色的照片包含着某种能打动鉴赏者心灵的东西,那恐怕是由于通过镜头而形象化了的摄影家的生命激情而脉脉地传到鉴赏者心中的缘故。我暗自认为,这样的照片才是最美的作品。"譬如 2007 年 8 月摄于日本长野的《牵牛花》,整个画面就是牵牛花悄然开放的图景,红藤,绿叶,淡蓝色的喇叭形状的花朵,背后隐隐略略有两朵艳红色的花朵,喇叭形状朝着另一个方向。在大自然中,牵牛花是极其普通平凡的花,这画面也是极其普通平凡的画面,但池田大作摄下了它,因为他从普通之中体会到了真谛,在平凡中领悟到了奇特,也就是说他从牵牛花的真实的自然存在中捕捉到了盎然的诗意。"像沐浴着旭日光辉的/牵牛花/以清爽愉快的如是相/今天也出发/来度过/无悔的每一天。"①自然之上的诗意,这是池田大作与自然对话的心灵追求,真实之上的真谛,也是池田大作观察、思考与处理人事的精神原则。这种心灵追求与精神原则,无疑正是佛家有关"真实"的辩证思维的结晶。

　　世界文学史上的现实主义源远流长,现实主义文学的题材样式也丰富多彩。但纵观现实主义文学的发展历史可以看到,无论是何种形态的现实主义,除了真实地反映社会现实人生这一基本原则外,批判社会、批判现实,也是世界现实主义文学的一个共同标识。尤其是 18 世纪以来,随着启蒙主义思潮的影响

---

① 池田大作:《如是相》,《明报》月刊 2014 年 8 月号。

拓展,批判性愈来愈成为现实主义文学的最为重要的灵魂。在法兰西,有福楼拜、巴尔扎克式的批判现实主义,揭露和批判资本主义高速发展时代里金钱势力的恶行;在英伦三岛,有狄更斯等对资本主义原始积累阶段下层工人悲惨生活的披露与描写;在俄罗斯,有果戈理、契诃夫、高尔基等人对农奴制下被损害、被侮辱的小人物命运的揭示与同情;而在中国,晚清时期的谴责小说如《二十年目睹之怪现状》、《官场现形记》等,也是对社会腐烂面与丑恶面的直接批判。日本文学也是如此,在19世纪末和20世纪初年,以夏目漱石等为代表的批判现实主义走上文坛,1905年,夏目漱石发表第一部成功作品——长篇小说《我是猫》,以独特的艺术形式和强烈的讽刺精神,揭露了日本资本主义社会的种种罪恶。这些作品不仅批判现实,而且在创作中表达理想,申明道德、伦理的是非观念,呈现出批判现实的巨大勇气与炽烈精神。池田大作青年时代阅读过大量文学作品,他最敬佩的文学家,不管是日本的还是外国的,都是敢于直面人生、揭示人生的勇者和斗士。

不过,仔细分辨池田大作关于"写真实"的一些陈述,则不难看出,池田大作对于现实批判性的思考与指向有其特殊的针对性,也就是说,他所推崇、关注的"批判性"主要是对欺骗与谎言的批判。譬如池田大作最钦佩的中国作家鲁迅和巴金,就是典型的现实主义者,他们的文学也是典型的"写真实"文学,而他们的人格则是典型的反对欺骗和谎言的大人格。鲁迅最痛彻地批判过中国国民的欺骗人格和中国文学的欺骗格局。譬如他批判中国文学的"大团圆"结局就是欺骗性的表现,他所塑造的阿Q

形象就是一个"精神胜利"的自我欺骗的病态国民灵魂,他对中国儒家的最大不信任感就来自从古至今儒家士大夫的二重人格,阴法阳儒,或者明儒暗道,说一套做一套,只是将儒学当作功名仕途的敲门砖。鲁迅一生也被流言所困,有人暗指他抄袭,有人陷害他说他领了苏联卢布,有人猜疑他是日本间谍,有人背后造谣说他与弟媳关系不清不白,如是等等,但他发扬壕堑战精神,实行横站策略,与混淆黑白与掩盖真相的流言进行了坚决的斗争。池田大作最为钦佩鲁迅这种为真实而战斗的人格精神,也十分欣赏鲁迅的现实主义文学主张。他曾经在《谈革命作家鲁迅》一文中多次引用鲁迅关于"写真实"的言论来表达自己的观点,如"只有真的声音,才能感动中国的人和世界的人"(《无声的中国》);"将先前一切自欺欺人的希望之谈全部扫除,将无论是谁的自欺欺人的假面全都撕掉"(《忽然想到》);"有些事情,我还要说真实,便只好将别人的'流言'抹杀了"(《从胡须说到牙齿》);等等。巴金是现代中国作家中最有人格魅力的作家之一,而他人格魅力的核心之一就是说真话。巴金在"文革"十年浩劫中蒙受巨大的冤屈与痛苦,也亲身体验到了国人在强权面前的屈弱与违心,用廉价的谎言迎合权势,哄骗自己,污染社会。所以"文革"结束后,巴金在80岁高龄,坚持写完了他的《随想录》,用大无畏的"说真话"气概反思"文革",批判"文革",戳穿"文革"时代的种种谎言。对巴金《随想录》在中国当代文学史上的意义,池田大作是有所认识的,所以,他在《笔的战士》一文中,也指出巴金作为一位"笔的战士",继承了鲁迅的精神。"对于巴金来说,写作就是'说真话',就是与谎言做斗争。"当然,鲁迅与巴金关于"写真实"的精辟论断是很多的,池田大作特别挑选出这些论断,主要在于突出鲁迅、巴金与瞒和骗的斗争,与流言的斗争。池田大作指出:"鲁迅先生跟骗人的东西战斗,彻底攻击其欺瞒与恶劣。"所以,"鲁迅先生是真正的革命人,是斗争者"①。

"写真实"的核心就是要反欺骗,反流言,因为欺骗会遮蔽真实,流言会混淆真实,这一思想充分体现出池田大作文学思想与人生现实紧密相关的特点。至于池田大作为什么如此重视与谎言和流言做斗争,我认为有两个方面的原因。第一个原因与他自己的切身体会息息相关。池田大作秉承其师户田城圣的意志和传统,呼吁改革日本的岛国国民性,强调中日和平友好,要求日本为"二战"侵略罪行向世界道歉,等等。这些主张和思想在日本国内得到许多智者和群众的支持,但也遇到了不少误会、曲解甚至流言攻击。正是因为对此有着痛切的感受,所以池田大作一有机会就会将说真话、写真实同无畏的斗争联系起来,阐述自己的写作观念。他在同金庸的对话中,曾充满自信地说:"墨写的谎言决掩盖不了血写的事实(鲁迅语)。适如所言,谎言再如何伪装也不过是谎言,其实,造谣、欺骗各种各样的人的心,自己也会不经意地伤害自己的心,结果是搬起石头砸自己的脚。"②而且,池田大作具有战士的性格,崇拜鲁迅以笔为武器的战斗精神,所以他面对流言,面对瞒骗,并不是消极地去等待真

---

① 池田大作:《谈革命作家鲁迅》,《国际创价学会通讯》2005 年 6 月 28 日。

② 池田大作、金庸:《探求一个灿烂的世纪》,明河社出版有限公司,1998 年,第 180 - 181 页。

相大白,谎言不攻自破,而是鼓足勇气,主动出击,以坚韧的人格、坦诚的态度去讲真话,写真实,用真话来抵制流言,用真实来揭穿瞒骗。当然,这种为了真实的战斗,也不仅仅是为了个人的名誉得失,而是有着更为广大的使命。池田大作对法国作家安德烈·纪德评价甚高,他在同戈尔巴乔夫的对话中这样称赞过纪德的《苏维埃游记》:"在被人们称为'左倾的30年代'时期,社会主义,在人类发展史的未来里被一味描绘成充满希望的美丽梦想,就在那个时候,纪德访问了苏联,戳穿了斯大林主义的独裁与文化专制的恶劣真相。因这本《旅行记》,纪德受到了以左翼为中心的文人的讨伐,他却不屈服于这种围攻,绝不让步,他这样说过:'对我而言,有着比我自己以及苏维埃更为重要的东西,那就是人类,人类的命运与文化。'"[①]从这种评价中,也可以体会到池田大作用文字战斗时为人类文化与命运有所担当的辽阔胸怀与心境。

第二个原因则与20世纪世界文学的走向有关。纵观20世纪的世界文学发展态势,有两种文学状态是千百年来文学史上未曾有过的:一是受意识形态严格控制的文学,如80年代以前苏联和中国等的主流文学,它们以意识形态的目的为目的,以政党的使命为使命,粉饰现实,歌颂功德,"真实性"虽然被作为文学的旗帜高高举起,但文学的"真实性"完全被政治性所控制,甚至被政治性所取代;二是受拜金主义大力牵引的文学,这种文艺目的在于迎合市场,牟取利益,所以以中产阶级和市民的道德观

---

① 戈尔巴乔夫、池田大作:《20世纪的精神教训》,社会科学文献出版社,2005年,第79页。

念、审美趣味为原则,用虚假的情节编造廉价的大团圆、大欢喜的人生结局来赚取读者和观众的欢心(电影中的好莱坞模式和文学中的言情小说,等等),这两种文学由于其受众的广大,严重地损害着文艺的本质意义和提升人类精神境界的社会作用。"二战"以后,由于科技发达带来的物质生产水平的极大提高与物质生产能量的极大丰盛,拜金主义的影响更其巨大而深远,在人类的精神与物质各个领域,几乎弗所不及。池田大作甚至认为,虽然意识形态的控制在逐渐松弛,但拜金主义的控制力日益加强,日益令人不安。"不问意识形态如何,支配着现代人的精神世界的,简单地说就是一种'拜金主义'的风潮。这种风潮可以说比以前的'神'或'意识形态'更具有原始的、不祥的'外在的规范'意义。"①可以说,正是这种自我的亲身体会和对当前文艺本质蜕化现象的反思所形成的合力,促使池田大作把"写真实"当成了"新的文艺复兴"的重要内容。

当然,要能够主动地说真话,写真实,这也要求作家本身具有无私无畏的大勇气和大人格。在池田大作的心目中,中国作家鲁迅、巴金是有这样的大勇气与大人格的,同时,池田大作还把这种大勇气与大人格向中国文化传统的源泉追溯。譬如,池田大作曾对中国历史上的史官秉笔直书,不畏权贵,甚至敢于为真实原则而殉道的精神表示了由衷的钦佩。他在与金庸的对话中,讲了一个中国史官的著名故事——"崔杼弑庄公"。此故事

---

① 戈尔巴乔夫、池田大作:《20世纪的精神教训》,社会科学文献出版社,2005年,第300页。

源出《左传·襄公二十五年》:"大史书曰:'崔杼弑其君。'崔子杀之。其弟嗣书而死者,二人。其弟又书,乃舍之。南史氏闻大史尽死,执简以往。闻既书矣,乃还。"池田大作讲完这个故事,很动情地说:"不惜以身殉真实的记录,真是悲壮的理念。他们所写的一字一句都是以血滴来做生命的雕印,在权势者威胁下做曲笔,是终生的耻辱。这使我们深受教益,笔重千钧,执笔之事是必须具有相当程度的觉悟的工作。"① 这个所谓觉悟,当然是指文学家对于真实的尊重和守护,对于写真实这一使命的勇于担当。所以,池田大作认为这种故事应该多讲给青年们听。让年轻人们知道:"以笔为生涯者,是负有重大的使命和责任的。言论者能殉于信念、殉于正义,就是最大的荣耀。"②

第四节　　"逼近民众的原像"

池田大作是底层草根出身,从小就体验过民间的疾苦,了解民间的艰辛,知道民间的要求。同时,池田大作是佛教徒,信奉日莲大圣人的佛法。在池田大作习佛的理解上,"佛教是为民众的宗教,为民众超脱和克服生死之苦的宗教"③。释尊不仅始终

---

① 池田大作、金庸:《探求一个灿烂的世纪》,明河社出版有限公司,1998年,第184页。
② 池田大作、金庸:《探求一个灿烂的世纪》,明河社出版有限公司,1998年,第183页。
③ 池田大作、季羡林、蒋忠新:《畅谈东方智慧》,四川人民出版社,2004年,第83页。

关注广大民众,而且主张民众用各自的语言来谈论佛教的思想,从而打破了高贵的婆罗门佛教徒对佛教的正统阐释,为广大普通民众接受和思考佛法畅通了路径,提供了机会。草根的出身和释尊的教导,使池田大作一以贯之地将自己的根深深地扎在民众的泥土中,一生为民众代言。所以,民众乃池田大作思想体系中的一个中心词,也是他观察事物、思考问题与做出决策的一个最原初的基点。无论在何种场合,无论是谈到个人的事业还是谈到创价学会的事业,只要有机会,池田大作就会谈到民众的愿望与民众的力量。譬如,他在同戈尔巴乔夫的对话中,谈到一个人如何"能在其所处的时代里比任何人都活得深刻而有意义,并且作为时代精神无与伦比的体现者而继续成为人们的模范"的问题时,池田大作的回答是:"这样的人,应扎根于民众的大地,并且以之为根本,时刻牢记追求幸福的民众之心,并将其吸收下来,化为自己的灵魂的主心骨,然后,开花结果,播之于世。"[①]而在谈到创价学会的理念时,池田大作在给莫斯科大学的学生做讲演时曾经明确地表示:"我们创价学会的社会运动的基点也是民众,是来自民众又回到民众。也就是说,它是一个集结民众的自发的意志,作为争取和平的动力而开展的运动。"[②]站在这个基点上来思考"新的文艺复兴"的问题,池田大作就很自然地将"逼近民众的原像"当作文艺复兴的一个重要标志。

---

① 戈尔巴乔夫、池田大作:《20世纪的精神教训》,社会科学文献出版社,2005年,第48页

② 池田大作:《东西文化交流的新道路》,《池田大作选集》,北京大学出版社,1988年,第95页。

这种观念深深地渗透到了池田大作的文学思想与文学趣味中。池田大作特别欣赏俄罗斯文学,而他欣赏的理由是因为"俄罗斯文学最大的特色是,始终把文学究竟能对全体民众的幸福、解放、和平的理想做些什么当作自己的目标,并把这一目标高高地举起"①。俄罗斯文学的民众性有两个突出的表现。一方面,俄罗斯文学特别能够表现底层民众的坚韧与幽默。如出身底层的文豪高尔基,几乎没有受过正规教育,一直是在底层社会这一大学堂中学习文化,学习思想,学习如何去理解生活与表现生活。这样的人生经历,使得他的作品主要是描写底层社会人们的生活,他所塑造的人物有学徒、水手、工人、流浪汉,等等,这些人物都在社会的最底层忍受着人间种种苦难与不幸的煎熬。但是高尔基的伟大之处在于,他作品中的底层人物坚韧、乐观、幽默,从来没有失去对生活的信心、希望和梦想,他们的生存意志也从来没有被人间的苦难和不幸所摧毁。他们虽然生活在社会的最底层,却以他们金子般的人格力量显示着人类的尊严和高贵。池田大作曾这样回忆自己在战后阅读高尔基《底层》时受到的震撼:"当时我正在战败后一片废墟的国土上迎来十七八岁的多愁善感的青春期,所有的价值观都彻底崩溃,整天饿着肚子,和朋友们把战火劫余的微少的书籍收拢在一起,为了寻求明天的光明,贪婪地阅读着。《底层》中这些话像闪电般地贯穿了我的心,当时所受到的感动,至今仍烙印在我的脑子里。'人'这一

---

① 池田大作:《东西文化交流的新道路》,《池田大作选集》,北京大学出版社,1988年,第16页。

从苦恼与沦落的底层迸发出来的整个人类的呼叫,不由得不使我感到这是凝缩了俄罗斯文学特色的人类观的表现。"①另一方面则表现在,俄罗斯文学家有"一种与民众同甘苦共命运、真挚地追求真理的精神。正是这种追求真理的精神给予了俄罗斯文学中出现的人物形象以极大的深度"②。池田大作指出,凡是俄罗斯的伟大作家,如普希金、果戈理、涅克拉索夫、屠格涅夫、托尔斯泰和契诃夫,等等,他们毕生都是人民的朋友。在沙皇时代的俄罗斯,当世界已经快速向工业时代发展的时候,俄罗斯的人民还处在农奴制的压迫之中。在难以形容的压制下,民众默默地被迫过着忍从与痛苦的生活。但俄罗斯人民仍然不失去希望,深信俄罗斯的传统与未来,这是因为俄罗斯的文学家们在不断地给他们指出光明,俄罗斯作家的奋斗方向始终与俄罗斯民众的意志紧密联系在一起。

池田大作对于中国作家鲁迅的尊敬,也在于他非常赞赏鲁迅的民众立场。鲁迅同样是俄罗斯文学的爱好者,曾翻译过俄罗斯作家安特莱夫、果戈理、爱罗先柯、法捷耶夫等人的作品,他说自己就是在俄罗斯文学中了解到了"上流社会的堕落与下层社会的不幸",看到了"被损害与被侮辱的人们"的艰辛命运,从而"哀其不幸,怒其不争",揭示这些普通民众的苦痛,以引起疗救者的注意。鲁迅就是这种疗救者,他把自己一生的精力都投

---

① 池田大作:《东西文化交流的新道路》,《池田大作选集》,北京大学出版社,1988年,第17页。
② 池田大作:《东西文化交流的新道路》,《池田大作选集》,北京大学出版社,1988年,第17页。

入唤醒民众、解放民众的伟大事业中,鲁迅逝世后,他的灵柩上覆盖了写有"民族魂"字样的旗帜,充分证明了民众对他的崇敬与肯定。值得注意的是,鲁迅常常会被人视为"中国的尼采",认为鲁迅的小说多写下层民众的负面生活状态,如麻木、冷漠、无聊、缺乏同情心、精神胜利法,等等,从而认为鲁迅与尼采一样,是以超人的态度对待民众,内心里充满对民众的憎恶与蔑视。这其实不仅是对鲁迅,而且是对尼采的巨大误解。鲁迅一生着力于改造国民劣根性,在他的作品中,很少写到普通下层民众的优秀品质,主要呈现的是下层民众精神中的负面因素。这种描写的出发点恰恰不是憎恨,而是内心中充盈着的爱。因为在鲁迅心目中,上流社会是堕落的,不可救药的,没有前途与希望的,所以他选择下层民众作为国民性改造的对象,重点揭示下层民众精神上的病症以引起疗救者的注意,他是将国民性的新生与民族的新生寄托在下层民众身上的。池田大作崇敬鲁迅,也深深懂得鲁迅国民性改造背后的情感态度和心理指向,懂得鲁迅的批判国民性只是因为他爱民众,忧虑民众的命运。所以,池田大作曾经多次在文章中谈到鲁迅"知道民众的心",鲁迅创作的特点是"剥掉粉饰的掩盖而逼近民众的原像"[1]。在"谈论革命作家鲁迅"的讲座中,池田大作更是以鲁迅来夫子自道,指出鲁迅"他的文学是'爱民众的热血',因为爱民众,所以极其憎恨使民众深受其害的虚伪"。

---

[1] 池田大作:《寻求新的民众形象》,《池田大作选集》,北京大学出版社,1988年,第112页。

文学与民众之关系，不仅表现在文学家创作的民众基点与创作时贯注在文字中的对民众的情感态度上，而且表现在文学家自身的审美趣味构成上。从文学艺术的起源来看，诗歌最先就是普通民众的劳动号子，鲁迅就曾经表示他是"哼唷哼唷"派的，赞同艺术起源于劳动的观念，而鲁迅在《阿长与〈山海经〉》等文章中，也谈到了自己对民间文学艺术的向往与情趣上的认同感。保姆阿长为幼年鲁迅找来了他朝思暮想的《山海经》，鲁迅直到中年还在为这事感激不已，原谅了她的一切过失，祈愿地母安息她的灵魂。后来，瞿秋白在为《鲁迅杂感选集》作序时，将鲁迅比作西方神话中的莱莫斯兄弟，是吃了狼奶长大的，这狼奶当然就是指具有反抗精神与清新刚健格调的民间文艺。在文学艺术的发展中，每当一个阶段的文学体式与文学意象发生停滞或遭遇瓶颈的时候，往往就是民间文学以其清新健康的格调与活泼多姿的形式，给文学带来了新的发展动力，中国的《诗经》、汉乐府对文人诗的影响以及后来的民间说唱艺术对小说的影响，就是一个个生动有力的证明。池田大作与鲁迅一样，他虽然不是文学史家，但对民间文学表现出了极大的兴趣，其原因主要还在于民间文学中那种苍凉、坚韧的精神力量。譬如，他非常喜欢俄罗斯的民间歌谣，曾深情地说："在整个俄罗斯的国土上，自古以来人们所爱唱的民谣也是同样。我们很多日本人也熟悉这些俄罗斯民谣。如哥萨克歌谣、伏尔加船夫曲等，那儿流露出的并不是简单的绝望，也不是忍从的哀伤，可以说是在苦恼的深层仍然不断地怀着对幸福的向往，对没来由的不幸发出抗议和从人的生命中迸发出来的强有力的控诉。那支伏尔加船夫曲好似从地底涌出来的庄严的灵魂的呼喊,那种痛苦愈深愈要经受其考验的精神,我认为这雄辩地说明了它具有像奥斯特洛夫斯基所说的钢铁那样强大的力量。"①

对于日本本土的民间歌谣,池田大作也是十分喜爱的。譬如,池田大作就很喜欢在作文写诗中引用《万叶集》的诗句。《万叶集》是日本现存最古老的诗集,它与中国的《诗经》相类似,收集的是日本一千多年前流传的一些诗歌,里面收录的诗歌大部分"作者不详",其实即无名庶民吟诵的诗歌。池田大作曾经说:"我特别喜欢戍人歌和东歌。因为那很多是无名的平民的歌。在这些诗歌深处的人性的升华,不能不使人深受感动。那些歌颂人、歌颂大自然、与生活融合在一起的抒情,是那样坦率、诚挚、跳动着生命的脉搏。"②戍人歌是《万叶集》中古代戍守边境的士兵及其家属所咏的诗歌,东歌则是《万叶集》收入的东部地区民歌。这些无名庶民吟诗作句并非为了留名于后世,而是把抑制不住的内心世界以诗的语言表达出来。因而,它拥有着永恒的生命,超越时光,超越国界,被千千万万不同年代的日本人不断地歌颂。池田大作曾盛赞《万叶集》中的一首和歌:"天海云波横,月船星林穿,摇向缥缈间。"他觉得:"当我们轻咏这首和歌,不就会感到,较之送人上太空,踏足月球的今日,远古的人们跟月亮与星星似乎更感亲切,活得心情更广阔吗!"从这首和歌

---

① 池田大作:《东西文化交流的新道路》,《池田大作集》,上海远东出版社,1977年,第19页。
② 池田大作:《万叶精神》,《池田大作选集》,北京大学出版社,1988年,第239页。

的吟咏中,池田大作领悟到:"古代人在物质享受方面,当然无法与今人比肩。但是,连悠然地仰望星空的闲情也没有的现代人,究竟谁才拥有真正丰富的人生呢?现代人伫立在物欲横流与喧嚣之中,心已疏离了浩瀚的宇宙及永恒的时光,所感到的尽是孤独与陌生,为了抚慰枯竭的心灵,人们一味追求快乐刺激,反而令这种渴望日甚一日地强烈起来。"从这些例子中,我们可以感受到池田大作与民间文学的亲近,以及民间文学常常给予他的丰富启示。

池田大作非常喜欢那些本源自民间、经历过一代又一代民间艺术家创造的文学经典。譬如中国古代小说《水浒传》就是这样一部作品,池田大作在与金庸的对话中多次谈到自己对《水浒传》的喜爱,并由此提出了文学的"群众的支持"的重要命题。他说:"众所周知,《水浒传》全书乃是一个虚构的故事,只有其首领宋江遗事在史书中有记载。经过数百年的增改渲染,由民间传说的英雄故事演变成现在所见的小说模样。从寥寥无几的文字记载衍化成这样气势雄浑的史诗般的小说,无论作者有多么丰富的想象力,如果没有一代代群众的支持,也是不可能得到如此成功的。"①此所谓"群众的支持"应该包含两层意义。一层意义是从作品接受的角度看,群众支持表现为一代又一代的群众的爱好和传诵。在各个民族的文学史上,都不乏贵族宫廷之间相互酬唱的诗词作品,但这些作品之所以没有流传后世,或者说没

---

① 池田大作、金庸:《探求一个灿烂的世纪》,明河社出版有限公司,1998年,第447页。

有成为后人学习的经典,就是因为他们只是少数人茶余饭后的高级消遣品。无数经典生成的历史都昭示我们,只有群众爱好和传诵的小说作品才会拥有长久不衰的艺术生命力。另一层意义是从创造的角度看,像《水浒传》这样的经典,它的故事最初就来自民间。鲁迅曾经考证:"宋江等啸聚梁山泊时,其势实甚盛,《宋史》(三百五十三)亦云'转略十郡,官军莫敢撄其锋'。于是自有奇闻异说,生于民间,辗转繁变,以成故事,复经好事者掇拾粉饰,而文籍以出。""此种故事,当时载在人口者必甚多,虽或已有种种书本,而失之简略,或多舛迕,于是又复有人起而荟萃取舍之,缀为巨帙,使较有条理,可观览,是为后来之大部《水浒传》。"①可见,文学经典的形成,其实并不是哪一个人的成就,而是一代又一代爱好《水浒传》的群众共同创作的结晶。池田大作提出"群众的支持"这一命题,其宗旨就在于强调伟大的文学首先的必备条件就是对于民众愿望的真挚反映。池田大作说:"在权势者的凌辱欺压下,那种追求'倘有这样的英雄豪杰','倘有这样的除暴安良之处',正是在这样的梦想之中产生出《水浒传》——那是真挚地反映出当时民众愿望的文学作品。如果举例,可把英雄们聚居之地梁山泊看作人们的理想之乡,在梁山泊里有农作、屠宰、养蚕等日常生活的各种描写,这意味着,《水浒传》与权势压迫无缘而追求自由自主的世界,不正表现了大众这

---

① 鲁迅:《中国小说史略》,《鲁迅文集》第9卷,人民文学出版社,2005年,第146页。

种内心憧憬的世界吗?"①

确实,民谣、传说等民间文学是民众自己的精神创造物,不仅是民众意志愿望的真实表达,而且是民众心灵力量和深度的体现,是民众的意志和民众的美学在艺术中的最高体现。没有哪个真正与民众精神相连的作家不重视民间文学的,民众是这样热爱他们自己的文学,他们唱着歌谣,互相传说着民间故事,对文学艺术寄予了特殊的喜爱。正是在这样的土壤上,才能够盛开一个世纪又一个世纪文学的绚丽花朵。但是,20世纪以来,文学与民众的关系出现了一些意味深长的变化。一方面,在政治意识形态的严密管控下,文学理论中的"大众"一词时常被虚化,文学创作中的民众性所具有的历史内容和鲜活血肉往往被抽空,成为一个空洞的政治概念;另一方面,在消费主义的引导下,文学中的"大众"概念无论是内涵还是外延都被异化,文学与大众的关系要么被戏谑化,要么被商品化,文学的民众性被日益强大的文化工业塑造成文学消费上的大众趣味,不仅影响着审美意识的发展,而且渗透到了人们的私人领域,影响着人们的日常生活和思维方式。对文化工业的这种双刃剑特性,池田大作是有深深警惕的。他曾写过《脱离电视文化》一文,对电视文化培养起来的"触觉人"现象深感忧虑,认为这种"触觉人"难以应对复杂的伦理思考和情绪的深深回味,而复杂的伦理思考和情绪的深深回味恰恰是"像个人"的特征,是人的生命尊严的体

---

① 池田大作、金庸:《探求一个灿烂的世纪》,明河社出版有限公司,1998年,第446页。

现。所以尽管电视文化已经深入民众,成了民众日常生活中的不可或缺之物,成了名副其实的大众文化象征,但池田大作还是语重心长地希望大众为了培养起想象力和创造性而保持读书的习惯,并且说出了"家里没有书本,正如人没有灵魂"①的名言。由此可见,正是意识到文学中的民众性所出现的这种时代变异,池田大作才那么深情地怀念俄罗斯文学,那么深情地谈论鲁迅和吉川英治,并且希望和鼓励文学家们在新的文学中复兴俄罗斯文学和鲁迅他们所标志的那种文学与民众的关系。

第五节　　重建文学的"叙事力量"

19世纪末以来,人类的精神发展史上出现了一些重要的理论贡献,这些贡献影响甚至改变了人类的思维方式和认知方式,为人类的精神发展与心智成长开启了新的方向。譬如,弗洛伊德的精神分析学说发现了人们意识深层的力比多和潜意识;柏格森的创造进化论和时间绵延说发现了人的意识的流动念念不止,生生不息;而波德莱尔开创的象征主义诗学观念主张诗人倾听自然大化的互相应和,穿过象征的森林去发掘宇宙神秘与陌生的美;等等。这些震撼了人类思想文化界的思想成果形成了一种合力,产生了共同的作用,促使20世纪世界文学的发展普遍地出现内转的趋势。凝视内心散乱的瞬间活动,捕捉意识的

---

①　池田大作:《我的提言》,香港佛教日莲正宗出版,1980年,第88页。

无规则流转,成为20世纪文学的时尚。日本文学也不例外,30年代初期,伊藤整与永松定、辻野久宪合译了乔伊斯的《尤利西斯》,淀野龙三、佐藤正章、三宅彻三、神田龙雄合译了普鲁斯特的《追忆逝水年华》第一卷《斯万之家》,堀口大学翻译了拉迪盖的《奥热尔伯爵的舞会》,这三部小说都是20世纪欧洲心理主义文学的经典大作。同时,伊藤整又连续撰写了《关于意识流》、《新心理小说》、《文学领域的转移》等文章,介绍西欧的心理分析小说潮流,也为日本新心理主义文学的诞生摇旗呐喊。在西欧心理分析小说的强力影响下,新感觉派的主要人物横光利一发表了《机械》,川端康成出版了《针·玻璃·雾》、《水晶幻想》,堀辰雄出版了《神圣家族》、《美丽的村庄》、《起风了》,伊藤整出版了《幽鬼的街》、《幽鬼的村》等,这些小说的出版标志着日本现代新心理主义文学运动的形成。这些新心理主义文学的特点就在于借鉴精神分析的理论,运用内心独白、意识流等方法,描写人物心灵的孤独、变态,描写人物情感的病苦,开拓人物深层的心灵世界,也就是实现弗洛伊德的主张,去挖掘人类无意识那一块还不被人知的精神的黑暗大陆。

文学乃是人学,当然离不开心理描写。但传统小说中的心理描写主要是对人物表层心理如情感、理智、意识等内容进行描写与分析,这些心理内容是可以通过理性与逻辑认知的,在描写方法上也大都是通过人物行动、人物对话来间接描写的。新心理主义文学显然是对这种传统心理描写方式与目的的全面打破,它强调与突出的恰恰是人物深层心理的不可预知性,是人的潜意识或者无意识对人物行为的控制能力,是生命的意识流动之间的无序性。这种理论主张与艺术追求表现在以叙事为主的小说创作中,形成了现代小说飘忽闪烁的意识流动、连篇累牍的精神解剖、细致绵密的心理描写等特点。这些特点虽然极大地增加了主题和意义的可诠释性,但也极大地阻碍了小说情节的快速发展能力,文学本来具有的叙事力量就在这种心理分析的世界时尚中逐渐地削弱与退化。小说变得越来越晦涩难读,就更不用说引人入胜的趣味性了。譬如心理主义小说的集大成之作《尤利西斯》,小说以时间为顺序,描述了三位普通的都柏林人布卢姆、斯蒂芬以及布卢姆的妻子摩莉在1904年6月16日从早上8点到夜里2点18个小时内在都柏林的种种经历。整部小说以斯蒂芬零乱无序、恍惚迷离的意识流开始,又以摩莉长达40多页滔滔不绝的意识流结束。作者采用了精神分析的创作手法,有效地将人物混乱不堪的心理世界展示在读者面前,让他们直接进入人物的意识领域去把握时代的脉搏。尤其是《尤利西斯》中内心独白所涉及的内容包罗万象,各种离奇复杂的印象、感觉、回忆和欲望混为一体,形成一条飘忽不定、转瞬即逝的主观生活之流。具有耐心的读者,同时又了解心理分析小说的基本路数,对弗洛伊德精神分析理论也有一定的知识基础,阅读小说时或许能够产生一种现实生活的直接感和真实感。但是,这样的读者毕竟是极其少数的,对大多数一般读者而言,尤其是在现代生活快节奏的时代背景下,这样的小说难免给人阅读天书而望之生畏的感觉。

池田大作对文学的这一内转趋势是有所觉察的。池田大作年轻时就喜欢看一些故事曲折的小说,如大仲马的《三个火枪手》《侠隐记》《十五小豪杰》《鲁滨孙漂流记》等。从这些小说历世不衰的艺术魅力方面,池田大作懂得了叙事文学引人入胜的第一条原则,就是情节必须有趣,而情节的有趣则依赖于作者讲述故事的能力。正是出于对文学叙事性的重视,池田大作虽然在科学的意义上,"高度评价19世纪下半叶在西方兴起的对无意识领域的探究工作"①,因为这种精神科学与古代印度无著、大亲等佛教学者的唯识论观点颇有相合之处;但他对20世纪世界文学中的现代主义小说精神分析越来越显著的发展趋势深感不安,而且做出了尖锐的批评。他说:"这一百年来,不论东方或西方,有论者认为,追求以细致的心理描写为中心是文学的主流。但是故事性呢,文学家遨游宇宙般的想象力却转向以精雕细刻无聊、烦闷的日常琐事,这不也意味着不可能产生超越以前的文学创作的作品吗?"②而且池田大作还将现代小说艺术同莎士比亚戏剧进行对照,指出莎士比亚"与心理分析、心理描写等决然无缘,他完全没有去考虑那些在书斋中孤独地读着活字的读者等等。与莎士比亚丰饶与广阔的世界相比,那些善用精致的心理描写的现代文学就显得可怜,它只偏重于读者、文学青年和知识分子"③。在对现代小说内转趋势的批判中,池田大作

---

① 池田大作、汤因比:《展望二十一世纪》,国际文化出版公司,1999年,第18页。

② 池田大作、金庸:《探求一个灿烂的世纪》,明河社出版有限公司,1998年,第439页。

③ 池田大作、金庸:《探求一个灿烂的世纪》,明河社出版有限公司,1998年,第439页。

将重建文学的"叙事力量"视为他的"新的文艺复兴"的又一个重要内容。中国香港作家金庸是一个拥有广泛读者的武侠小说作家,80年代金庸的武侠小说在中国风靡一时,洛阳纸贵,而以他的武侠小说为底本改编的电视连续剧如《天龙八部》、《射雕英雄传》、《神雕侠侣》等,更是老少男女踊跃争看,奥妙就在于他的作品不仅有生动的人物形象,也有扣人心弦的故事情节。所以,池田大作在同金庸的对话中,不仅肯定了金庸小说讲述故事的精彩,而且在不同的地方不断地强调"情节有趣乃是十分重要的文学因素"。譬如在对话中,池田大作极力称赞大仲马和雨果作品的"故事的好看"和"有着丰裕的世界的故事的力量",称赞《基度山伯爵》"有着千变万化的情节性",称赞莎士比亚心里所想的是舞台,是行为,是活生生的台词;也称赞中国古典小说《三国演义》的故事脍炙人口。

当然,情节有趣只是叙事力的一种结果,叙事本质上是一种对生活想象的连接与组合。好的叙事必须包含人物、情节、时间、地点、环境、开头与结局等基本要素,而扣人心弦的叙事不仅情节本身要具有紧张性与兴奋感,而且在叙述的起承转合方式上亦要表现出技巧。所以,叙事方式在历来的文学理论中都占有比较重要的分量。在中国,由于小说最早起源于说书人的讲故事,因而对小说的叙事技巧尤其注意。金圣叹批《水浒传》,胭脂斋评《石头记》,都很注意其中的叙事手法。在西方,文学理论发展到今天,叙事甚至单独从文学理论体系中分离出去,成了一门独立的叙事学学问。很有意味的是,西方当代叙事学的兴起与完善是有它的哲学做基础的。总体看来,当代叙事学的产生是结构主义和俄国形式主义双重影响的结果。结构主义强调要从构成事物整体的内在各要素关联上去考察事物和把握事物，特别是索绪尔的结构主义语言学从共时性角度，即语言的内在结构，而不是历时性角度、历史的演变中去考察语言，这种语言哲学对叙事学的产生起了重大的影响作用。池田大作对叙事的强调同样有他的哲学作为基础，这一哲学基础就是他在种种场合一再坚持、一再呼吁的人与人、民族与民族、文化与文化之间的凝聚与连接。池田大作在同金庸谈到那些情节曲折动人的小说时特别指出："在小说中有人认为有'凝聚力'和'连接力'。人与动物、人与宇宙、精神与身体、男性与女性、此世与彼世、过去与现在、未来，等等——连接着这些关系，会形成一个（哲学意义上的）'宇宙'（cosmology），但我认为那种力量的本质乃是'趣味性'的。将'趣味'改为'意味'也许更好些。那是在更深一层的立场上，与大乘佛教中将人在这个世界生存作为目的而提出的'众生所游乐'的'游乐'相通的。"①这种所谓的"凝聚力"与"连接力"，其实就是指小说的叙事力量。池田大作不仅指出"叙事力"的本质是"趣味性"的，而且把它同佛法的启示联系起来，可见他对"叙事力"在文学中的地位与作用高度重视。

1970年代初期，日本文坛曾经出现过一个人称"内向派"的文学潮流。著名文学评论家小田切秀雄最早提出这个概念，他在一篇当代批评论文中认为，当时日本"最引人注目的一些新人

---

① 池田大作、金庸：《探求一个灿烂的世纪》，明河社出版有限公司，1998年，第139页。

作家和评论家,少数除外,大都困在个人和自我的内心状态中,用自己的手去触摸自己的作品的真实性,从而作为超意识形态的内向文学的一代,正在形成一种现代的潮流"①。后来这些被归纳进来的作家们便自称"内向派"。每一种文学流派的产生当然都与当时的社会思潮有着密切关系,"内向派"文学形成的时期,正是日本国内外形形色色社会思潮特别是"极左思潮"、"末日思潮"非常流行的时候,这些思潮对日本知识分子影响较大。再加上当时日本文坛上以怪异鬼才著称的三岛由纪夫和诺贝尔文学奖获得者川端康成,在70年代初期相继自杀身亡,这种处理自我生命的方式对年轻作家也是一个重大的精神冲击。所以,这一部分作家,特别是新作家,精神上深感不安,对社会和政治很不信任。他们认为自己处在"灰色的季节",没有勇气去面对并变革社会现实,于是超脱和逃避社会现实,把自己引入"非现实的世界",使思想意识"内向化"。从文学流派上说,这似乎是日本文学中描写个人身边琐事的"私小说"传统的新发展。这一流派在井由吉的《杳子》获芥川奖以后,开始引起人们的注意,被称为战后第六代新人作家的黑井千次、阿部昭、后藤明生、小川国夫以及评论家川村二郎、秋山骏等积极从事这一流派的活动,创作了不少作品,在日本文坛造成了不小的声势。池田大作一向喜爱文学,70年代初期,也是他的创作步入鼎盛的时期,他肯定对这种内向派文学有过密切的关注,所以他针对这种文学的内向倾向提出了自己的看法。毋庸讳言,池田大作对于现代

---

① 转引自叶渭渠、唐月梅:《日本文学史》,昆仑出版社,2003年。

小说内转倾向的批判确实有点严苛，也低估了心理分析的运用在深入认识人的精神世界方面所具有的重要意义，但是池田大作对于文学"叙事力"的强调，对于"叙事力"的核心功能即凝聚力与连接力的思考，对于复兴和重建文学"叙事力"的呼吁，其意义已远远超出了文学自身。

在文学叙事中，叙事力是与想象力紧密联系在一起的，超越的"叙事力"必然具有超越的想象力。而人的"想象力"则不完全表现在文学的才能领域，或者说，想象力在人类生存的其他方面如科技、艺术乃至日常生活中都具有无可比拟的重要性。在与金庸的对话中，池田大作曾问金庸，想象力是天赋的还是后天培养的，金庸回答说是天赋的，池田大作对此表示赞同，但他也进一步对此做了说明："文学的想象力也许是天赋，但那种天赋的萌芽该是幼小心灵的一种体验吧，特别是从谁那里听到什么样的话语。"池田大作还以世界文豪歌德和普希金为例，指出他们的文学想象力天赋显然与年幼的时候每夜都听母亲或乳母讲述民间传说和童话息息相关。"传说与童话的特征相信是在于由人的灵魂对灵魂直接、继续说话之点吧！从'说的人'与'听的人'的心的沟通之中，那些栩栩如生的形象集结于一起，形成了意味的世界——'听故事'这种活动不就比'读故事'更为有效吗？""远古的故事，以及传承这些故事的声音的回响在心中跃动，这份心灵的鼓动，才孕育出文豪们的浪漫的金色之苗。"①确实,想象力虽然是一种天赋,但这种天赋是否能够得到发掘和培育,幼年时代的教育环境尤其是"听"的环境至关重要。

池田大作的这段话含义深远,第一,他把一个人想象力的培养同幼年时代"听故事"的活动联系起来,只有听那种情节曲折、动人心弦的故事,儿童的成长才会保持天真烂漫,心灵不被遮蔽,儿童天生的想象力才不会被壅塞。这一点已经被世界文学史上许许多多作家成长的经验所证实。日本作家大江健三郎就曾经一再地说过他的文学创作同他祖母和母亲所讲述的故乡神话传说之间的密切关系。他说自己就是通过祖母的讲述获得了把山村的森林、河流以及更具体的场所与神话传说的意义联系起来解释的训练,并进而发展到自己把自己编织的新传说附着到某一场所或某一棵大树上。所以,他也深深忧虑现在的小孩已经不用地方的乡土语言说话,也不再可能通过从祖母或母亲那里听来的乡土特有的神话传说,释放出都市和标准语里所没有的想象力。他认为,现在的小孩沉迷在电视中,但通过电视,只能收看没法让人眼亮的细节和情节,以及充斥着演艺界内幕杂谈的娱乐节目,现在的孩子们和那些演艺界人士一同生活在同一现实中,只能在满足通俗而贫乏的幻想过程中成长。在这一点上,池田大作和大江健三郎可谓贤者所见略同。

第二,从更深层的意义看,"听故事"不仅是一个儿童教育问

---

① 池田大作、金庸:《探求一个灿烂的世纪》,明河社出版有限公司,1998年,第140、141页。

题，而且是现代社会文明弊端的一种救治方法。现代社会是以工业文明为基础的，而工业文明的一个突出特点就是划一性，就如同工厂生产的产品一样，每一种产品成千上万地生产，但这成千上万的产品在标准上必须保持严格的划一性，而划一性的恶果就是人类性灵与精神的平庸、雷同与缺乏活力。尤其是在文化产品也像工业产品那样可以按照标准批量生产时，文化的快餐使得当代社会中的精英阶层连听完一个故事的耐心都没有的时候，听故事和讲故事的重要性就日益突出起来。池田大作说："我有这样的看法：觉得现代的孩子们正追求'动人心弦的事物'，而对着今日划一性的社会，就要借助有着丰裕的世界的故事的力量才能跨越之。"[1]想象力不仅是文学创作的必需力量，而且是人类所有具有创造性的劳动所必需的力量，它是人的本质力量的核心层次。借助"有着丰裕的世界的故事的力量"来跨越当今划一性的社会，池田大作对文学的"叙事力"的功能和作用的这一思考结论，说明他的"新文艺复兴"理论已经不仅是在文学领域内的思考，而且上升到了整个新世纪人类文明建设的思想高度。

文艺复兴运动是西方文明发展历史中的一个重要转折点，它对人的发现、对人本主义的张扬揭开了人类由中世纪向近代文明转型的帷幕。14—16世纪的文艺复兴运动主要以创作和古希腊罗马文化的重新发现为主，而池田大作提出"新的文艺复

---

[1] 池田大作、金庸：《探求一个灿烂的世纪》，明河社出版有限公司，1998年，第285页。

兴"观点,则是针对人类在新的现实状态下出现的问题及其拯救方式而提出的一种理论设计。在为《20世纪的精神教训——戈尔巴契与池田大作对谈集》所作的序言中,张镜湖先生曾对此书的中心旨意做出了精彩的归纳:"迈向21世纪,两位哲人认为唯有维护'文明之共生'、伸张'柔性权力'、发扬'王道精神'、孕育'新的文艺复兴'才能创造和平"。① 综观池田大作的相关著述和对话,可以说这四点正是池田大作关于21世纪人类文明核心价值及其发展方向的基本思路和主要理念。进入21世纪以后,美国世贸大厦遭受的恐怖袭击、伊拉克战争的爆发、各种严重自然灾害的频频发生,使得21世纪人类应该如何构建起自己的核心价值,成了全世界各种文明都不能不面对的一个紧迫问题。毫无疑问,池田大作的这些理念由于浸润着东方文明的精神,吸取了西方文化的精髓,体现着文化共生共荣的人类理想,因而对世界文明发展、人类价值重构的进程起到的重要作用也越来越显著。而且,这四个方面的内容也不是分离而各自为政的,它们应该是融为一体,互相支持与促进的。"文明之共生"是追求的目标与理想,"柔性权利"是实现文明之共生的实践手段,"王道精神"是文明之共生的哲学基础,而"新的文艺复兴"则是达到目标、更好实践、奠定基础的人心保证。这是池田大作思想体系的四大支柱。也许由于池田大作作为宗教家、社会活动家和哲人的崇高地位掩盖了他的文学家的身份,所以学界对他文化理念

---

① 《20世纪的精神教训——戈尔巴契与池田大作对谈集》,台北正因文化事业有限公司,2004年版,第14页。

的研究往往比较集中在"共生"论、柔性权力、软实力、王道精神等问题上,至今为止,对他的"新文艺复兴"思想的研究一直付之阙如,或者说重视得还远远不够。这种现象显然不利于我们完整地理解池田大作的 21 世纪人类文明核心价值理念,理解池田大作对 21 世纪人类文明发展所做出的贡献。

第二章

池田大作文学中的生命主题

从本源上看,池田大作对于生命的重视,得益于两个人的启示。一个是他的恩师户田城圣。户田城圣因反对日本军部的侵略行径,被投入监狱。在狱中他从《法华经》悟达到"佛就是生命,存在于自身之中,也是遍布于大宇宙的大生命"的道理。后来户田城圣还以这一"悟达体验"为基础,写过一篇论文《生命论》,阐述了小宇宙的自我生命与大宇宙成为一体的"宇宙即我"、"我即宇宙"的境界。另一个人是池田大作十分崇敬的德国哲学家康德,池田大作曾经多次引用康德的仰望星空和内心道德律的名言来表达自己对生命的思考。确实,仰望星空就是人的自我生命向大宇宙融入的努力,是人的生命力向无限的延伸,内心道德律则是人的生命本质的最为深刻的赋定。一个伟大的哲学家或诗人,他的思考,他的吟唱,总是在围绕着生命这个轴心旋转。作为宗教家、教育家、社会活动家和诗人的池田大作也是如此,生命是他充满智慧与激情的思考聚焦点。他笃行宗教,目的是为了提升人类生命的智慧与质量;他热衷教育,目的是为了激发人类生命内在宇宙的潜能;他积极投身于各种社会活动,目的是为了给人类生命创造出一个包容、和谐与适宜的生态环境;他一生从未间断过的文学阅读与文学创作,则是为了抒发或表现个人生命中感恩的欢喜,以及个人在万物融汇的大宇宙中的生命体验。关于生命问题的思考,既是池田大作思想体系建构的出发点,也是池田大作思想体系建构的归宿。关于生命的意义表达、意象构造,则是池田大作文学创作中一个贯彻始终的主题。在生命问题的探索上,池田大作有着充分的自觉意识和积极的介入态度。他相信,21世纪将是人类关注生命的世纪,文学应该和科学、哲学并肩发力,为生命意义的探索、为枯萎生命力的拯救做出自己的贡献。同时,他也常常赞赏那些具有强烈生命力的诗人与作家,赞美他们笔下展开的一个个引人入胜的生命世界,而他自己的文学创作所呈现的生命境界,有的如春花般灿烂,有的似夏日般火热,既有秋天般的静美,也不乏冬日般的坚韧。不仅显示出他文笔的大气磅礴和精巧细腻,而且透露出他颖悟生命的深邃洞察力与感受力。

第一节 "漠视死,就不能获得充实的生"

生死轮回,是佛教的生命观,是池田大作在与国际文化名人或科学大师对话时经常讨论的话题,也是池田大作文学中生命主题书写经常涉及的题材。在《佛法与宇宙》中,池田大作同物理学家木口和志村探讨过生命的十种变化相,也就是佛法所谓的"一心具十法界"。他说:"简要地说,把生命自体的十种变化相、生命从内部所感受到的境地分为地狱、饿鬼、畜生、修罗、人、天、声闻、缘觉、菩萨、佛。这就是人的生命的具体形象,所谓幸与不幸的境界。"①前面六种境界被称为"六道",前三道为三恶道,后三者为三善道。一般说来,三千大千世界,生命就是在这些境界中轮回,生生死死,循环不已。佛教认为,在这六道中轮回的生与死,无论三恶道还是三善道,都还是迷的境界,无明的境界,生与死是无差别的存在。只有超拔出了这六道的轮回,生死的转换才是有意义的。所以,佛教称有意义的死为圆寂,为灭度,都是在肯定有意义的死亡对于生命境界的创造性。在池田大作的生命观中,对死亡意义的思考与追寻,是他对生命问题进行思考的出发点,也是他的人本佛学理论的重要基石。在《佛法与宇宙》的对话中,池田大作和科学家谈论生死轮回问题时,他的视野已经超越于六道之上,把声闻、缘觉、菩萨、佛都看作人的生命境界,这就是他的人本佛学观的思维特点。也就是说,池田大作从人格来界定佛,而不是从神格来定义佛,从而赋予了人的生死转换以创造的价值和意义。池田大作在谈话中指出:"人并不满足于六道轮回,还做学问,不懈地努力,争取'声闻'、'缘觉'的境界。并且进一步献身于人类和社会,从事于拯救人类和社

---

① 池田大作、木口胜义、志村荣一:《佛法与宇宙》,经济日报出版社,1997年,第43页。

会的活动,即深入地寻求'菩萨'、'佛'等'四圣'。"①这里谈到的对"声闻"、"缘觉"境界的追求,对"菩萨"、"佛"境界的向往,都表明了人的生命自有一种对六道轮回的超拔的原动力。从佛教的修行实践来看,这种超拔可以有两种途径,一种是小乘的个人自觉,结果是到达"声闻"与"缘觉"的成就,一种是大乘的普度众生,在普度众生中完成菩萨与佛的人格。前者是伟大的艺术家、宗教家常常能够达到的境界,后者则是伟大的政治家、革命家经常达到的境界。如果人的一生达到了这样的境界,其死亡就是有意义、有创造价值的死,因为这种死带走的只是肉体,而生命的精神将作为人类生命的创造性能量而永存,死亡与生命达成了和解,自我的生命与大宇宙也获得了统一。

从民族文化习性来看,日本文化深受佛法影响,又有自己的神道传统,对死亡的话题和与死亡有关的物事素来并不禁忌。记得前些年我看黑泽明的一部影片,里面有一个学生给老师祝寿的场景,学生是抬着棺材化妆成无常来到祝寿现场的,但师生之间心意相通,一片欢娱。在日本著名影片《东京塔》中,母亲去世后,吊丧期间,母亲的遗体就放在楼上卧室里,儿子坐在遗体旁边,心里在与母亲说话。诗人斋藤茂吉也写过一首有名的短歌:"寂静的深夜/陪睡在临死的母亲身边/远处田野里蛙声喧天。"池田大作曾赞誉这首短歌"把飘溢在母亲死的睡床四周沉

---

① 池田大作、木口胜义、志村荣一:《佛法与宇宙》,经济日报出版社,1997年,第48页。

寂的气氛,同比喻为喧闹的蛙声的生的气息做了对照"①,这就是日本文化中对生死亲密与转换的理解。在《佛法与宇宙》中,池田大作与志村荣一和木口胜义谈到了"与死决斗的文学家"的专题。在这个专题里,志村荣一讲到了一个很有趣的日本文学家的故事,明治时代的文豪岛崎藤村(诗集《嫩菜集》的作者)有一次去看望死期逼近的作家田山花袋,到了病床边,岛崎藤村问道:"田山君,人要死时是什么心情呀?"这个问话有悖常俗,很不应景,引起家属和周围人的不满。岛崎藤村后来辩解说,因为彼此都是搞文学的同志,所以才想问一问这不能问别人的真实情况。这些场景和故事,都说明在日本文化中生死轮回是一个深入人心的观念,生与死的距离其实很近。而志村荣一讲的这个故事,其意义更在于它揭示了文学家与死亡之间的关系,真正伟大的文学家其实就是"与死亡决斗"的人。岛崎藤村之所以敢问有悖常俗与人情的问题,也是因为他相信文学家能够真正坦然地面对死亡。池田大作也有这方面的亲身经历,据他回忆,1971年樱花盛开的时节,他有一次邀请小林秀雄、里见弴、中村光夫等日本著名文学家在创价学会的总本山大石寺莲叶庵里用午餐,在畅谈中,小林秀雄说了这样的话:"我60岁以后,一直在做死的准备。"这句不经意说出的话,给了池田大作很大的精神震撼。池田大作说:"听到这话后,我一瞬间突然想到,小林先生准

---

① 池田大作、木口胜义、志村荣一:《佛法与宇宙》,经济日报出版社,1997年,第256页。

备与'死'做面对面的搏斗了。"①所以,池田大作在听完志村荣一讲的故事后,例举了很多东西方"想与死决斗的文学家",如普鲁斯特、陀思妥耶夫斯基、海明威以及日本的夏目漱石、芥川龙之介、志贺直哉等,尤其谈到了陀思妥耶夫斯基被判处死刑拉出去枪毙,在临开枪的一瞬间,沙皇命令停止行刑的故事。池田大作的题为《一个文豪的生命》的诗作,写的就是陀思妥耶夫斯基面临死亡的几分钟时间的故事,在这几分钟里,有一个人当场就发狂了,有一个人的头发瞬间变得雪白,而排在第三组的陀思妥耶夫斯基也说自己当时受到了无法言说的冲击,因此才有了《罪与罚》、《白痴》、《恶魔》等名著的产生。池田大作从陀思妥耶夫斯基等人的经历看到:"优秀的文学家的诗魂,是决不会忽视在这严肃的瞬间所感受到的生与死之间的深层状态的。"②

从思想渊源上看,池田大作生死轮回观的哲学基础无疑是佛教的《法华经》。《法华经》全称为《妙法莲华经》,由后秦鸠摩罗什译入中国,全经主要内容是说三乘方便、一乘真实和一切众生皆可成佛,主要思想为空无相的空性说和《般若经》相摄,究竟处的归宿目标与《涅槃经》沟通,指归净土,宣扬济世。由于此经集大乘思想之大成,因而在中国佛教界影响最大,流传最广,中国佛教天台宗等以此经为据以立说的主要典籍。此经的汉译本由鉴真和尚带入日本,平安时代的最澄大师据此创立日本天台

---

① 池田大作、木口胜义、志村荣一:《佛法与宇宙》,经济日报出版社,1997年,第13页。

② 池田大作、木口胜义、志村荣一:《佛法与宇宙》,经济日报出版社,1997年,第256页

宗,向全日本广为传播《法华经》。到 13 世纪时,日莲圣僧将《法华经》的真髓解释为一种人人可以实践、可以成佛的修行方法,从而确立了真正意义上的民众佛教。创价学会是日本现代最大的一个以《法华经》为中心经典的佛教团体,而创价学会以《法华经》为中心经典的理论旨归也在于《法华经》对生命意义的阐释。创价学会的创始人牧口常三郎就是从《法华经》的义谛中悟到了唯一可以称作价值的价值乃是生命,其他的价值只有与某种生命产生联系时才会成立,从而把生命引入价值观念的核心地位,并从此出发创立了创价学会。他的继任者、创价学会第二任会长户田城圣则将生命的思想做了进一步阐发,从《法华经》的开经《无量义经》用三十四个否定句来阐述佛身之文中反复思考,终于到了忘我境界,顿悟到"佛就是生命"。"其身非有亦非无,非因非缘非自他,非方非圆非短长,非出非没非生非灭,非造非起非为作,非坐非卧非行性,非动非转非闲静,非进非退非安危,非是非非非得失,非彼非此非去来,非青非黄非赤白,非红非紫种种色。"这三十四个接连说出的"非",其实就是启示人们,对"佛身"的认知只能从否定性出发达到肯定的境界,从死亡性出发达到对生命的认知。作为创价学会第三任会长的池田大作,对《法华经》的生命理论意义认识得更加深刻,他不仅高度评价了户田城圣在这方面的贡献,认为"第二任户田会长悟达到佛就是生命,存在于自身之中,也是遍布于大宇宙的大生命,慧眼洞察了《法华经》的真理和宇宙生命"①,而且更加完整地阐述了佛法与生命之间的关系。他在和汤因比的对话中这样说道:"我认为佛教主张的生命轮回观同时永存的假说能有效地说明,人虽都有生,而不同的人都有不同的前世报应这一事实。如果不假定一个自己在过去也曾有过生,那么他生来就有的前世报应,将只能由类似神那样的超绝者的意志去决定,或者由偶然性去决定。这种佛法的解释,大概是让人觉醒到自己并不受人类以外的超绝者所支配,而是自己对一切负责,由此使人树立起根本的自主性。"②自责自负,强调人对自我生命的主体担当,这就是池田大作理解的生死轮回精义所在,他把这种生命理论深刻而透彻地贯注到了自己的文学创作中。

池田大作认为:"对生命的探索,不能依靠科学研究拿手的分析与综合,而必须凭借直观的智慧。它是非常高明而又主观的东西,是面对生存着的自己产生的生命感。因为,人类幸与不幸的各种现象,都不过是这种生命感的变形表象。"③那么,如何来捕捉和呈现人类的生命感呢?池田大作依据的也是《法华经》所阐释的"一念三千"的智慧。池田大作指出,一念的生命是超越了生死、生灭、大小、广狭的相对性,永恒不变的实际存在。生

---

① 池田大作、季羡林、蒋忠新:《畅谈东方智慧》,四川人民出版社,2004年,第160页。

② 池田大作、汤因比:《展望二十一世纪》,国际文化出版公司,1985年,第319页。

③ 池田大作:《人生寄语——池田大作箴言集》,上海社会科学院出版社,1992年,第62页。

命贯穿着时间与空间,无始无终。为什么会无始无终呢?因为人的生命是与宇宙生命相沟通的,死不是生的断绝,而是回到宇宙生命的怀抱,是新的生的开始。池田大作充分意识到了佛法的死后观与其他宗教的生命断绝说或灵魂说是大不一样的,有它的独到精微之处。譬如,佛教的"空"观十分巧妙地说明了生命的一种状态。"正如同在空间里有各种各样的电波流动,而且都保有各自的波长那样,处于死的状态的个体的生命,一方面和大宇宙浑然成为一体,同时仍然继续保持个体的特性,这是说明空的状态的一个比喻。"①又如佛法的以无为有观念,深刻地指出:"宇宙的生命轮廓只能用否定之否定,归根结底是用肯定的形式来表达。"②在这些佛法思想中,生死轮回只是宇宙大化的必然现象,生固可喜,死亦不悲,死亡是向宇宙怀抱的回归,它以否定之否定的形式呈现着生命自体内在世界的实相,人生本苦,这一苦谛乃佛法的第一义谛,而生死轮回则是人生本苦的重要依据之一。所以,生死轮回观本质上是宿命的,悲观的,但池田大作的这些思想,由于在"一念三千"的佛教智慧中借鉴和结合了启蒙时代以来人的主体性理论,无疑是对宿命的、悲观的"生死轮回"观建构起了一种积极性的诠释。

在生命哲学的思考上,儒道佛三家走的是不同的路线。儒家采取的是鸵鸟方法,孔子说不知生焉知死,因而避而不谈怪力

---

① 池田大作、松下幸之助:《人生问答》,中国文联出版社,2000年,第87页。
② 池田大作、木口胜义、志村荣一:《佛法与宇宙》,经济日报出版社,1997年,第34页。

乱神。道家走的是美化路线,幻想出一个仙山琼阁来安置人死后的肉身,于是丹药、方术盛行于世,羽化成仙成了世俗人生的终极追求。只有佛学不仅敢于直面死亡,而且能够重视死亡,不仅阐明了什么是生命,而且精妙地阐释了死亡之意义。所以,中国近代大哲梁启超就曾经依佛学种子义大谈自己的生死观,并且将佛学称为"死学",也就是教导人们怎样面对死亡和处理死亡问题的学说。池田大作的许多说法,与梁启超的命名颇为相似。譬如他在谈论自己的人生观时就曾一再强调,人的生命要有意义,就必须重视死的问题。针对分裂世界中的人类生命状态,池田大作说:"我不得不指出,如今已具有生命力枯竭的倾向。漠视死,就不能获得充实的生。把统一生死的思想贯穿于日常生活中,就一定能确立现代人的生命观。"虽然池田大作对佛教礼仪中一些法事中固守成规、烦琐虚假的现象不无批评,但他也从更深层的意义上阐发了佛教礼忏中的临终关怀。他说:"佛法十分重视临终的问题,认为临终就是一个人此生的总决算,同时是踏入来世的第一步。它是诸法的实相,在死的一瞬间,一生的善恶业绩将暴露无遗,一点都不能隐瞒,这实在令人恐怖。临终时的光明或黑暗,就是你今世所作所为的诸法实相,是映照未来的镜子。"①值得指出的是,在关于死亡问题的思考中,博学的池田大作一再显现出他东西贯通的思维特点。不仅所举的例子遍布东西文化,而且所引的思想观点也并不故步自

---

① 池田大作:《人生寄语——池田大作箴言集》,上海社会科学院出版社,1992年,第60、61页。

封在佛学的范围里面,譬如他将西方存在主义哲学大师海德格尔拿来与佛学做比较,就使得他对死亡的思考充满着现代感。"海德格尔曾说:'人是走向死的存在',而死并不等待这些议论,它在生的掩盖下,正在不断地流淌着。不,可以说,每一瞬间都将碰到死,都在自死复生。正是这种对死的觉悟,无限地丰富了生,充实了生。没有死的醒悟,就没有真正的生,也就不能过上充实的生活。这样,死也就完全变成生的问题,可以说,不能解决死的问题,也就不能确立生的基点。"①

其实,在死亡意义的讨论上,不仅海德格尔,包括叔本华等西方哲学大师都曾受过佛学的启示和助益,至于文学,由于它本身就是对生死等永恒主题的形象表现,佛学生死轮回观的影响就更为深远广博了。当然,死亡是文学的永恒主题之一,人类文明中各种各样的习俗和思想,造成了世界文学中死亡主题书写的多样性。而佛教文化对死亡主题书写的影响,最为突出和显著的特征不仅是对死亡题材的关注,而且是对死亡意义的肯定与对死亡本身的赞美。中国现代最伟大的作家鲁迅有着深厚的佛学修养,他的文学创作包括他的一些杂文对死亡题材有着极其精彩的表达,尤其是那本贯注着他人生哲学的散文诗集《野草》,简直可以称为死亡的赞美诗。《野草·题辞》中开门见山地表示:"过去的生命已经死亡。我对于这死亡有大欢喜。因为我借此知道它曾经存活。"这句名言强调死亡的"大欢喜"体验,为

―――――――
① 池田大作:《人生寄语——池田大作箴言集》,上海社会科学院出版社,1992年,第61页。

全书的死亡主题定下了基调。如《复仇（二）》中写基督的死："他在手足的痛楚中，玩味着可悯的人们的钉杀神之子的悲哀和可咒诅的人们要钉杀神之子，而神之子就要被钉杀了的欢喜。突然间，碎骨的大痛楚透到心髓了，他即沉酣于大欢喜和大悲悯中。"又如《复仇》写战士对看客的复仇："于是只剩下广漠的旷野，而他们俩在其间裸着全身，捏着利刃，干枯地立着，以死人似的眼光，赏鉴这路人们的干枯，无血的大戮，而永远沉浸于生命的飞扬的极致的大欢喜中。"不仅人的生命如此，鲁迅写自然生命的死亡也都是如此飞动激扬。如《雪》："在无边的旷野上，在凛冽的天宇下，闪闪地旋转升腾着的是雨的精魂……是的，那是孤独的雪，是死掉的雨，是雨的精魂。"又如《死火》："这是死火，有炎炎的形，但毫不摇动，全体冰结，像珊瑚枝；尖端还有凝固的黑烟，疑这才从火宅中出，所以枯焦。""待我成尘时，你将见我的微笑！"《墓碣文》中的那个死尸的语言，则更是惊心动魄，令人深思。鲁迅这些死亡意象的描写特点十分突出，有意义的死经常是与无聊的生两两相对的，因而死不再像俗见所想象的那样阴冷、灰沉、晦暗和恐怖，反而显得朝气蓬勃，情趣盎然。纵观人类各种宗教与哲学，将死亡体验为"生命的飞扬的极致的大欢喜"，这只有佛教中的涅槃，意义庶几近之。

  池田大作对鲁迅的作品是十分熟悉的，涉猎也十分广泛，他曾经将鲁迅的文学特点概括为"凝视内心的文学"，既包括对民众内心的凝视，也包括对自我内心的凝视，而对自我内心的凝视，《野草》无疑是一部最有代表性的作品。另外，池田大作也曾写过题为《杂草》的诗歌，对于杂草的坚韧生命力、平凡但又伟大的生命精神的礼赞,与鲁迅《野草·题辞》中所言野草根本不深,花叶不美,但也能装饰这熔岩奔突的大地意旨颇为相似。指出这一点,并非说池田大作对死亡的书写一定是受到鲁迅的影响,而是说由于池田大作与鲁迅的心意相通,同时在身世经历上又有相似之处,譬如曾多年经受肺病的折磨,长期遭受社会不公平的误解与攻击等,尤其是他们都具有佛学修养,这些都会促使他们对生死的思考产生相近的观点与体验。池田大作的散文《京都"枫红之秋"》,表达的就是对生死轮回的积极思考。秋天是万物成熟而衰败的时节,秋风秋雨愁煞人,在文人墨客的笔下,秋声总是充满着肃杀之气。但在这篇咏秋的作品中,池田大作写出了一幅十分壮烈的自然生命景观:"秋就好像在树叶上喷洒金泥、红彩及金箔般,以浑身的光芒妆点,并吹奏出生命的最后乐章。千万叶片随风起舞,万叶齐唱,那是生命最后的祭典。"这个"最后的祭奠"既是生命之光所激发起的最后一闪,也是生命迈向死亡之境的一步。但这一生死的转换轮回不是悲剧,而是大欢喜,大飞扬,因为这"最后的祭奠"恰恰也证实了这一生命过程的始终饱满与昂扬。池田大作由衷地赞颂秋枫这一自然生命,同时也将之引入人生的思考。他期望人的生死轮回也有如这秋天的枫叶,"在有限生命中,一直往前前进,每年每年都能更加辉煌。直到最后最后的那一天,十分鲜烈,更超前般,如同要烧灭死亡般,鲜活强烈的活下去"。在这里,枫叶也好,人生也好,池田大作谈的是生,其实是在告知人们怎样理解死和面对死。"所谓生命,就是生与死不断往复、永远持续的东西。这就是东洋的生死观。超越了生死,就会追求自己的目的和使命而奋斗终生。

这样,也就能产生永不枯竭的生命充实感。"①《京都"红枫之秋"》中,"面临死亡却能了解生命的辉耀,这正是秋枫的象征"。所以,池田大作不禁欣喜地赞叹:"在这绚烂无比的皇室王朝中,却蕴藏着死亡、人生无常的佛教哲学。"

第二节　　"共生的道德气质"

池田大作是一个坚定的和平主义者,他曾真诚地呼吁日本民族对"二战"罪行进行深刻的反思,对"二战"中受害的中国人民怀有深厚的友谊,所以他在担任创价学会第三任会长后,就积极地从民间推动中日关系的正常化。当然,这种友好感情的建立,还有一种文化的基础。也就是说池田大作不仅十分了解,而且服膺和爱好中国的传统文化,对日本文化与中国文化之间的源流关系有着清醒与智慧的认识。池田大作和巴金、金庸、季羡林、杜维明等中国人或海外华人举行过文化对话,在许多文章中都曾深入谈论过《论语》、《孟子》、《三国演义》、《水浒传》等中国古代典籍,这些都在在说明他对中国文化有着深厚的学养。所以,如果要追溯他生命观的思想源泉,要解读他的作品对生命主题的表达,除了佛教哲学之外,也应该看到中国儒家文化天人合一思想对他的影响。

宇宙茫茫,生命无尽,人只不过是其中的一种形式。在与木

---

① 池田大作:《人生寄语——池田大作箴言集》,上海社会科学院出版社,1992年,第62页。

口胜义、志村荣一两位物理学家的对话中,池田大作曾借宇航员的话表达地球与人在宇宙中的微小以及地球在宇宙中的独特和珍贵。"他们说:从漆黑宇宙眺望的地球散发着蓝蓝的光芒,诗歌无可替代的生命体,整个光景令人感受到生命的尊严。眷恋地遥望地球,那里没有国境,立即明白到和平是宇宙飞船'地球号'运行必不可少的。掉转视线,便看见威严而沉默的宇宙。银河系的深邃,无言的律动,从广大的天空想到超越人类智慧的营为,涌起难以言状的严肃的感动。"[1] 这种难以言状的感动,既包括第一位女宇航员泰莱西科娃所说的"只要从宇宙眺望过一次地球,就一定会真正尊敬、怀念自己的摇篮——地球"那种故乡感,也包括对天体宇宙的深邃与无言律动的深深敬畏。这两者其实是一块银圆的两面,不可分割的。它启示着我们人应该怎样处理自己和宇宙自然的关系。也就是说,人不过是宇宙中的某种生命形式,地球不过是星河中的一只飞船而已,其他的生命形式和多以恒河沙数计的星球都构成它存在的环境。在这样一种共存状态下,生命与生命之间怎样实现沟通,这是生命存在与环境生态的一个重要问题。

池田大作将儒家的天人合一思想同佛教的依正不二思想结合起来,为解决这一问题提供了一种思路。他指出,儒家的天人合一与佛教的依正不二都是表示人与大自然、人的生命与宇宙生命关系的哲理,虽然表现形式不同,但其实质异曲同工。"天

---

[1] 池田大作、木口胜义、志村荣一:《佛法与宇宙》,经济日报出版社,1997年,第15页。

人合一论认为,天道与人道在其根本上是一致的,人心和人性中都具备着天性和道德。这一思想构成了中国思想中人生观与宇宙观的根本。另一方面,佛教是把大宇宙、大自然与人的生命的关系当作依正不二论而展开的。""这一哲理认为,作为依报的环境和作为正报的人的生命,在其根本上是不二的,而在现象世界中的相互依存的关系则作为'而二'从那里显现出来。"①正如他把启蒙时代以来的人的主体性理论融入自己的佛学阐述一样,池田大作也把天人合一的思想提升到"人道主义"的理论高度来理解。他认为:"在产业革命以前,要说人与自然的关系,人对自然的影响是微不足道的。尤其是在开始农耕、畜牧的几千年前,是自然掌握了对人的生杀予夺大权。从人类漫长的历史来看,人要改变自然是最近的事,敬畏自然,认为人与自然是一体不二的历史,要悠久得多。在那时,不论哪个民族或集团,都很自然地感到人与自然是一体的。可是,在一神教的影响下,西方世界逐渐培育了把人与自然分离、客观看待自然和企图支配自然的思想。不可否认,正是这种思想成为近代科学文明发展的基础。"②池田大作把这种思想指为西方近代文化中所谓的"人道主义",它的核心是以人为本,人是万物的中心,也是万物的主宰。接着池田大作用一种文化比较的目光,谈到了他所理解的孔子所谓"天"的独特含义,指出它既是整个宇宙的主宰,同时又

---

① 池田大作、季羡林、蒋忠新:《畅谈东方智慧》,四川人民出版社,2004年,第233页。
② 池田大作、季羡林、蒋忠新:《畅谈东方智慧》,四川人民出版社,2004年,第236页。

是人的道德的根源,而孟子的"知其性则知天"则把自然的规律直接变成了伦理的法则。池田大作指出,这就是"中国思想具有特色的人道主义的立场","这种立场认为,'天'是道德的根源,从而天与人是互相关联的"①。西方文化中的近代人道主义思想导致了人与自然的分离,以人为本导致了人的骄傲和人征服自然野心的不断膨胀,而"天人合一"思想这种中国式的人道主义强调的是人与自然的合一与共生共存。所以,池田大作非常明确地指出:"环境破坏已经达到威胁人类的物种生存的地步,能不能同大自然协调、和平共存,对人类来说,是关系到生存的大问题。为此而必要的'共生的道德气质',我认为,就在中国思想的精髓'天人合一'论中搏动着。"②

当然,池田大作的生命观念与日本民族的文化气质有着更为紧密的精神联系。日本文化中有一种十分重视自然与人融合的传统,这种传统其实也与儒家的天人合一和佛教的依正不二思想密切相关。池田大作曾经很精辟地分析过历史上日本文化是怎样把这两者结合起来的,他说:"妙乐大师根据中国的阴阳五行说,在《止观辅行传弘决》中介绍了天人合一思想,日莲圣僧在《三世诸佛总勘文教相废立》中引用《弘决》这样一段话:'知此身中,具仿天地。知头圆像天,足方像地……'阐述了内在的小宇宙与外在的大宇宙的关联性。他还说:'应知天崩,我身亦崩,

---

① 池田大作、季羡林、蒋忠新:《畅谈东方智慧》,四川人民出版社,2004年,第244页。

② 池田大作、季羡林、蒋忠新:《畅谈东方智慧》,四川人民出版社,2004年,第232页。

地裂,我身亦裂,地水火风灭,我身亦灭。'指出各个生命和生育他的天地、宇宙的盛衰是一体的。同时还论述了妙法莲华经五字,是包含构成这种宇宙的一切根本因素的根源之法,因为一切生命中都包含这种宇宙的根源,所以只要将它开示出来,任何人都可以即身成佛,建立一种能给自己和他人都带来幸福的自在的境界。"①自然与人融合的传统在日本文学中体现得最为充分。在《自然美与日本文化》一文中,池田大作指出:"谈到日本文化,就不能无视其与自然美的关系。打开古代书籍,许多篇章就是歌咏我们热爱的山河,以及代表着四季变化的花鸟风月。""而且最使人感到我国文化特征的莫过于和歌与俳句,作者描写花鸟风月,并不单单从外部眺望,而是与美丽的自然对话,时而与其交流。"池田大作还把日本的自然美观照方式与西方文化的自然美观照方式做了对比,"在西欧,确实也有不少描写四季和自然的作品,但作者往往把自然当作外在的对象来观察。有识之士指出,包括日本在内的东洋,是把自然看作心的,而西洋则把它看作物。在这一点上二者有物与心的不同"。对这种不同,池田大作是这样理解的:"观本身就是东洋的看法。在西欧,识别自然的方法很发达,而在东洋有这样的传统,由于深入挖掘自己的精神,扩展自己的生命,便和对象合为一体。这就是所谓观,观照一词就是照亮自己生命深处的意思","并不单单是眺望自然,而是感受到自然的内在生命气息就是自己的生命,在此存

---

① 池田大作、季羡林、蒋忠新:《畅谈东方智慧》,四川人民出版社,2004年,第246页。

在着共感或一体感之类的东西"①。

正是在天人合一与依正不二这两种思想的启示下,池田大作的文学创作承接日本文化的悠久传统,塑造和讴歌了人类生命主体应有的"共生的道德气质",其中心旨意就是强调在当今以分裂、异化、掠夺为特征的技术化时代里,人类唯一的自我救赎方式就是人与自然、个体生命与宇宙生命的共生共存。于是,我们能够看到池田大作的诗文无论是礼赞人事,还是讴歌自然,人和天总是融合在一起的。如诗歌《宇宙的大音乐——赠鼓笛队》:"我们的合奏悠扬/太阳微笑着欣赏/皎洁的月亮张开/亮丽的眼睛凝望/布满天空的星座/闪烁着清洌的光/在助威一声不响//宇宙之声无际涯/我们在其环绕下/演奏自己的妙音//乐坛表演一段落/举杯共饮生命水/愿歌新曲飨众贤/奔回舞台再表演/鼓笛齐鸣有新篇/更如天际雷电闪/唤醒听众尽开颜。"鼓笛的乐声,这是人的声音,雷电齐鸣,这是宇宙的天籁,二者相互转换,又融合一体。而太阳、月亮、星星被鼓笛的乐声所吸引,更是衬托出了鼓笛的美妙,显现了宇宙之间美好事物的相互吸引与相互礼赞。又如诗《蔚蓝的天空——献给蒙古国总统巴嘎班迪》:"风吟咏/云起舞/蔚蓝的天空高歌/世界是一个//风飞奔/云行进/蔚蓝的苍穹连着/新世纪的天际//人唯有仰望/蔚蓝的天空/踏绿色大地/才能做个真正的人//那时人成为/庄严的宝塔/连接天与地/做生命交流之天线/与宇宙和大地对话/真正的

---

① 池田大作:《池田大作思想小品》,上海社会科学院出版社,1997年,第238、239页。

人翩翩起舞。""新世纪"、"真正的人",这都是池田大作诗歌中经常出现的词汇,意义指向池田大作对未来的期望。而池田大作所谓新世纪的真正的人,其核心的品质特征就是做天地空间的连接者,宇宙生命的交流者。其中"宝塔"、"天线"的比喻,十分精彩,前者显示出人的堂堂正正,后者则喻示着宇宙生命交流的全息形态,眼看不见,耳听不到,无形无迹,但实际存在着。

在《胜利的太阳》中,池田大作赞美了"正从东方升起"的"如火如荼"的"新世界的太阳","它的赫赫威力/不让任何空间/孤独向隅/直照到森林深处/灿烂的光芒耀眼"。"让全世界呈现新面目/宏大而亮丽/阳光普照大地/连绵不断/它所拥有之力/着实辉煌无边无际。"这当然是太阳方面的内在的伟力,不依赖人的意志而勃勃生发,但是人怎样能不辜负这种太阳内发的伟力呢?池田大作写道:"倘若人/与太阳/共同生存/心坎儿上/须有阳光//傲慢与愚昧/充斥在人间/灵魂被扭曲/社会形同废墟//在这个看不到未来/漆黑狂躁/一盘散沙的国度/为了迈出新的一步/太阳的光辉/正作为新幸福的/开拓者/做出庄严的评判。"日本位于地球的东方,号称日出之国。那明艳亮丽的阳光,不仅日本人自己深深地为之骄傲,日本的文学家们多有吟咏,而且许多游历过日本的文学家也曾陶醉其中,写下了许多脍炙人口的诗篇。中国诗人郭沫若诗集《女神》中与太阳有关的诗歌,几乎都是在日本的海湾边写就的。郭沫若的太阳诗主题是赞美太阳的明艳与伟力,体现出诗人向往光明的浪漫激情。在《胜利的太阳》这首诗中,池田大作则是通过对自然伟力与人事努力之间关系的揭示,表达出儒家文化中"天行健,君子自强不息"的理念。

池田大作的小说也喜欢描写自然景色,这些描写有的出自池田大作对自然风景特殊喜爱的心情,有时也是为了小说故事情节发展的需要,在这些自然景色的描写中,同样可以看到池田大作天人合一理念的渗透与贯注。譬如《人间革命》第6卷中对户田城圣的一段描写:

> 他并不是拜旭日,而是将心中领悟的,向宇宙中心体之一的太阳,遥远地打个招呼。旭日染红了莲长的脸。长长的睫毛,黑黑的瞳孔,朝气勃勃的双颊,厚厚的胸膛,强壮的肩膀……一件浅灰色的、朴素的袈裟也被清晨的阳光照得金黄色的。
>
> 也许在他的心中也升起了太阳吧!——绚烂的天地,豁达的心境。他一个人和自然,不,甚至和全宇宙生命融为一体。他的双眼清明,充满了慈祥和温暖,看透永劫的过去和未来。①

旭日东升,户田城圣心中也升起了太阳。这种意境和《胜利的太阳》中的"倘若人/与太阳/共同生存/心坎儿上/须有阳光",是多么相似!而且,户田城圣向太阳遥远地打个招呼,这是一种主动的行为,显示出贤者户田城圣对天人合一思想的透彻理解与身体力行的实践力。又如《新人间革命》中写山本伸一的广宣流布之旅:

---

① 池田大作:《人间革命》第6卷,香港佛教日莲正宗,1989年,第15页。

回来的时候,他们顺路游览了西雅图的名胜华盛顿湖。

运河把这个湖和大海相连。湖海之间有落差,为调整水位,建有一座水门。水门关闭,船在运河上航行。

眺望之间,淅淅沥沥下起雨来。

湖上架着浮桥,他们站在桥上观览。

湖水对面,群山烟雨空蒙,层林红黄相间,宛如一幅水彩画。

"真美啊!简直像画一样。"

"可这么美丽的树叶很快就凋落飘零,真叫人有无常之感。"

清原胜悄然说道。

伸一展颜一笑,心平气和地说:"那一片片鲜艳的红叶也许是要在有限的生命时间里把自己尽情地燃烧哩。

"一切皆无常。人也不能避免生老病死。所以要秉持常住之法,使一瞬一瞬艳丽地燃烧,为自己的使命而生存下去。

"人生就是与有限的时间的战斗。

"因此,日莲大圣人也说:'命有限不可惜,遂可愿佛国也。'

"现在我想要的就是完成使命的时间。"

最后一句话里灌注着伸一的殷切愿望,但那深沉的心事无人能体谅。

在他心里,广宣流布的誓愿变成鲜艳的赤焰,熊熊燃烧,使锦秋尽染的万木也更加绚丽夺目。①

这里写的是小说主人公山本伸一触景生情。山本伸一继任第三任创价学会的会长,他继任后干的第一件大事就是实现恩师的遗愿,将创价的理念广宣流布,推向全世界,促进创价学会的国际化。美国是他广宣流布的第一个国家,在这里,遭遇了艰辛,也收获了胜利,沮丧和快意、失望和希望、低谷和兴奋交相错杂,但这些更加激起了山本伸一的昂扬斗志和完成先师遗愿的使命感。所以,在这样的美景面前,两人虽都觉得美不胜收,心中生发的景语却不一样。清原胜感到的是生死无常,山本伸一感到的却是时不我待。这种描写,就是情与景的相生相融。情语即景语,什么样的心胸就有什么样的景语,什么样的格局就有什么样的境界,这也可以说是池田大作诗文中天人合一的一种表现方式吧。

第三节　　"总是奋力要找到新的出路"

作为诗人的池田大作,在年轻的时候就很心仪柏格森的创造进化论。他在自己的文章和谈话中多次引用柏格森的名言,称赞柏格森的思想,他在第一次国际创价学会世界科学者会议上发表的《科学与宗教》的声明,整个就是以柏格森的直觉理论

---

① 池田大作:《新人间革命》第1卷,香港佛教日莲正宗,1989年,第136页。

作为基础。池田大作曾经将柏格森的创化论同自己修习的佛法相提并论,惊喜地发现了它们在看待生命问题上的共同点。他指出,大乘佛教所说的空,与清虚恬静的小乘佛教迥然不同,那是时时刻刻在变化跃动、活动澎湃的生命动态,而"柏格森的生命哲学差不多可以说很接近大乘佛教的空的概念,他认为一切事物并没有永恒的相,而只有连续的相"①。这种生命阐述上的共同性,无疑是池田大作如此亲近柏格森理论的心理基础。可以说,《法华经》、天人合一观和创造进化论是池田大作生命观的三种哲学基础。在《法华经》中,池田大作领悟到的是佛法对生命的尊重,"珍惜一条生命,就等于给全人类做出了贡献"。"佛法有'以一人为例,可见一切众生平等'的教导。其本意就是,生命就叫作'佛',是极其尊贵的,把一个生命作为示范,来彻底展开其哲理的哲学,就叫作佛法,它面对所有平等的人们,是普遍的生命哲理。"②在儒家"天人合一"观念中,池田大作确立了生命的相互依存原则,而在柏格森的创造进化论那里,他所汲取的无疑就是生命的创造性理念。

柏格森的创造进化论在20世纪初期风靡西方哲学界,他的创化论哲学的中心观点是对达尔文进化论的突破与超越。他认为,宇宙中生命的进化不是用适应环境、自然淘汰能够说明的,进化如同艺术家的作品,具有真正的创造性。罗素曾这样生动

---

① 池田大作:《东西方艺术与人性》,《池田大作集》,上海远东出版社,1997年,第248页。

② 池田大作:《人生寄语——池田大作箴言集》,上海社会科学院出版社,1992年,第57页。

地描述过柏格森的创造进化思想:"生命是自从世界开端以来便一举而产生的一大力量、一个巨大的活力冲动,它遇到物质的阻碍,奋力在物质中间打开一条道路,逐渐学会通过组织化来利用物质。它像街头拐角处的风一样,被自己遭遇的障碍物分成方向不同的潮流,正是由于做出物质强要它做的适应,它一部分被物质制服了,然而它总是保持着自由活动能力,总是奋力要找到新的出路,总是在一些对立的物质障壁中间寻求更大的运动自由。"[1]这种进化论强调的不是对环境的适应,不是朝向一个预定目标的直线的进化,而是生命对周边环境的突破,是生命个体发展的没有预定路线的出路。由于这种理论将生命作为研究的主要对象,特别强调生命力的冲动,强调生命的直觉,而且柏格森也特别善于运用诗的方式来进行哲学的表述,因而柏格森的创化论被哲学史家称为生命哲学,"一种富于想象的诗意的宇宙观",并为后来的诗人、艺术家们所崇拜。正是在柏格森创造进化论的启示下,池田大作将大乘佛教的"空"所包含的生生不息的活力定名为"创造性生命"。艺术本身就是一个最富创造性的精神活动,生命的创造欲望愈是强烈,愈是持久,艺术的感染力量也就愈加深厚与广大。因而池田大作将佛学同柏格森的生命哲学融会贯通,不仅为他的生命佛学确立了一个理论的归宿,为他的生命诗学奠定了哲学基础,而且也使他文学创作中的生命书写,既具有传统思想的继承与弘扬,也充分显示出现代精神的质素与风貌。

---

[1] 罗素:《西方哲学史》下卷,商务印书馆,1976年,第348页。

世事坎坷，人生无常，这是千百年来文人墨客的亘古长叹。面对这样的人生态势，有的人趋于消极避世，行至水穷处，坐看云起时；有的人趋于游戏玩世，人生苦昼短，何不秉烛游，人生得意须尽欢，莫使金樽空对月。而池田大作的态度是奋斗，生命无论在什么逆境中，总是奋力要找到新的出路，这是池田大作文学创作中的一个重要主题。如《人间革命》中，池田大作对自己青年时代的生命状态的描写：

  他虽然白天在新桥的印刷工厂事务处做事，但他从不放弃学习，一有空便努力阅读购买得来的书本。他的工作是一份吃力的体力劳动。每到傍晚他开始发热，双颊绯红，乘搭满座的电车回家是惯常的事。他的舌头好像感觉不到食物的滋味了。他忧虑各事，默默无言地走进房间，想打开书本，可是忍受不了胸部因积着瘀血而产生的痛楚，于是抱着胸口，一倒便躺下来。他什么也感到厌烦，就在这样动也不动的时候，不久便流出汗来，由脖颈子一直流下如涌如潮的汗珠。须臾，沉重的身体在不知不觉地变得舒服过来。这样，深夜里他还将台灯拉过来，把眼睛移到书本上去。
  他偶然看着瘦弱的手腕，赫然发现汗毛上有些被电灯光照得闪闪发光的汗珠，他像发现了异世奇珍地说道："真是美丽啊！"这样寂寞的喃语，有时花了晚上的数小时，独个儿沉迷于空想中。
  要逃出来的话便要趁现在，完了便无法挽回的呀！
  这样，症状正如他的态度般，早、午、晚地将他存在的世界变成各种好坏的状况。他所预感到的未来,也是在明暗两极中混沌的事实。二十岁的山本伸一的心身中,好像育着一种面对什么也觉可怕的感觉。这是别人察觉不到,就连孤独的他本身也没有发现得到。(《人间革命》第 3 卷)

池田大作年轻时长期被肺病折磨,病症最重时几近死亡的边缘。肺病在那个时代,还没有什么特效药。除了一点药物的辅助治疗之外,病魔是否被击倒,病症是否被克服,最主要的还是依赖着生命本身的意志力。肺病的生理征兆就是咳嗽,咯血,导致身体的无力,容易疲劳,所以,与肺病的抗争,最能体现出生命本身的意力与能量。鲁迅一生也受虐于肺病,但他并不在意,有时甚至故意地拼命工作,要从速消磨这肉体,这样,生理的病症不仅愈加激发了生命主体的创造性,而且也使得身体本身获得了一种力量的平衡,以致被鲁迅的主治医生叹为奇迹。池田大作也是这样,身体愈是困厄,生命力就愈加昂扬,连因病而出的淋漓大汗,小说的主人公都能为其"真是美丽"而感叹,而礼赞,这正是生命总是要奋力找到新出路的精彩表现。

池田大作不仅在创作中表达自己的经验,在描写他人经验时他也特别地注意到生命的这一创造动能。如《广岛之旅》中塑造的八重子和她的老师的形象,也是最为感人的生命总是要奋力找到新出路的典型人格。在 1945 年的原子弹爆炸中,少年八重子亲身经历了这一巨大的磨难,目睹了比地狱还要惨烈的景象。不久,她失去了在原子弹爆炸中受伤的父母,哥哥也获知已在战场上战死,八重子自己的原子弹后遗症也显示出来,头发脱落,全身紫斑,发烧而容易疲倦。人生的逆境一下子重重叠叠地压在无依无靠的八重子身上。处于绝望之中,八重子连生存下去的气力也消失了,她想带着弟弟一起轻生。在走到太田川河畔的相生桥时,八重子遇到了自己的老师。老师的所有家人都在核爆中丧生,现在只剩下孤零零的一个人。但他看到自己的学生这种模样,感受到了她内心对生活的恐惧,也知道她心中的打算。老师就给八重子叙说起了自己的经历:

> 说着说着,老师将目光投向遥远的天际,吹过水面的微风轻拂八重子的面庞。
> "……不过,慢慢地我察觉到一件很重要的事情,如果幸存的我也放弃人生,那么岂不是一颗原子弹就把全人类打败了?现在正是要显示人类力量的时候啊!我要让它看到,即使像原子弹,那么可怕的破坏力,也无法破坏、屈服人的意志,我一定要把妻子和孩子的人生一起活下去!我心中做了这么一个决定。"[1]

"现在正是要显示人类力量的时候啊","我一定要把妻子和孩子的人生一起活下去",这是多么有力量又有智慧的话语!这就是人的生命的尊严和高贵之处,也是人的生命力生生不息、奋进不已的表现。八重子在这种生命观念的激励下,终于重新振作起

---

[1] 池田大作:《广岛之旅》,台北正因文化事业有限公司,2000 年,第 111 页。

来,不仅坚强地生活了下来,而且活出了生命的精彩与意义。

池田大作的恩师户田城圣说过:使用原子弹和氢弹的人是恶魔,是撒旦。佛教中将魔解释为"夺命者",即剥夺他人生命的人,也就是说,一切破坏生命的尊严,威胁生命存在的行为和行动都属于"魔"的行为。遵循恩师的遗训,池田大作倾其全力领导创价学会为在全世界限制核武而奔走呼号。而且,池田大作很清醒地认识到自己的这种反核运动"并非朝政治运动的方向发展,其性质可说是一种生命运动"[①]。这正是池田大作的伟大之处,因为政治运动很容易被政治家和利益集团们所操纵,所利用,而作为生命运动才能真正显示反核的本质意义和普惠人类的无私目的。在反核运动中,池田大作对广岛、长崎这两个遭受原子武器灾难的城市表示了最密切的关注。关注广岛、长崎两个城市曾经遭受的核灾难,这是日本反战文化人士的共同表现,涌现过许多优秀的作品。但池田大作也有所忧虑:"即便如此,我还执笔书写,是因为有感此悲伤历史随着时间的流逝,似乎渐渐地被淡忘了。"所以,他不仅经常在杂文中提醒人们不要忘记日本曾经受的核爆灾难,而且写了《广岛之旅》这部纪实性小说来表达他对遭到核爆灾难的市民生活的关注。从这本小说中可以看到,池田大作的关注有一个突出的特点,就是赞扬这两个城市中受难者坚韧、乐观的生命意志。池田大作自己特别喜欢阅读这方面的文学作品,他在1975年初冬去广岛参加创价学会的年会时,带去的书就是原民喜的《夏天的花》。这部小说写于

---

① 井上靖、池田大作:《四季雁书》,吉林人民出版社,2005年,第101页。

1947年,它细致入微地描绘了广岛遭受原子弹爆炸时的各种情景。令池田大作最为感动的是其中所描写的生命跃动:"……忽然,我隐隐约约地听到了婴儿的哭声,那并不是我的幻听。我越往前走,哭声就越清晰。那哭声是那样有力,那样伤心,却又有一种说不出的娇憨。这儿已经有人生息,甚至有婴儿在哭泣了吗?一种难以言状的感情剜着我的心。"池田大作在写给井上靖的信中,也曾经高度称赞过芥川奖得主林京子小说《祭场》里面的一段话:"9月,即投下原子弹的翌月,灰烬上便冒出了植物的幼芽,残留在地底的生命已经开始了自己的跃动。"池田大作深情地赞扬说:"唯因作者基于自己经受原子弹爆炸的体验,才会对这一点产生如此深刻的印象。尽管有人想彻底毁灭生命,万物却仍然在萌芽,在生存,令人肃然起敬地感受到了生生不息的生命的尊严。"①

在那次广岛年会上,池田大作向受难者慰灵碑献花,为他们捧持花束的两位青年就是原子弹受难者的第二代,他们在废墟上出生,也定曾发出过《夏天的花》中所描绘的那种有力、娇憨的哭声。如果说《广岛之旅》里所描写的八重子他们是原子弹爆炸的直接受害者,那么,这些受难者的第二代就是间接受害者。从某种意义上来说,这间接的受害者其生命的悲剧较之直接的受害者,更能引发人们的怜悯,因为他们在成长的过程中,不得不直接面对深深隐藏着的命运与现实。这两个青年就是这样,一个颈子上长了肿瘤,一天比一天乏力;一个全身长满了紫色的

---

① 井上靖、池田大作:《四季雁书》,吉林人民出版社,2005年,第101页。

痣,鼻血流个不住,一打针血管就破裂。这些病痛都是父母辈的原子病的遗传,是自己毫无过错但必须承担起的原罪,这种命运是何等的令人战栗。但"这两位青年如今都已从痛苦的绝望和恐怖的深渊中站起,使自己那苦恼的体验向着对和平所怀的强韧的使命感而升华。他们坚强地生活,活动着。他们那旺盛、爽健的青春所画出的轨迹,使我由衷地受到感动,并不能不为他们未来的幸福而祈祷"①。无论是核爆的翌月就从灰烬中冒出幼芽的植物,还是在废墟中爆发出有力而娇憨哭声的婴儿,无论是直接受到核爆灾难的八重子,还是被原子病折磨着的受难者第二代,他们身上显现出的都是这种在绝境中要奋力找出新出路的生命意志。正是因这种生命意志,广岛和长崎两地的民众坚韧地生活了下来,不仅活着,而且把这两座经受过核爆的城市建设得更加美丽。这些都是生命的奇迹,是生命在逆境中创造出的新出路。池田大作经常在自己的作品中赞美这种奇迹,也期盼这种生命的创造精神能够给人类创造福祉。

当然,生命这种生生不息的创造力虽然与生俱来,但并不是时刻能被生命的主人意识到,也不是时刻能被生命的主人激发出来。生命的创造力是一种潜能,要能够被生命的主人意识到,被生命的主人激发出来,还需要一种精神的引导,这就是信仰。池田大作认为:"信仰是关于整个生命的问题,深藏于内心的感情、直观智慧的本质等,一切包含在内。仅有理论不能形成信仰,仅有感情也不能形成信仰,当然,仅仅是形式主义的行为也

---

① 井上靖、池田大作:《四季雁书》,吉林人民出版社,2005 年,第 103 页。

不能称之为信仰。既然信仰是整个生命的产物,那么理性当然也应该是其中的一部分。也就是说,一旦建立信仰,便闭上理性的眼睛,封住理性的喉咙,这决不是信仰应有的状态。"①"有信仰的人,就是谦虚地追求真理的人,他们确切地知道人类的高贵和生命的尊严。信仰就是对宇宙和生命怀抱坚定的信念,它是智慧的源泉,是人类精神的骨架,具有崇高的信仰,才能立足于根本的人性,才能使生命生气勃勃地运动,劲头十足地度过有意义的一生。"②所以,在写到生命的创造力时,池田大作经常不忘提及信仰的作用。作为宗教家,池田大作在强调信仰对人生的重要性时,难免会表现出宗教家对信仰的一些超越性理解。譬如小说《人间革命》第 3 卷中写到的创价学会最老的会员之一泉田弘,他在做日本宪兵时,被派遣到安汶去上任,安汶比现在的驻地更靠近赤道。开始他很疑惑怎么会派他去,战争结束后他从一个战友那里知道了一件事。在他离任的第二天,一架美机在岛上迫降,12 个美兵被俘,为了掩盖这些美兵被虐待的真相,日本宪兵就把被俘美兵带到无人岛上枪杀了。日本投降后,事情败露,主事的日本宪兵被美军审判,处以死刑。泉田弘听了,十分震撼,才知道一日之隔,一纸委任,就改变了人的命运。以这种方式强调信仰的重要意义,当然带有唯心论和宿命论的色彩。但在大多数时候,池田大作对信仰与生命关系的描写,体现

---

① 池田大作:《人生寄语——池田大作箴言集》,上海社会科学院出版社,1992 年,第 55 页。

② 池田大作:《人生寄语——池田大作箴言集》,上海社会科学院出版社,1992 年,第 55 页。

出的还是一种人性的关怀意识和宗教家的智慧。如《人间革命》中,本田富开始相信鬼子母神,而且非常虔诚,还与创价学会的清原胜发生争执。后来的六年时间,接连遭遇不幸,丈夫从楼梯上跌死,儿子夫妇死于东京空袭,全家财产毁于一旦,后来入信日莲正宗御本尊,自己病弱的身子好起来了,生意上也顺当起来。山川芳人夫妇入信也是如此,妻子清乃入信后长期的肺病也痊愈了。这些例子都在在说明了信仰帮助生命的主人克服生命病症的力量。这既是池田大作的夫子自道,也是一个文学家对生命现象的惊叹与礼赞。

总而言之,生命是 20 世纪世界文学中的一个重要命题,池田大作的诗论和他的诗作一起为这一命题提供了自己的生命智慧,做出了自己的独特贡献。百余年来,世界上许多诗人与哲学家都曾从自己的体验与思考出发阐述过生命与文学的关系,其中最有影响力的可数尼采、里尔克、海德格尔等存在主义大师。正如前文所言,尼采手拟的"艺术生理学"十八条提纲,强调了艺术是生命的最高使命,也是生命本来的形而上活动;艺术是使生命成为可能的伟大手段,也是生命的伟大兴奋剂,生命通过艺术拯救他们而自救。里尔克的不朽诗作以"明确而不模糊、具体而不抽象、集中而不散漫"[1]的笔触叙说着生命的尊严与神秘,特别是以自己的诗歌创作经验强调了生命的无意识对诗歌创作的神秘力量,诠释着我们作为有限生物究竟是什么,为了什么,能

---

[1] 绿原:《〈里尔克诗选〉前言》,《里尔克诗选》,人民文学出版社,1996 年,第 4 页。

够希望达成什么的深层次生命问题。海德格尔通过对荷尔德林的诗的解读,给我们树立了一个"诗意创作的灵魂通过生灵建立着大地之子的诗意栖居"的典范,指出灵魂本身必须首先在有所建基的基础上栖居。在这里,海德格尔强调了诗人的诗意栖居应该或者说必须先行于人的诗意栖居,其实也是指出了诗人在人类生命的诗性发展方面所应起到的作用。以上这些大师们的论说和创作,为人类在技术化的时代里如何保护生命的尊严与本质力量提供了可以让人们无限阐释的理论依据。其中,池田大作对海德格尔的学说是最为熟悉而且心仪的,他从生命的角度论诗、作文,而且把其著名的诗心说从纯粹的诗学问题提到人类精神革命的思想高度,无疑都看得到海德格尔和柏格森等大师们的理论身影。他在自己的诗论中呼吁尊重生命、体验生命、珍爱生命,呼吁诗人们用优秀的诗篇来开发人类生命中的"软能",不仅要求诗人培植养育自己的诗心,用诗心来打开这充满宇宙生命脉动的世界之门,而且希望人人都有诗心、都能带着诗心工作。他在自己的文学创作中思考着生与死亡的转换意义与价值,讴歌生命的尊严与自由,礼赞生命超拔逆境、创造新出路的意志与力量。池田大作是一个勤奋多产的作家,他的文学创作体式种类繁多,思想内容丰富,但在一定意义上可以说是生命主题不同侧面的表现。中国儒家提倡知行合一,池田大作的艺术化人格,他关于诗的论说,他的诗学实践,三者紧密地结合在一起,可以说是知行合一的典范,不仅是对海德格尔关于人诗意栖居这一著名命题的身体力行,也是人类文学史乃至人类思想史上的一笔值得珍重的财富。

第三章

池田大作文学中的自然主题

自然是文学艺术中的一个永恒主题,大至宇宙星辰,江河山岳,小至雨雪霜露,草木虫鱼,自然中的一切无不是文学家们描写吟咏的对象。诗人托物言志,借景抒情,小说家则以景写人,以景叙事,所以,文学家往往是与自然最为亲近的人。池田大作作为一个宗教家,同时又是一个文学家,他的智慧才情有着丰富的体现,其中最突出的一个部分,也是把宗教家与文学家的身份融为一体的部分,就是他对自然的亲近以及他对人与自然关系的认识。池田大作特别喜欢德国哲学家康德的一句名言:"有两种东西深深地打动了我的心。那就是天上闪耀的星辰和我们内在的道德律令。"池田大作在和日本著名作家井上靖通信时,井上靖对池田大作提到了康德的这段名言,后来,池田大作在同木口胜义、志村荣一的对话中阐述了自己对这段话的深刻理解。他说这段话"令人感到一种伟大的精神","人尽管有理性,但对悠久的大宇宙也很难完全了解的。好就好在把这种悠久的大宇宙和内在的心当作对象,不能不令人感到诗一般的心和宇宙对比的绝妙"。也就是说,"宇宙有着无限的玄妙的时空的广度,人的生命的心也有着对内在世界与宇宙发生微妙变化的广度。一方是外向的遥无边际的广度,另一方是内在的深邃无底的广度,但两者有时又紧密结合在一起"[1]。从理论上看,池田大作的自然观正是他将这两个"广度"紧密结合在一起的智慧结晶。从实践上看,池田大作在将创价理念推向世界的奋斗过程中,曾经不知疲倦地奔波在世界的都会与乡村之间。每到一处他都对那里的山光水色、花木虫蝶予以特别的关注,不仅用摄像机拍摄到了许多美丽动人的瞬间,而且用文字记录下了自己对自然风光的细腻感受和从自然中悟出的道理。这些相片与写景纪行的散文互为参照,交相辉映,其中深深蕴涵着池田大作的自然体验,既体现着池田大作自我生命与自然相融时所获得的心灵愉悦和精神力量,同时也散发着池田大作对人与自然关系这一经常被人类忽略的本原问题充满智性的思考。可以说,池田大作的自然观以及贯穿着他自然观的文学创作,饱含着自然的灵光和生命的智慧,是研究池田大作精神世界丰富性的重要资源,十分值得我们着力探讨。

---

[1] 池田大作、木口胜义、志村荣一:《佛法与宇宙》,经济日报出版社,1997年,第7页。

第一节　　宗教与文学融合的自然观

根据达尔文的进化论,人类是从自然中分离、进化而来的一种高级的灵长类动物,而宗教的产生,其根源就在于从自然中分离出来的人类对于自然之力的敬畏。当人类第一次直起腰来,抬头望见浩渺无边的天际星空,当人类第一次震颤性地意识到自己有一天将要死去,开始追问我从哪里来、到哪里去的问题时,宗教也就应运而生了。所以,尽管在宗教发展历史上,大部分宗教都逐渐脱离了自然形态而走向文明形态,其教义宣讲流布的主要是人类伦理与正义等人类自身的问题,但那些真正体现着人类文明发展成果的宗教无不对自然的本质以及人与自然的关系进行过深入的思考。一种宗教对于自然本质以及人与自然关系的思考,其重要意义甚至能决定一个民族文化的精神特质。处于农业文明形态的中国宗教强调天人合一的自然观,使得中华民族长期以来顺天应命;而处于海洋文明形态的欧洲宗教强调天生万物为我所用的自然观,则使得欧洲文化从古至今都贯穿着一种征服自然的意志。日本虽然四面环海,但其古代文化深受中华文明的浸润,尤其是佛教文化的影响,通过与日本本土神道文化的碰撞融合,在日本文化独特风骨的形成方面起到了至关重要的作用。池田大作是一个佛教徒,但又不是一般意义上的佛教徒,他是一位具有思想创生性的宗教家。他不仅对现代科学观念保持着应有的了解与尊敬,曾专门同两位日本物理学家木口胜义和志村荣一就宇宙科学与天文科学进行过对话,而且对西方文明有着深入和透彻的认知与理解,这从他与英国历史学家汤因比的对话中也可看出。所以,池田大作的思想是具有民族超越性的,既与佛教文化的智慧紧密联系在一起,其万物有灵、众生平等、和谐共生观念,无不包含着佛教教义的启示,但同时也体现出池田大作对自然本质的一种具有现代性质素的独特思考。

万物有灵,这是池田大作自然观的一个重要内容。从思想发展史来看,万物有灵本是西方泛神论者的一种自然观念,它的英语名词为 animism,发源并盛行于 17 世纪的欧洲。这一哲学思想,后来被广泛扩充解释并演变为泛神论,成为与欧洲历史上占据主导地位的一神教相对立的宗教信仰种类之一。泛神论认为天下万物皆有灵魂或自然精神,并影响着其他自然现象。这种自然现象与自然精神也深深影响着人类社会行为,一棵树和一块石头都跟人类一样,具有同样的价值与权利。这种观念肯定了自然中不仅灵长类动物拥有能够脱离肉体而存在的灵魂,而且一切具有生命体征的有机物都拥有属于自己的精灵。从宗教的角度来看,泛神论遭到了一神教和多神教的一致反对,到 20 世纪以后,作为一种哲学思潮,泛神论还遭到过哲学家们的批判与否定。但是,纵观世界思想历史的发展,泛神论观念往往深受教育家与文学家的青睐。从教育家来看,儿童在心理发展的某些阶段就无可非议地、普泛地存在着泛灵论的思维特征。著名认知心理学家皮亚杰就通过实验证明,前运算期的儿童处于主观世界与物质宇宙尚未分化的混沌状态,缺乏必要的知识,对事物之间的物理因果关系和逻辑因果关系一无所知,所以思维常是泛灵论的。在认识对象和解释因果关系时,儿童明显地具有把无生命物体看作有生命、有意向的认识倾向。随着年龄增长,泛灵观念的范围逐渐缩小。4—6岁儿童把一切事物都看成和人一样是有生命、有意识、活的东西,常把玩具当作活的伙伴,与它们游戏、交谈;6—8岁儿童把有生命的范围限制在能活动的事物;8岁以后开始把有生命的范围限于自己能活动的东西;更晚些时候才只将动物和植物看成有生命的。教育家们在谈及儿童教育时几乎都认为,应该尊重而不是违背儿童的这种思维特点,才能有效地进行儿童教育。至于文学家对于泛神论的青睐,则是因为泛神的观念为文学的想象力提供了十分广阔的驰骋空间。曾经留学日本的中国现代诗人郭沫若就曾深受泛神论的影响,他曾经说过,诗人的宇宙观与泛神论最适合。这种适合性可以从多方面体现出来。从本体论上看,泛神论主张我即神,神即我,一切自然都是神之表现;从认识论上看,既然神无处不在,诗人的自我就可以向内体验到神的存在,向外追求神的存在,与神合体,神我无间。所以,郭沫若诗中的那个抒情自我,可以是一个吞日吐月的天狗,是一个提起太平洋、站在地球边上放炮的巨人,是一只在烈火中自我焚烧、自我新生的涅槃凤凰,那种冲破一切束缚的力量、勇气和能量,充分体现了中国"五四"时代的反封建精神,为中国现代新诗开创了一代新风气。

　　由此可见,作为教育家和文学家的池田大作,受到泛神论的影响,甚至可以说喜欢泛神论的一些观念,确实是不足为奇的。不过,池田大作作为宗教家,他对于万物有灵的问题也有过独辟蹊径的理性思考。他在批评将自然视作应该被人类所征服,就算破坏和牺牲也在所不计的西欧传统"人道主义"观念时指出:"人类的英知是明白到如果缺少了与自然调和的话,是不能得到生存和幸福的。因此,或承认自然的万物里有神灵而去崇拜,或假想统辖宇宙、自然的整体是超自然的实体——或是法则,而设法想与此冥合。"①承认万物有灵,这是池田大作为人类处理自身与自然关系所设想的一条重要途径。作为文学家的池田大作在自己的作品中写过不少风景;作为业余的摄影爱好者,他也用镜头拍过不少的风景。从那些绚丽多姿的文字和生气勃勃的画面中,我们能够清晰地感受到池田大作观察和体验自然万物有灵的立场与心性。在他的散文中,小白兔可以在美丽的庭院中思考:"真不可思议呀!山楂树上还低垂着花朵,瓢虫之子就是瓢虫。我就是小白兔。"②"蔬果也是一种生命体,也能呼吸、也有热度。"③而且池田大作在观赏风景时总会想到:"花若有心,当绽放春华时它会想到什么? 花若能说话,它将说些什么?"④"当燃烧殆尽的一小叶片于枝头脱离远行时,其他的伙伴就像在风中响起喝彩声般,为其送行。"⑤而"秋樱在风中颔首微笑","雪柳相当敏感,只要有人走过,或是风微微摇动,就会摇曳不已"。在许多文人笔下,风会吟咏,树会舞动,动物会思考,森林

---

① 池田大作:《日本是公害实验国吗?》,《我的提言》,香港佛教日莲正宗,1980年,第105页。
② 池田大作:《童话之国——德国》,《圣教新闻》1999年10月17日。
③ 池田大作:《秋收之赞歌》,《圣教新闻》1999年10月3日。
④ 池田大作:《樱树灿烂》,《圣教新闻》2000年4月2日。
⑤ 池田大作:《京都"枫红之秋"》,《圣教新闻》1999年11月28日。

会做梦,但对大多数文人来说,那不过是一种拟人化的修辞手法而已。但在池田大作这里,这不仅是一种写作上的修辞手法,更是一种整体世界观的呈露。因为池田大作知道,"宇宙总在向地球述说着什么,高谈阔论",而在池田大作的心目中,只有"诗人的耳朵能听懂一般人听不见的大自然静谧的声音和歌唱"①,因而真正伟大的诗人必定是自然的信徒,是万物有灵的信奉者。

从宇宙论的意义来看,自然是外在于人类的宇宙空间中存在的一切物体,而众生即这一切物体中具有生命体征的物体,既包括灵长类动物,也包括非灵长类动物,既包括动物,也包括植物。在西方文明的进化理论看来,宇宙间具有生命体征的物体无以量数,在亿万年的演变进化过程中,生物的存在已形成了显著的等级差别。而西方文明的宗教学说也在创世传说中将生命物种划分了等级,上帝创造了许许多多的生命物种,不过是供给人类维持自身繁衍的消费品。西方文明一以贯之的征服自然理念就是从这种科学与神学的双重论争中得到依据的。所以,即使在18世纪的启蒙主义运动中,新兴的资产阶级高张平等的大旗,但那旗帜上大写的也只有一个人字。池田大作对此有深入的认知,他指出:"在近代西方,首先提倡'征服自然'的是弗兰西斯·培根。在基督教的世界观中,本来就有等级的划分,认为首先存在的是创造主'上帝',下面是'人',再下面是上帝赐给人的'自然'。培根进一步推进这一观点,明确地提出人要彻底征服自然的'支配自然'的思想。""这种思想与笛卡儿的机械论、伽利

---

① 池田大作:《理解·友谊·和平》,作家出版社,2002年,第1页。

略的实验科学结为一体,推进了科学技术革命。而最近三百年终于确定了'西方支配世界'、'人类支配自然',也就好像是直接体现了培根的'知识就是力量'的理念。"[1]池田大作明确地批评"这是一种'和自然共生'互不相容的自然观",而且对这种启蒙时代的伟大口号"知识就是力量"终于不幸在近百年来沦落为知识就是强权的结果,表达了自己的不满与讽喻。

在和自然共生这一点上,东方智慧尤其是佛教的思想具有突出的特点。首先,佛教从主体论上强调了每一个生命物体的平等性。每一个生命物体,不论是会思考的人类,还是只能在地上爬行的虫豸,都是生命的主体,都拥有生存的权利。中国20世纪20年代的著名作家周作人就十分赞赏贤首在为《梵网经》中的戒律注疏时说过的"倘无主,鸟身自为主"的话,认为这段话看上去是用以提醒信徒不能偷猎鸟类,其实其中包含着深厚博大的人道主义精神。生命物体的功能性与结构性可能存在天壤之别,但它的生命主体性是必然平等的。这种平等性就是佛教戒杀生的一种生物伦理学依据。其次,佛讲慈悲,不仅人对人应有怜悯之情,而且人对动物也应常怀恻隐之心。恻隐之心,就是推己及人,推己及物。中国有句民谚:劝君莫打知春鸟,子在巢中盼母归,这就是伟大的恻隐之心。池田大作曾经引释迦牟尼的话来说明这种慈悲怜悯,人对众生应"如同母亲舍命保护自己的独生子一样,对一切众生都应当产生无量慈悲之心"。而释迦

---

[1] 池田大作、季羡林、蒋忠新:《畅谈东方智慧》,四川人民出版社,2004年,第280页。

牟尼舍身饲虎、割肉喂鹰,牺牲自己所救者就是即将遭到灭顶之灾的动物,从而为佛教的无量慈悲树立了典范。正是因为佛教众生平等自然观的独特境界,佛教的慈悲精神才显得如此博大与广远。池田大作对佛教的这种众生平等观是极力推举的,这不仅表现在他一生不断地反对暴力,主张和平,既反对人对人的暴力,也反对人对动物的暴力,而且也表现在他的众生平等思想深受日莲大圣人的影响。日莲大圣人曾称人类是"有才能的畜牲",这其实也就是将人类与其余种类的动物置放到了同一的地位来下定义的。受到日莲大圣人这一观点的启发,池田大作认为在20世纪的后期和21世纪的现代,已是人能否真正成为人的转折关头,而"在这之前,人并没有摆脱有知识的动物的境地"①。这些阐述也从一个侧面证明了池田大作心目中人在众生中的地位。

在万物有灵和众生平等的思想基础上,池田大作肯定了人类是大自然一部分的观点,并进而提出了他的"和谐共生"自然理念。这一理念的理论前提无疑是佛教的"缘起"学说,缘起说认为世间万物的成住坏空皆是因缘凑泊,和合而生,互相依赖,互相转化,有彼方有此,无此亦无彼。就人与自然环境的关系而言,佛教也有过许多具体的阐述。池田大作曾在多次会议和对话中提到的"依正不二"论,就是佛教在处理人与自然关系方面提出的重要原则。在中国佛教中,天台宗的妙乐大师湛然在《法

---

① 《20世纪外国文化名人书库·池田大作集》,上海远东出版社,1997年,第9页。

华玄义释签》中对"依正不二"论做了详细的阐述,指出这里的"正报"是生命主体,"依报"是指生存环境,如果说"正报"是人,那么"依报"就是指包括生态系统的地球环境。所以,"依正不二"的道理就是说明人的生命和自然生态系统的关联性是"而二不二"的关系。在日本,日莲圣僧也从"正报"的立场出发,用形与影的比喻生动地论述过"依正不二"的道理:"十方是依报,众生是正报。依报比如是影子,正报则是身体。没有身就没有影。同样没有正报也就没有依报。另外,这个正报是以依报形成身体。"没有正报就没有依报,是说没有人类自然也就没有了意义,而正报是以依报形成身体,深刻地揭示了人是由于环境的保护和支持才能成长发展的道理。池田大作深谙这些佛学要义,他将这一佛学要义应用到人与自然的关系这一问题的观察与思考上,同时也结合现代科技高度发达所产生的具体情况,指出 21 世纪是生命的世纪,而在这个生命世纪到来的时候,人与自然的和谐共生可以说"是一种深刻认识到在关系复杂交错的'自然—人类'生态系中自己的存在意义的生存方式。并且,一方面立足于宇宙根源之生命(佛教称之为'佛性'),一方面洞察在时空中展开的宏伟的现象界中孕育的活生生的生命的尊严性"。"所以,不要因利己的欲望而被生命中的魔性牵着鼻子走。不仅对人类,而且对生态系也要有同情及道德的共识。立足于这样的大境界,就是为了万物,一方面控制自己的利己主义与烦恼,一方面把创造他人生命与地球生命圈的价值作为生存的意义,最高的人生,向往积极的利他行为。"①这种人与自然和谐共生的理性观念充分地表现在池田大作的艺术创作中,以致在他的摄影作品里,我们经常"会有种世界已然融合的协调感,有种聆听贝多芬的《田园交响曲》的错觉",而在他写景纪行的散文作品中,自然的多样性与生命的共同体也就成为池田大作最喜欢表达的主题。在《睡莲的传说》中,"月亮、花朵、星星、湖水、人儿,形成一连串的锁链,生生不息"。连《童话之国——德国》中的小白兔也会歪着头想着:"小鸟在歌唱,好像草儿也在倾听着,花儿似乎也听得很高兴,真不可思议呀!莫非花内也藏着乐器,一起拨弹和声。花儿喜悦,虫儿也愉快,虫儿一增多,鸟儿也随之增多。因为这有着连锁关系呀!虫儿与花朵,花与鸟儿,鸟与我,大家应该是一家人吧!"这里所描写的无疑就是池田大作心目中一直向往着的人与自然、自然与自然和谐共生、协调共荣的风景图。

第二节　　写景纪行散文中的自然精神

游山涉水,写景纪行,历来就是文人们热衷的雅事,各个民族莫不如此。日本民族文化上深受中国佛教禅宗精神的影响,而其山川形胜又丰富多姿,因而日本文学史中关注和热爱自然的诗人墨客更是不胜枚举。且不说俳圣松尾芭蕉等古代诗人曾经留下许多直接描写和歌咏风景的诗歌,日本近代以来的小说

---

① 《人类的危机与菩萨道:生命世纪的开始》,《20 世纪外国文化名人书库·池田大作集》,上海远东出版社,1997 年,第 256 页。

对自然的描写也是文学史上一道亮丽的风景。譬如川端康成就是日本小说家中描写日本自然之美的圣手。人们常说,川端康成几乎不怎么关注社会事物之中的美,而是全神贯注于自然事物之美。川端康成对季节的感觉尤其敏锐,他的一些小说以季节为题,比如《古都》的"春花"、"秋色"、"深秋的姐妹"、"冬天的花",《舞姬》的"冬的湖",《山音》的"冬樱"、"春钟"、"秋鱼",等等,都细致地描写了作者对四季自然的感受,以四季的自然美为背景,将人物、情绪、生活感情等融入自然环境之中,以一种自然的灵气创造出一种特殊的气氛,将人物的思想感情突现出来,形成情景交融的优美意境,物我难分,物我如一。川端康成的特点还在于将自然事物的魅力与民族精神文化联系起来,使自然事物充满着人的灵气,比如《千只鹤》中的茶道、《名人》中的棋道,等等,自然物事与人的心灵息息相通,与传统文化精神息息相通,在精致而微妙的自然物事中蕴含着人的复杂感情和起伏意绪。

如果说川端康成本来就是一位深受日本文化传统浸润、自觉追求东方意境的作家,他对自然之关注不足为奇的话,那么,池田大作非常喜欢的小说作家井上靖,虽然是一位以历史题材见长、以现实主义风格为追求目标的作家,但他的创作中也同样荡漾着热爱自然的精神。他在《夜声》中,就用揶揄的笔调,写主人公干沼镜史郎像个狂人,研究日本古典诗经《万叶集》数十年,对《万叶集》所吟咏的山山水水留下美好印象,甚至痴迷到沿着万叶的路线去巡游。但是他在一路巡游中目睹的是现代化过程中大自然遭到的毁坏,万叶美景已荡然无存,不禁十分愤慨,痛骂当代人"都把灵魂卖给了猖狂的群魔",最终发出了"去战斗!

挽颓风,拯时弊"的呐喊。井上靖的历史小说《敦煌》描写中国西北大沙漠的自然景观,也是十分苍凉有力的。譬如井上靖在《敦煌》里写沙漠黄昏的颜色:"太阳完全向沙漠尽头坠落下去以后,过了不一会儿,一片像牦牛头一样的云彩,在落日余晖里被映照得红通通的,又过了一会儿,那云彩随着形状的伸展、汇散,其色彩也千变万化起来。先是混了泥金般金光耀眼的赤红色,渐渐地,变成橙红色,又变成朱红色,最后变成了浅淡的紫红光。"这种色彩的变化,如果不是亲眼所见,很难想象得出来。龟井胜一郎在《读书人周刊》评《敦煌》一书时,准确地把握住了井上靖这部小说的基本特色。他写道:"这部作品的生命,在于展开故事情节时井上氏的结构力和文体。它拒绝诗情语言所具有的感伤和甘美,恐怕是一篇与此相反的、冷静地铸刻的文章。使人有一种如同看见雕刻在石碑上的古代文字之感。那是一种坚固性。虽然也有一种平时表现出来的汉文字的效果,但是在坚固性中,井上氏的诗魂被压缩,凝结了,创造了一种金石文字似的端正而遒劲的文体。""这部作品的生命,还在于惊人的音响和色彩感。不必卒读就可以明白,那里有沙漠的风暴、兵士的呐喊、马儿的嘶鸣、自然和生物的凄厉的咆哮,在读者耳际漩荡着发自古代史的壮烈的回响。同时大自然、燃烧的城池、沙漠的黄昏,等等,给人一种绚丽的色彩感。我想象它恍如是在彩色电影中创造出来的无比的美。"[①]

---

① 转引自叶渭渠、唐月梅:《日本文学史》,经济日报出版社,2000年,第562页。

日本学者柄谷行人在《日本现代文学的起源》一书中详细地分析了日本文学从古典形态转型到现代形态的现代性建构过程。该著的第一章写的就是"风景之发现",可见日本文学对风景之重视,以及风景的发现对日本文学现代性建构的重要意义。柄谷行人认为日本古代文学中的风景深受汉文学的影响,"花鸟风月自不待言,就连国学家所想象的纯粹本土的东西亦基于汉文学的意识而得以存在"[1]。这一点确实是这样,当年川端康成在《我在美丽的日本》一文中,也曾通过道元、明惠、良宽、西行、一休等禅僧的诗作,探索过日本传统自然观的根底。他引用明惠的"冬月拨云相伴随,更怜风雪浸月身","山头月落我随前,夜夜愿陪尔共眠","心境无边光灿灿,明月疑我是蟾光"的诗句,来说明诗人的"心与月亮之间,微妙地相互呼应,交织一起而吟咏出来的","具有心灵的美和同情体贴"。这些禅僧其诗的功底,无疑都来自中国的禅思,来自浸润着佛禅精神的中国唐宋文化。川端康成还说自己"以月为伴","与月相亲","亲密到把看月的我变为月,被我看的月亮变为我,而没入大自然之中,同大自然融为一体",甚至将自己"'清澈的心境'的光,误认为是月亮本身的光"。川端康成的这种"看月变为月"的心物融合,无非就是王国维《人间词话》中所总结的"无我之境",也就是"以我观物,故物皆著我之色彩"。柄谷行人认为,日本文学真正摆脱汉文学概念的影响,而自然地去观察、描写风景,是从昭和二十年开始的。这就是说,日本文学的所谓"风景之发现"本质上乃是日本

---

[1] 柄谷行人:《日本现代文学的起源》,三联书店,2003年,第10页。

本土风景之发现,乃是日本文学的风景描写终于突破汉文学概念的影响而表现出日本本土的民族精神。每一个民族的文学发展必须充分地表现出本民族的文化传统和民族精神,这是世界文学发展的一个基本规律,对于日本这样一个长期浸润在中国文化精神滋养中的民族而言,其意义尤其重大。

风景的发现,对于一个文学家而言,是一种不可或缺的精神素质,这种素质越是丰沛,发现风景的能力越是强大,这个文学家的成就也有可能越是巨大。池田大作在发现风景方面的能力即使与日本一流的文学家相比较,也是毫不逊色的。这种能力不仅表现在他登临名山大川时的丰沛情感与超绝想象力,而且表现在他于日常生活中对周边风景的敏锐感受力和浓郁兴趣。在《四季雁书》中,井上靖与池田大作相互来往的书信细致地表现了两位文学家出色的自然感受力与描写力。井上靖几乎每封信开头都会用细腻的笔触描写周边景色的变化,同样,池田大作的信中也时不时向井上靖叙说自己看到的佳景美色,如:"北京四月的阳光亮得耀眼。我上次来时,柳树和杨树叶都已落尽,将它们那光秃秃的枝梢伸向冬日的天空,而如今在阳光的沐浴下,这些树却已是一片生机勃勃的新绿,有时甚而闪现出金色的光彩,再加上黄的迎春花,粉红的桃花,白的梨花——北京的街市一片缤纷色彩。""我特别喜欢那优美而又蕴蓄着一种内在的坚韧的胡枝子。不管走到哪里,只要有胡枝子花,我就总是觉得看不够。万叶时代的人似乎有将胡枝子之类的花插在头上的习惯,而路旁那默默怒放的胡枝子花不知怎的却使我深感是和平和文化的象征。现在还看不到胡枝子花,而花菖蒲却已在骄傲地炫示着那鲜艳的浓紫。远处浓淡有致的绿色丘陵绵延地向地平线伸展。眼前所有这些景色都似乎孕育着大自然那丰沛的生命感。"又如:"刚来这儿的两三天里,终日是大雾弥漫,那浓淡相间的白色纱幕随风飘拂,呈现出一种真正的秋意,别有一番令人流连忘返的情趣,但日子一长,毕竟也免不了给人一种抑郁之感,幸而今天是个晴朗之日,往前方远眺,可以看到锦江湾和樱岛,那景致唯有壮观二字可以形容。在这景观中呼吸,连自己的精神空间也似乎得到了无限的扩展。"这些风景描写,有景有情,情景交融,强化了这些通信的文学色彩,同时,也体现了两个诗人文学家的趣味相投和心心相印。当然,在风景发现的文化意义上,池田大作创作的写景纪行主题散文充分地体现了柄谷行人所概括的日本现代文学传统,无论在题材、立意还是在写作技巧上,自觉地、鲜明地体现出了日本民族的特点。如樱树、秋樱、雪柳、枫叶,包括上面所说的万叶时代人们经常用来插头的胡枝子花等,池田大作经常写到的这些自然景观就是特别具有日本本土性的。而在散文中,池田大作经常引用日本民族的民间传说,还有如创价大学、创价学会的现实活动,等等,更使他的散文洋溢着日本民族的生活气息。不过,我们要注意到的是,池田大作毕竟是一位具有国际影响的宗教家与文化名人,他的眼光、胸怀、气度以及他在宗教与教育方面的高远理想,都决定了他的写景纪行散文在自然精神表达上,既继承着日本现代文学的传统,也必然会突破日本文学的民族性特点,而上升到国际性与大同性的境界。

　　普济众生,广大慈悲,这是大乘佛教的菩萨道观念,也是池田大作在写景纪行散文中表现得最为突出的一种自然精神。池田大作曾经讲过一个故事,他家乡的多摩川原来是一条经常暴涨的河,大正七年,政府开始对河川进行整治,十余年后,整治工程竣工,距离河口20公里的区域却成了杂草丛生的荒地。当时有的政府官员决定种茅草,也有的人认为能领受茅草恩惠的人毕竟是少数,不如在长堤遍植樱花,百年后就能成为赏樱的好去处。后者的意见是平民的,大众的,池田大作十分赞赏后者的建议,并且在《樱树灿烂》一文中赞扬了这个建议的提出者和促成者河野一三先生,把此事当作自然风景普济性与众生性的一个佳话。确实,自然乃是最无私、最大度的,无论有无人观赏,花朵都会将自己的美丽与芳香尽情地绽放;无论是富翁还是穷人,月亮也会以自己柔和的光辉为你照亮黑暗中的道路;无论是有心还是无心,大海总会以无量的胸怀容纳与化净四面八方汇集而来的滚滚浊流。在《睡莲的传说》中,池田大作借用一个美丽的传说,歌颂了大自然这种给予与包容的精神特质。化成睡莲的娜雅姑娘,"却是谁也不恨,谁也不怨的,真心的开出纯白的花朵。亚马逊人们在花朵中,看到'宽广之心'。不管对方如何,依然能看到她绽放体贴的心及一贯的诚实"。从娜雅姑娘化成的睡莲,池田大作联想到了娜雅姑娘故乡亚马逊河的壮阔伟大,他称赞亚马逊河的"硕大的生命感",能"切除所有狭窄的感情,一下子吹得无影无踪",他指出"在这样的环境下,连友人也能以广大的慈爱而生",希望人们的生命都能像亚马逊河流般生生不息,"不管是悲剧、误解、心胸狭窄,都能大量包容,大量承受,越发深爱人类,爱惜人生,滔滔不绝,奔向前行"。在《雪中梅花》

中,池田大作也特别深情地赞美了雪花泽惠天下、利益众生的精神品质,他称赞"雪花是来自上天的信息","是超越现实的丑陋世界,从遥远的天上美景飘落至地面的使者"。"雪花一视同仁地,飘落于金碧辉煌的宫殿上,也沉淀于贫瘠之家的屋檐下。没头没脑地,铺白整个地表。就好像掩盖住了地表面具般,在告诉人们要返璞归真,让心灵沉淀。"这种无私给予不图回报、惠及众生不择贫富的自然精神,无疑与作为宗教家的池田大作的宏大愿景是一致的,或者说池田大作感悟到了这种自然精神与自己所信奉的佛教大乘观念的相通性,因而不仅对美丽的自然有一种天然的亲近与沉醉,而且能够时时以自然的精神勉励自己,成就自己。

在自然中,我们经常可以看到这样令人震撼的景观:一株野草,突破巨石的重压,即使弯弯曲曲,也要向上生长;一丛沙棘,在茫茫戈壁之中,烈日之下,即使永远不会有人从那里走过,也要向炎炎烈日呈现出一团微弱的绿色。这就是自然的生命力,蓬蓬勃勃,永远向上。"光向上喷泄而出,生命也往上喷泄。应该说是过于盛开,还是压抑再压抑,仍挡不住春天的力量,就像纯白的'光明喷泉'般奔涌而出。"[①]这是池田大作对自然生命力的礼赞。池田大作在家庭九子女中排行第五,战争岁月中他的四个哥哥都被征入伍,家庭生活的重担压在他这个排行第五的儿子身上。他积劳成疾,患上了肺病,一面要承负生活的重担,一面要忍受病患的折磨,朋友们甚至都预感他活不过30岁。

---

① 池田大作:《雪柳·光之皇冠》,《圣教新闻》2000年2月27日。

1950年的秋天,池田大作离开父母在外面自己租了一间小小的房间,抱着一种投身于严酷环境锻炼自己的炽热志向,追随恩师户田城圣,为支持恩师的事业艰苦地进行着不懈的努力。这时的池田大作身体状况十分不好,每天发着高烧,病况处于持续恶化的状态中。如此病弱的身体,焕发出的却是坚强而蓬勃的生命力,这是因为他坚信"面对苦难、逆境与迫害,敢于挑战,决不气馁,人才能得到锻炼,也才可以受到洗礼"①。这种精神,就是佛法中的"折伏强敌,始为力士",也就是佛经里所说的"去浅就深,乃是勇者之心"。正是自己在曲折艰难的人生道路上的奋斗历程,使得池田大作对自然的这种"力士"精神与"勇者之心"有了深切的体会与感悟。他赞扬雪柳"仅倾注全力专注某事。那就是充分发挥上天赐予的生命力,抱持自己的种子,一股劲儿地开花、表现,除此之外,别无他愿。也从不与其他的花朵争奇斗艳,不管他人如何看待自己,只想竭尽心力"。即使孤寂,即使艰难,"可是,雪柳毫不受动摇。不管是雨天、寒风,都一直伫立一方,让自己的根扎得更坚实"②。他也赞美秋樱:"看似随风摇曳的纤纤花朵,却能坚强地面对寒风冷雨。只要日照良好,就能尽情绽放,从不会挑剔土质,即使荒地或贫瘠之地,依然能见其英姿。""一经栽种,每年一定能绽放美丽的花朵。即使被风吹倒,依然朝向天空,依地而起,再绽放其惊人风采。"③池田大作还赞

---

① 戈尔巴乔夫、池田大作:《20世纪的精神教训》,社会科学文献出版社,2005年,第78页。
② 池田大作:《雪柳·光之皇冠》,《圣教新闻》2000年2月27日。
③ 池田大作:《兵库秋樱之风》,《圣教新闻》1999年9月10日。

美过很普通的油菜花,不仅因为油菜花具有提炼菜籽油的实用价值,不仅因为油菜花的黄色最接近光的颜色,也不仅因为以"NA"起首的花朵楚楚动人,使人生起缅怀过往的情愫,而且因为油菜花一直都能保持明朗的精神。所以,池田大作号召"人要向花朵多学习,花朵总是拼命向上,绝对没有放弃自己而绽放的花朵,也没有毫无生气的花朵,也没有中途气馁的花朵,更没有会忘记笑颜的花朵,也绝无执着于以往、专挑人毛病的花朵"①。

值得一提的是,时有春秋代序,花有开谢交替,池田大作对于自然的生命力和向上精神的强调,其着眼处不仅放在那些自然生命朝气蓬勃的时段上,而且特别注意到了自然生命处于萎缩时段中力量的迸发和向上的执着。樱花是日本的国花,樱狩是日本季语中宝石级的热词,在日本文学史上,不知有多少日本诗人贡献过赞美的诗篇。樱花花瓣细密繁簇,但花期短暂,开得轰轰烈烈,走得匆匆忙忙,往往是一夜春雨,早上起来一看,昨日还挤挤攘攘的花团,已经是一地细碎,逐流而去了。所以,樱花在日本文化中往往是寂灭的象征。日本人喜欢赏樱,喜欢的恰恰就是樱花的开败之间所蕴含的寂灭的情韵。池田大作也喜爱樱花,在他创办的创价大学校园里面,有不少政治文化名人手植的樱树,他也写过诗歌和散文赞美樱花。池田大作的樱花赞可以说别开生面。他固然也同日本传统文人一样喜欢品味樱花的寂灭情调,但他从樱花的短暂生命中看到了更为积极的意义。他说:"樱花,应该不是盛开于年轻的岁月。开花,应该是年末的

---

① 池田大作:《黄金花束》,《圣教新闻》2000 年 1 月 30 日。

飨宴才是。当花瓣散尽后,樱花就会开始结出花芽,于夏天形成。秋天过后,苦熬寒冬,等待着来春,经过一年的努力,最后才徐徐绽放花彩。"由此池田大作联想到人生的夕阳之美:"人啊,也是直到人生的最后,才会绽放花朵。全程参与、准备,能到最终才绽放春华,这一生才是幸福。"①如果说通常人们观赏樱花只是欣赏樱花那一段短暂灿烂的生命辉煌,那么在这里,池田大作所关注的则是一个生命的向上过程,是隐蔽在辉煌背后的生命力的坚忍。

在《京都"枫红之秋"》中,池田大作写到了另外一幅壮烈的自然生命景观:"秋就好像在树叶上喷洒金泥、红彩及金箔般,以浑身的光芒妆点,并吹奏出生命的最后乐章。千万叶片随风起舞,万叶齐唱,那是生命最后的祭典。"这一幅生命的景观展示的是在饱满的过程之后,生命之光所激发起的最后一闪。人也有如这秋天的枫叶:"在有限生命中,一直往前前进,每年每年都能更加辉煌。直到最后最后的那一天,十分鲜烈,更超前般,如同要烧灭死亡般,鲜活强烈地活下去。"这里谈的是生,其实是在通过秋枫的"最后的祭典"告知人们怎样理解死和面对死。死不是生命的衰竭,也不是生命的叹息,更不是生命的暴弃,而是生命的大欢喜,大飞扬。所以,池田大作认为"面临死亡却能了解生命的辉耀,正是秋枫的象征"。"在这绚烂无比的皇室王朝中,却蕴藏着死亡、人生无常的佛教哲学。"池田大作十分崇敬的中国现代作家鲁迅也曾如此赞叹过死亡,在他的笔下,死亡是"生

---

① 池田大作:《樱树灿烂》,《圣教新闻》2000年4月2日。

命的极致的飞扬与大欢喜"。这两位文化伟人之所以能够如此积极昂扬地、审美地来理解死亡、描写死亡,应该说是因为他们都曾深刻地接受过佛教哲学影响。当然,日本文学虽然深受中国佛教文化的影响,但在悠久的历史发展过程中,随着本土神道文化自我意识的觉醒,也逐渐形成了民族特有的审美意识。"物哀"精神就是日本民族传统美学的一个核心观念。在日本近代以来的文学创作中,有的作家过分强调这一传统"哀"的一面,如本居宣长就将"物哀"释义为"悲哀",许多日本作家在创作实践中也有意识地贯彻这种美学思想,偏重于捕捉最感人心灵的悲哀情绪,有所忽视"物"的壮美的一面。也有的作家如井上靖等在其艺术创作中,把"物"与"哀"辩证地统一起来,在悲中求其壮,在哀中展其美,融会贯通了"物哀"精神。在这一点上,池田大作与井上靖可谓心气相通,写秋枫的"最后的祭典",不是只写出死的哀感,死的衰竭,死的叹息,而是写出死向生的转化,写出死的大欢喜,大飞扬,这正是日本文学物哀精神的正宗体现。

佛教哲学讲世界、讲人生以缘起理论为基础,但缘起说的阐述通常有两条不同的思维路向。从消极的路向来说缘起,万物的成住坏空都由因缘而起,物体本无自性,也就一切皆空,无所执着;从积极的路向来说缘起,则万物的生成既然由缘而起,因而相互依赖,共生共存。池田大作有一篇题为《两束芦苇》的散文,讲述的就是这样的道理。两束芦苇的比喻出自释尊最聪明的弟子舍利佛,他说两束芦苇只有在互相依靠着的时候才能立起来。也就是说,由于有了这个才有那个,因为有了那个才有这个。如果拿掉两束芦苇中的一束,另一束也就倒下了。同样,没有这个就没有那个,没有那个也就没有这个。在这篇散文中,池田大作讲述了一个故事:邻居家有个上幼儿园的孩子,有一天,他蹲在院子里——其实不过是公共住宅中的一间房子与过道之间的一块空地——一块巴掌大的土地上,一只手里拿着一把铁铲子在挖着什么。不一会儿,他站起身来,把一双可爱的小手合在一起,嘴里叽里咕噜地说着什么。那妇人问他在干什么,小孩说:"我心爱的小田鼠死了,我在祈祷它下次能投生为人。"毫无疑问,这是小孩给小"朋友"的安葬仪式,并不是他妈妈让他这么做的。池田大作听了,不觉微笑起来。他说:"这虽是童心的表现,但是非常珍贵的。因为大人花几十万日元为自己的爱物造墓,我们会感到奇怪和不自然,而这孩子这么做则完全是感情的自然流露,我感受到一种清新的生命感。""这样的举动肯定带有对翠绿的大自然的亲近感和自己的伙伴的友谊。如果从小就能培养起对生命的敬畏之心,长大了就不会伤害生物,不会轻易地去自杀或杀生。"在这篇散文中,池田大作还提到了志贺直哉的一篇具有半自传性的短篇小说《和解》,小说写到儿子在帮助妻子分娩后,看到妻子经过一番恶战苦斗终于成功分娩后的安详微笑,产生了一种感激的心情,并终于结束了与父亲的长期不和。这两个故事一个是写生命的死去,一个是写生命的诞生,但所表达的都是生命与生命的缘分,以及生命对生命的感恩:"我们出生于大宇宙的一块小小的绿洲上,由于有缘而在一起共同度过有限的一生。正因为如此,我们越发不应该互相仇视,互相杀戮,深深的慈爱之情将是变不和为和合的杠杆。"①

每一种生命体都在承受着别的生命体的恩泽,同时,每一种生命体又以自己的存在而惠及别的生命体,这就是佛教哲学"依正不二"观所讲的道理。在自然观上,池田大作曾在多场国际环境会议上阐述过佛教哲学的"依正不二"思想,而在他的写景纪行散文中,感恩也就成为自然的一种突出的精神品质。柳树是一种普通常见的植物,由于它在形态上的随风飘舞、依依缠绵以及柳叶向根低垂的特点,文人墨客们都喜欢以柳树为意象写离情别意,如"灞桥折柳","杨柳岸,晓风残月","月上柳梢头,人约黄昏后",等等,都是中国文学中人尽皆知的诗句。现代散文家丰子恺写过一篇散文《杨柳》,为赞美杨柳提供了一种全新的角度。他赞美杨柳的贱,"不需要高贵的肥料或工深的壅培,只要有阳光、泥土和水,便会生活,而且生得非常强健而美丽";赞美杨柳的感恩,指出杨柳不忘根本,"它长得很快,而且很高,但是越长得高,越垂得低。千万条陌头细柳,条条不忘根本,常常俯首顾着下面,时时借了春风之力,向处在泥土中的根本伴舞"。很有意味的是,丰子恺也是一个佛教徒,从感恩的角度来赞美杨柳,虽然是作者平民意识的表露,但与作者作为一个佛教徒所具有的共生意识也是密切相关的。池田大作对柳树的赞美也是从感恩的角度来写的,不过他的思路与丰子恺略有不同,丰子恺是从杨柳向下朝着泥土的形态特性起兴,而池田大作关注的是雪

---

① 池田大作:《两束芦苇》,《池田大作选集》,北京大学出版社,1988年,第286页。

柳永远向上的强盛生命力。在《雪柳·光之皇冠》中,池田大作从写雪柳永远向上的生命力开始,进而特别突出了雪柳谦逊的品质。"雪柳总不会忘记对太阳的感谢之情。太阳毫不吝惜地照射大地。而雪柳因时常接受阳光光泽的照耀,因此就像回报太阳似的,也明朗地反照周遭。"自然亦有道,草木孰无情。雪柳永远向上的生命力展现,其实就是它向太阳的感恩,对太阳的回报。又如《兵库秋樱之风》中写秋樱,池田大作描绘了这样一幅动人的景象:"风吹着,花朵们发出'谢谢'的声响,能够活着,要感谢大地、虫儿们,及感谢阳光。风走了,心手相连的使者却仍随风摇曳,让我们看到风的运作。"在这些作品中,美丽娇艳的花朵傲霜斗雪,忍寒耐热,却谦让平和,始终抱持一颗感恩之心,感激自己所受到的来自自然的种种恩惠。

毋庸置疑,依正不二,感恩回报,这些自然景观的描写都是池田大作和谐共生自然观的形象表达,同时也是池田大作生命理念与人格精神的体现。无论在生活中,还是在写作中,池田大作总是心怀感恩之情,想到含辛茹苦哺育自己的母亲,想到呕心沥血培育信任自己的恩师,想到在年少时给自己带来许多温暖的火钵,想到护育自己长大的故乡庭院中的石榴树,并且时时以这些曾经给予自己恩惠的人和物来勉励自己为了创价理念的实现而奋勇向前,百折不挠。所以,池田大作的写景纪行散文往往是将写景与写自己融合在一起的。由于池田大作的高洁人格和优美性情,他的一举一动,一言一念,本身就是一道美丽的人生风景,所以写自己就是写风景。而他的散文中诸如雪柳、秋樱、油菜花、秋枫、睡莲、石榴这些美好的自然景物,其实也从各个方面成为池田大作优美人格的象征,所以,池田大作写景其实也是在写自己。

第三节　　诠释自然与感受色彩

中国古代文论中有"文如其人"之说,宋代文学家苏轼在《答张文潜书》中称赞其弟子由的文章时说:"子由之文实胜仆,而世俗不知,乃以为不如;其为人深不愿人知之,其文如其为人。"此后,文如其人成为中国文论中品文的一个重要美学命题。尤其是在散文诗歌这种抒情性文体中,许多优秀的作品之所以引起读者的喜爱,首先就是因为作者的人格光风霁月,映照在作品之中。池田大作的散文就属于这种优秀的文学作品。池田大作是一位具有国际影响的宗教家、教育家和社会活动家,他的各类文学作品是以人格精神吸引读者,天然大气,不事雕琢。井上靖称赞池田大作的《母亲》等诗不是一般诗人能够作出来的,戈尔巴乔夫也称赞池田大作的"诗心真是美丽多彩",池田大作的诗是"真情毕露的好作品"[1],都是对池田大作诗与人格关系极为真切的概括。不过,池田大作也是一位桂冠诗人,是一位有着良好素养的文学家。他的散文创作虽然不以讲究艺术技巧取胜,但自从容挥洒、起承转合、着墨铺排之间,自然形成技巧,自有独到之处。

---

[1]　戈尔巴乔夫、池田大作:《20 世纪的精神教训》,社会科学文献出版社,2005 年,第 31 页。

形散而神不散,散文的这一基本特点在各个民族的文学中都是大体相似的。池田大作的写景散文有时娓娓叙来,像一川山溪,顺势而下,有时腾挪跌宕,则像山回路转,错落有致。这是因为池田大作的写景散文看似随意之章,其实每一篇散文都有一个串起全篇的核心观念,也就是通常我们所说的"文眼"。这些"文眼"有的放在文章篇末,如《香港·月光之门》写香港的中式庭园建筑,这种庭园多以圆形来旋开白壁,门内别有洞天,吸引人更想探幽访胜。这种描写对中式庭园建筑特征的把握无疑是很精当的,散文不仅写景,也写到了人,指出自古以来中国的文人为了逃离俗世琐事,而追求别有天地的休闲场地,这实际上是写出了中式庭园所形成的一种国民心理机制。但如果仅止于此,这不过是一篇写得精致的记叙散文而已,因为这些意思文学史上已经不知有多少作家表述过。散文最后写到一位一直奋斗不懈的创价学会草创前辈,池田大作不禁深深感慨:"唯有庶民那美丽的'心灵庭园',就像是皎洁月光般,恒常不变'。"这一结尾就如"文眼",既照应了前面关于香港变与不变的议论,也照应了题目中的月光之门,同时将风景与文人墨客的恒常关系置换成庶民即一般普通民众的"心灵庭园"的美丽,从而提升了作品的主题意义。有的"文眼"嵌入作品的中间,如《翻越安第斯山脉》,此文写池田大作为了攀登"21世纪的和平之山"访问智利途中飞越南美大陆安第斯山脉的感想。安第斯山脉贯通南美大陆南北,全长1万公里,群峰耸立,就如同波涛般绵延不断。作者从巴拉圭飞往智利的四个小时,有一大半时间都在翻越安第斯山脉。"即使攀越、再攀越,无垠无际的安第斯山脉依然耸立于前。"作者从翻越的关山重叠与艰难险阻想到了自己在推行创价精神与和平理念时曾经腹背受敌、孤立无援的经历,不胜感慨:"不去攀登峻岭,就没有劳苦,不去坚持,就不会遭到强劲风势。"这段感慨表达了池田大作为了创价理想百折不挠、九死不悔的意志和信念,同时它也形成了一个"文眼",将写景与言志、翻越安第斯山脉和翻越"21世纪和平之山"融会在一起,使得文章形神聚合,浑然一体。

诗歌是语言艺术,摄影是造型艺术,虽然媒介不同,但无论诗歌还是摄影,对于大自然的诠释都是通过富有创造性的意象来进行的。池田大作是一位具有跨界性的文学家,对各种不同艺术媒介的特点和性质有透彻的理解,对这些艺术媒介精神气质的相通性也有深刻的认识。他曾说:"我认为照片也是不需要语言的、敏锐而严肃的、优美而现实的诗。""把遥远的雄伟的群山合为一体,拍成照片,从这里可以产生使人从窒息的世界升华到抒情世界的诗,可以产生超越界限的、充满巨大希望的诗。在天真烂漫的稚子的笑脸上,洋溢着人类最美的、光照寰宇的生命之爱的诗。"[①]可以说,池田大作的诗人与摄影家的双重身份是一种完美的融合,诗人的摄影是一种追求诗意的摄影,而摄影家的实践也使得诗人具有超出常人的对于意象的爱好和对于构形的敏感。这种诗人与摄影家完美融合的艺术特质,深入而充分地体现在池田大作的写景纪行散文中。池田大作的散文中有许

[①] 池田大作:《我和照相机》,《池田大作选集》,北京大学出版社,1988年,第260页。

多优美独特的意象,纷纷扬扬,鲜明耀眼,给读者留下了深刻的印象。如在《冬日清晨》中作者用对话的意象写日本人过去用的长火钵,"一般的电器是无法与之对谈的,而却能与炭火产生对话"。这一意象描绘了人们在过去时代里拥着火钵取暖时其乐融融的人性化场面,表达了对这种微妙的长火钵文化逐渐被冰冷机械的电器所取代的无限惋惜与感念。又如《银铃般的柿子》中说:"即使遭逢任何痛苦,柿子也绝不让心坚硬如石,也绝不会让纤细、柔软的感受就此死去,绝不流于惰性。"作者所强调突出的是柿子的柔软意象,不仅外表是柔软的,而且心也是柔软的,即使酷热严寒,也不会改变自己的本质形象,体现出了一种从不放弃自己的忍耐精神。如果说这种意象本身包含着意义,包含着作者自己的综合性的生命体验,那么有些意象则是作者瞬间的灵感,或者是作者快速捕捉到的生命的瞬间。如"水光映影中飘落一片片枫采。三重绘彩摇碎一溪艳红"(《京都"枫红之秋"》);"从特拉斯看到夕阳如'黄金般'渐渐地舞向西方的水平线,东方山谷的彩虹绘出长长的弧形"(《蓝色的夏威夷》);"被加州灿烂的阳光照耀着,高高的棕榈树,似乎直想往上伸至天际般,那道笔直的云彩划过树干,在湛蓝晴天中,恍若纯白的弹道般,遥穿天际"(《洛杉矶上空的飞机云层》);"不知何时,夕阳西下,巍峨群壑上的雪层,映照在晚霞长空下,举目所及,只见下弦月及金星高挂长空"(《翻越安第斯山脉》)。这些意象描写,都具有强烈的画面感,生动、有力、凝练,显示出了池田大作卓越的感受、定格与诠释自然的能力。

作为摄影家,池田大作对色彩的感受与辨析能力是一流的,这种能力也出色地表现在他的写景纪行散文中。譬如,池田大作的散文在着色方面特别鲜明艳丽,油菜花的黄色黄得就像"开出一朵朵光彩夺目的太阳",秋枫的红叶红得就"如柔和的火焰般四处漫烧开来","雪白的云彩融入蓝空中的那股澄静感,讨人喜欢"。"那红艳欲滴的红梅,就像是裁下朝霞的红云,再由精灵针针密密缝合般。而白梅,就好像是集结月光的光彩,如同精雕细琢的水晶般晶莹剔透。"诸如此类的景物描写在池田大作的写景散文中俯拾皆是,与池田大作的着色能力有关,也是池田大作人格魅力的体现。这些鲜明艳丽的着色显现着池田大作开朗乐观的心情、积极向上的人生态度和充满力量与光明的生命精神。池田大作不仅喜欢浓墨重笔地铺染色彩,而且也在散文中经常谈到自己对色彩的看法。如他对白色的分析:"白色是个十分华丽的色彩。白色中隐藏着无数缤纷的色彩。彩虹的七种色泽也是由白色所撷取出来的。白色是所有色彩的根源。"(《雪中梅花》)又如他对枫叶之红的分析:"红色素却是由叶片本身的糖分转变而成,借由阳光的光合作用而转变成糖分,也就是所谓的燃烧自身'储藏的太阳'而成为红叶。"而池田大作对蓝色的分析,则更是精辟,他说:"蓝色,是个不可思议的颜色。蓝色,总是在远方。海洋的蓝,用手一舀就消失了。天空的蓝,无论如何的接近,还是清晰透彻。"(《蓝色的夏威夷》)池田大作是特别喜欢蓝色的,甚至在写雪中白梅时,他都从雪白雪白的颜色中看到了蓝色:"宽广的白雪绢绸,更将庭园的花木疏影,映照得更澄蓝。这澄蓝,是雪花,将故乡与蓝空相恋而从心的深处,缓缓渗出来的色泽。"池田大作说过,红色是生命的颜色,蓝色是精神的颜色。

确实，只要一提到蓝色，我们就会情不自禁地想到天空，想到海洋。所以，蓝色是精神的颜色，这句话的深刻含义其实也就是希望人的精神能够像天空一样深远，像大海一样宽阔。可见，即使从专业的色彩美学角度来看，池田大作对于色彩的分析也有富有哲理的独到思考，显示出了他作为宗教家、教育家的过人之处。

第四章

池田大作文学中的世界意识

创价教育理念的一个核心要素是世界性。从创始人牧口常三郎，经户田城圣再到池田大作，都非常重视人性革命，但创价理念中的人性革命始终没有局限在日本岛国性的改造方面，尤其是第三任会长池田大作，他从来就是立足于人类共同人性的高度和广度来观察、思考和定义人性革命这一价值理念的。这可以说是创价学会的思想理念与战后日本社会文化界的思想趋势不太一样的地方。创价学会三代领导人在创价理念世界性的建构上，形成了一种鲜明的历史发展阶段性。概要言之，牧口常三郎主要生存于战争时代，痛感人类战争的残忍与疾苦，敏察到了世界性的问题与理念。户田城圣的主要活动虽然是在战后，但当时的创价学会正在为自己的生存权而奋斗，他还来不及从实践上将创价教育的世界意识付诸实施。但他的世界意识之强烈，世界理想之高远，是他的随从弟子池田大作在日常生活与工作中亲身感受到的。池田大作在《新人间革命》的开篇就回忆到了这一点。譬如,1957年9月8日,户田城圣发表了禁止核武器宣言,他经常对弟子们这样说:"要把悲惨二字从地球上抹掉。"他也经常叮嘱弟子,要把日莲大圣人的佛法,把创价学会的和平主义、人性主义观念向世界广宣流布。

正是因为池田大作从恩师身上特别强烈地感受到了将理念"广宣流布推向世界"的重要性与迫切性,所以他从恩师手上接班以来,一直把这一点当作自己的使命,当作使恩师的精神永远流传的"弟子之路"。接班以后,池田大作充分运用自己的才干与历史赋予的机遇,将创价学会发展扩大成为日本国内具有众多信众和重大影响力的民间宗教团体和社会政治力量,同时,他并没有满足于国内发展的顺利,而是始终牢牢记住户田城圣要把创价理念向世界广宣流布的梦想,并且在20世纪60年代初期,也就是他刚刚继承户田城圣担任创价学会会长后不久,就开始了广宣流布推向世界的宏大实践。他曾历访美国、加拿大、巴西和欧洲诸国,又开始了和中国的破冰之旅,推动了中日关系的正常化发展。他还和世界上不同民族、不同文化的名人与大师们进行对话,用对话的形式了解不同文化的特点与需求,同时也大力宣传日莲大圣人的佛法与牧口常三郎的创价理念。他创作的小说《新人间革命》,描写的就是他本人如何带领创价学会开拓世界局面、强化国际联系的事迹。这部小说既是他的"弟子之路"的纪行,也可以说是他本人在创价学会国际化进展中的心路历程。此外,他的许多诗歌、散文创作,也大都是围绕着日莲佛法与创价理念的世界化、国际化这一主题而写作。所以,世界性、世界意识成为池田大作文学创作的一个鲜明特色,也是池田大作作为一位世界桂冠诗人,一位具有世界影响的宗教与文化领域中的社会活动家的突出标志。这种鲜明而强烈的世界意识,在池田大作的笔下,有时称之为"人间共和",有时称之为"人类意识",有时称之为"国际人",有时称之为"世界性"。在池田大作的思想体系中,无论以什么样的名目出现,这种世界意识都呈现出一个鲜明的意义构架,即以人性的共感为其思想基础,以人权的自由为其核心观念,以人类和谐相处为其蓝图目标。"世界意识"像一条思想的红线,从始至终贯穿在池田大作极其丰富的各体文类的创作中,而诗歌作为抒情言志的主要文体形式,表现得尤其突出。

第一节　　生命共同体与人类共感性

"世界"这个概念最早来自佛法,梵语曰路迦(Loka)。世为迁流之义,谓过现未时之迁行;界,谓具东西南北之界畔,即有情依止之国土。楞严经四曰:"世为迁流,界为方位。汝今当知:东西南北,东南西北,上下为界,过去未来现在为世。"世为时间概念,界为方位概念,世界一词从时间与空间上确立了一个生命的共同体。在这个生命共同体中,各种生命由于组织构造的相同,进化环境的相似,在其性情上也就具有相通性、共感性。但只有人类这一生命共同体自觉意识到时间和空间的存在,才能够真正意识到生命共同体对每一个生命的意义,意识到生命共同体中共同性的表现形态和精神实质。中国的古代贤人告子曾经说过,"食色,性也",饥饿了要吃饭,困倦了要睡眠,高兴的时候会笑,悲伤的时候要哭,无论何种语言、何种肤色、何种民族,这些基于生理需求的基本性情,人类都是一致的。尽管鲁迅在同梁实秋论战文学有无阶级性时也曾说过,煤油大王不会知道捡煤渣的老婆子的酸辛,贾府的焦大也不会爱上林妹妹,但这句名言反证出的恰恰只是人类情感的阶级性异化,而不是否定人类情感的普遍性存在。作为宇宙万物之灵长,作为地球上唯一具有数千年文明进化史的人类,悲离喜合,哭丧乐生,见春花而心旷神怡,闻秋声而肃杀落寞,这些人性的相通性与共感性,正是人类"世界性"的生理基础,也是人类生命共同体赖以共存的文明基础。

在池田大作的文学创作中,有一个极其重要的母题,这就是对母亲的歌颂。关于这一点,本书将有专章进行分析,在此要指出的是,诗人对母爱的尽情歌颂,本质上就是根基于他对人类共感性的思考。确实,人性虽然是普遍的,但随着历史的发展与社会的进化,人性普遍性也在发生异化。譬如,关关雎鸠,在河之洲,窈窕淑女,君子好逑。但人类古已有之的美丽爱情,早就沾染上了铜臭异味。人还会喜怒哀乐,但这种情感的内容也已经被阶级与政治的意识形态圈子所束缚,愈来愈趋向于狭窄化,以致人类真诚的笑容和眼泪,成了稀罕的珍宝。挂在脸上的笑容与眼泪已经难以让人完全信任,笑里藏刀、鳄鱼眼泪成了当今世界流行的成语。面对这种人性异化的趋势,池田大作的态度还是比较乐观的。因为他相信,在这人性的异化途中,唯一不变的还有母爱。从本能上看,母爱乃人类繁殖力的表征,是种族繁衍的原始欲望。既然是本能,则无分高下贵贱,左右正反,无关阶级,也无关政治。"在越南的美国兵也有/强烈关心爱子生命的母亲/硝烟废墟的解放军背后也有/祈祷爱子平安。"而从文明的层面看,母亲则是"坚强的调和者"、"美好的对话者",是"千万人精神的国土",只有"母亲的慈爱/没有言语的桎梏/没有民族的冰壁/也没有意识观念的相剋/像似盎然的田间小道/人类唯一的共通感情"。母亲,是一切人类生命的本源,也是一切人类生命的天然守护者,只要母爱不变,指引人类文明发展度过暗夜的希望之火就不会熄灭。

关于母爱是人类共感性的人性基础,现代中国文学中有一篇题为《超人》的经典作品也有相似的表达。这篇作品讲述了一个尼采主义者在母爱感化下的心理变化。主人公何彬信奉尼采主义,崇拜孤独,认为人与人之间只有隔膜,不可能真诚地交流,更没有所谓的爱,所以他每到一处就把自己封闭起来,从不与人交流。有一次他的隔壁邻居小孩生病了,无钱医治,痛得在家里成天叫唤,吵得何彬无法生活。他就付钱为这个小孩医治。小孩病好后,母子都要感谢他,但他拒绝他们的感谢,说为小孩治病只是为了自己的安静。后来他要离开了,小孩放了一篮花在他门口,花篮里有一封小孩自己写的信。信上说:天底下的母亲都是爱儿子的,所以天底下的母亲都是好朋友了,先生的母亲一定很爱先生,就像我的母亲很爱我一样,先生的母亲和我的母亲一定是好朋友了。所以请先生一定要接受先生母亲的朋友的儿子的感谢。就这样,在母爱的召唤下,何彬的一颗爱心得以复苏,他感动得热泪盈眶,提着花篮,带着爱投入新的生活。这部小说写于中国的"五四"新文化运动中,作者就是著名女作家冰心。冰心所处的时代,人心已经痛感到交流的困难,感到隔膜的深刻,所以她要用天下同心的母爱来感化孤独,来弥合这种隔膜。而20世纪后半叶至今,人心的分裂已经不仅是隔膜,按照存在主义的描绘,他人就是地狱,人心的分裂程度,人的精神的自闭程度,已经触目惊心。所以,池田大作与冰心一样赞颂母亲,赞颂母亲具有的人类共感性,这不仅是为了歌颂母亲的慈爱和生命力,而且是为了给当今生了病的世界找寻一条出路:"涂满灰色的公害社会/浊音狂发的窒息都市/失去光明去路的闭塞地球/在那里早就没有了出口/如果,这个世界不是有了你/丧失可以回去的大地/他们只有永远永远的放浪下去。"(《献给守护生命尊严的人》)

在《佛法与宇宙》中,池田大作曾与物理学家木口胜义、志村荣一一起畅谈过对宇宙的观感与思考。在这场对话中,虽然探讨的是宇宙的现象,宇宙的原理和佛法与宇宙的关系,但其实根底里谈的还是宇宙中的地球。譬如,"地球的末日将会是怎样"、"需要有全球一体感的时代"、"地球是45亿人乘坐的地球飞船"、"避免地球毁灭的途径"、"地球是圆的的思想"等命题,直接就是对地球问题的思考与关注。虽然人们对宇宙太空的认识已经迈出了一大步,但离真正了解宇宙的真实面目还有很长的距离。大家都能意识到,地球是人类唯一的共享家园。根据科学家的推测,55亿年后太阳将耗尽自己的能量,发生大爆炸,地球也会随之灭亡。虽然这还是十分遥远的事情,但是随着人类数量的膨胀,人类科技的发达,使得人类活动的范围日趋广阔,而人类数量和活动范围的增加也使得人类对资源的需求越来越多。面对有限的地球，人如何才能避免自己亲手毁灭自己的家园，这个问题不管是科学家还是哲学家都在认真思考。20世纪美国作家理查德·马蒂逊就写了一部有名的小说《末日》，人类花了五千年建立起来的文明世界，在50个小时内就毁灭殆尽。近20年来，关于地球的毁灭、关于地球人与外星人的战争、关于人类向外空间寻找新居所的科幻小说与科幻电影不断出现。但谁都知道，在目前的科学水平上，地球在则人类在，地球毁则人类亡，除此之外，人类别无栖身之处。因此，人性的共感性不仅表现在母爱这种具有本能意义的内在情感上，而且也必然表现为人类在地球这一共同家园中如何感知和应对自己处身其中的自然这一问题。

在古典时代，人类对自然的共感是幸福而自信的，人类欣欣然地共享着自然带来的种种福祉。中国唐代诗人王维有一首名诗："空山新雨后，天气晚来秋。月明松间照，清泉石上流。竹喧归浣女，莲动下渔舟。随意春芳歇，王孙自可留。"浣女、渔夫、王孙在自然中优哉游哉，与明月、青松、虚竹、荷叶等自然景物融为一体。日本的《万叶集》中也多有此类天人合一之作，如"天海上，起着云浪，月儿船，摇入星海躲藏"；"三轮山，红叶陶然，让我也夹染红衣衫"；等等。自然赋予人色彩的美丽，而人则投射自己的情感到自然之中，景语即情语。但在科学日益发达、欲望也日益强烈的今天，人类对自然的共感由和谐开始异变为对人类生存危机的焦虑。如果说对于母爱的永恒池田大作还抱有一份坚定信仰的话，那么对于人类掠夺自然、戕害自然的恶性膨胀，池田大作则是充满着失望、不安和焦虑。从池田大作的诗作中，读者能够深深地感受到这种焦虑的情绪。如在献给巴西诗人齐亚歌·德·梅罗的诗中，池田大作用自己的心声在呼喊："在暗黑的宇宙空间浮动的碧绿行星/不可听任这个美丽的地球/毁于人类的愚蠢行径/你听见了/地球发出的求救信号/我听到了/世界民众发出的痛苦呻吟。"（《和谐的森林亚马逊之守护者》）池田大作是一个温文尔雅的诗人，他的诗歌辞藻或优雅，或壮丽，往往都是以美和善的形式出现。在这首诗里，池田大作直斥人类行径的愚蠢，他对美丽地球已经面临的危机、对人类共同家园毁灭的担忧程度就是可想而知的了。

值得指出的是，日本是一个相对而言人口稠密、资源匮乏的国家，自然资源的短缺从来就是日本民族发展的重大瓶颈，因而日本民族应该最能切身体验到人与自然的生物链断裂而引发的生存危机感。20世纪60年代以来，日本经济迅速发展，但与经济发展相随而来的是工业污染的蔓延，是自然环境的持续恶化，是人在这种环境污染中的深受其害。50年代末到60年代初，日本社会著名的四大公害水俣病、阿贺川有机水银事件、哮喘病、疼痛病，就与大气污染、废气排放、化学与放射性污染等现代工业后果有着直接的因果关系。这些公害引起日本社会文化界的高度关注，也促进了日本生态文学由最初的关注"原爆"转向对工业发展带来的日本本土自然环境污染的关注。水上勉的推理小说《海牙》明确指出化工厂含有水银的工业废水污染水源，是水俣病产生的根源；西村京太郎的推理小说《污染海域》通过讲述一个主持正义的律师为一个因患有哮喘病不堪痛苦而自杀的少女讨回公道的故事,揭示了海洋污染给日本海周边民众生存带来的巨大伤害。如果说关心"原爆"的后果还带有反思"二战"历史的意味,那么,对日本本土上迅速蔓延的公害事件的关注则是现实的,也是与日本政府的现行政策息息相关的。这一转型不仅引发了日本公众对环境保护的兴趣和热情,而且有力地促进了日本生态文学与生态文学批评的发展。正是在这一大的时代和文化背景下,池田大作不仅写了不少政论文章,参与对日本社会公害问题的讨论与批评,而且写了不少诗歌散文来表达自己的生态意识,所以,池田大作的文学创作可以说是日本当代生态文学运动的一种重要力量。

相对于同时代日本本土的生态文学作家而言,池田大作不愧是一个具有世界眼光与国际胸怀的作者,他的生态主题诗文虽然也密切关注日本国内的生态问题,但是他的眼光与视角,在表现这一主题时并没有局限在日本民族或者日本本土的场域与观念上。他总是站在世界的角度,以世界的名义来思考问题,警醒世人。"大宇宙的空间里/一个世界,地球/在此空间/我们/相聚而生。"(《广宣流布!是人类的愿望》)在《征服大草原,和平的勇士》一诗中,池田更进一步地明确指出:"风吟咏/云起舞/蔚蓝的天空高歌/世界是一个。"正因为供给我们相聚而生的世界只有这一个,所以人类必须珍惜爱护自己生存着的这个地球。"人唯有仰望/蔚蓝的天空/踏绿色大地/才能做个真正的人。"那么怎样才能做到这一点呢?在《和平的天使、有正义感的年轻艺术家》一诗中,池田大作用鼓笛队的音乐演奏做比喻,启示人们要学会携手并肩的"合奏":"宇宙之声无际涯/我们在其环绕下/演奏自己的妙音。"在《征服大草原,和平的勇士》中,诗人则提示人类应该成为"庄严的宝塔/连接天与地,/做生命交流之天线,/与宇宙和大地对话"。"合奏"是说维护这个世界、这个家园是所有地球人不可逃避的责任;"宝塔"的比喻则是要求人类学会倾听天地之籁,在自然大化中做一座沟通万物的桥梁。

人的生命的自由是池田大作毕生追求的目标,在池田大作的世界意识中,自由更是不可或缺的核心要素。在池田大作看来,自由不是放任,也不是为所欲为,在地球这个共同体内,自由首先的含义就是平等:"本来/地球这颗行星/理应是生命的载体/使人类得以平等而/幸福安稳地生活。""按理说不该有/哪国强大/哪个国家/悲惨地经受苦难/如此的不平等。"(《生命的宝冠通向和平的银河路》)但是不幸的是,文明已经有了五千年的历史,现在的世界却还是弱肉强食的世界,发达国家可以通吃一切,而那些贫穷国家则越来越丧失在这个世界上的话语权。文明的进化,科技的发达,并没有真正在意识上将人类从原始的丛林规则中解放出来,人类根源于兽性的欲望与贪婪还没有真正被理性所驯服,所控驭,所以世界上还存在和发生着各种惨无人道的战争。更可怕的是,这些战争和杀戮正在以种种文明的名义进行着,正在以种种科学的手段提高着杀戮效率,正在以种种理性的逻辑计算着得失利弊。面对这种纷杂的状态,应该怎样彻底解决呢?日本作为"二战"的施害方同时又作为核战的受害方,国内思想文化界对战争的态度一向并不一致。尤其是20世纪60年代末70年代初,日本从战后的创伤中逐渐恢复,经济腾飞重新成为世界强国之后,日本思想文化界对战争的历史观与现实态度都产生了严重的分歧。1970年11月25日发生的日本著名作家三岛由纪夫政变事件，就是日本右翼思想在日本文化界的一个突出的表现。写过《金阁寺》这样优秀作品的三岛由纪夫居然为了保存日本传统的武士道精神，让日本重新成为一个"正常国家"，带领四名盾会随从跑到日本陆上自卫队东部总监部绑架人质，鼓动政变，失败后切腹自杀。与之相反，诺贝尔文学奖获得者大江健三郎则一直呼吁政府直面"二战"战争罪行，他不仅到处宣讲反对核武器的观念，而且多次到冲绳调查访问，写了长篇散文《冲绳日记》，创办刊物《冲绳体验》，揭露日本军国主义在冲绳战斗中强迫士兵和家属自杀的罪孽，引起国民对军国主义的残暴性的关注和警醒，显示着日本知识分子的良知和正义感。

比较而言，池田大作在反对战争、反对核武的立场观点上与大江健三郎是一致的，在受到民族同胞的误解、阻挠甚至谩骂时也绝不动摇的人格力量方面也是堪可比肩的，但在如何达到反对战争和禁止核武的手段上，池田大作的思考有自己的特点。可以说，作为小说家的大江健三郎重在用实地调查和随笔特写来揭示战争的残忍与非人道，以此达到发人深省的效果，而作为诗人兼宗教家的池田大作则是从正面呼吁确立自由的生命准则，来阻止和消灭战争的苗头与缘由。他深信，唯有确立自由，才是战争消亡之正道。所以，他用诗歌创作大声呼吁："以此做焦点/各国领导人/应该摈弃一切先入之见/恢复自由/严格地确立/坚定的方向。"(《生命的宝冠通向和平的银河路》)在世界这个共同体中，"自己幸福/也无碍他人的幸福"(《青春乱舞，荣光辉耀》),这就是自由的基本精神;哪怕就是杂草,"不论是无名的/还是野生的/各有各的使命/开独特的花/用自己的双手/开拓自己的道路"(《杂草》),这就是自由的风采,也是池田大作"毕生遵循的路线"。正是在这种自由观念的激励下,池田大作在诗歌中不断地反思20世纪三四十年代日本的侵略战争,不仅指出日本军国主义给东亚邻国造成的无穷灾难,而且也痛斥这场侵略战争给日本人民带来的悲惨遭遇。"一家家支离破碎/满门陷进不幸深渊/岂但如此/不幸和人间地狱/使无数人痛哭流涕",所以诗人要求同胞们永远不要忘记八月十五日,这个日子"是一对情侣/永诀的日子/是再也见不到爱子的/母亲落泪的日子/是年轻的儿子走上不归路/令人心酸的日子/他本是一家人的靠山/前途不可限量/原指望他做社会栋梁/是父亲也痛苦悔恨/留下血泪的日子"(《黎明的八月十五日》)。在这种反思中,池田大作敏锐地觉察到战争的起因就在于国家权力的无限膨胀,民众在所谓的国家权力、民族权力面前,失去了个人信仰与言论的自由,"偏狭的国家主义者和/蔑视民众的掌权者/蹂躏和平的花园"(《心的金桥——迈向二十一世纪的光彩》)。

正是在这个意义上,我们能够体会到池田大作诗歌中世界意识表达的一个特点。在历史上,日本民族和日本文化中的民族主义乃至国家主义的倾向,一直是比较浓郁的,其具体表征就在于对天皇无条件的忠诚。美国人类文化史学者本尼迪克特在其研究日本民族文化人格的著作《菊花与刀》中,就以"二战"结束时日本战俘对日本天皇的态度为例,精辟地分析了日本民族的民族意志与国家意志的强烈程度。池田大作的童年时代是在

"二战"中度过的,战争使他失去了亲人,他目睹了母亲在接回大儿子骨灰时那种无以言说的悲哀神情,他的恩师也曾经为反抗军国主义而身陷囹圄,因而他推己及人,从"二战"时期日本的角色中体会到了这种民族意志与国家意志的局限性,以及这种意志作为军国主义滋生温床所具有的潜在危险性。所以,池田大作一再鼓励自己创办的创价大学学生做"世界公民"。他在诗歌中歌颂宇宙、着眼世界、常谈地球,但不太经常从正面的意义来赞美国家与民族的形式与概念。相反,他还颇为赞同科学家爱因斯坦的观点:"我们,须为努力/要把在人们心中/存在至今/止于国境的观念革除/而慢慢觉醒/同是人类的连带感。"(《世界永远和平的祈愿》)

第二节　新的"文化"与"人"的出生

"同是人类的连带感",作为池田大作诗歌中经常吟咏的一个命题,作为池田大作诗歌中世界意识的一种诗意化表述方式,看似朴素浅显,其实这一命题与诗意表述中包含着十分丰富与深刻的哲学内涵。它说明,既然人是同一个物种,无论在生理还是在心理上,无论是在物理还是在伦理上,便都天定地具有相互连带的关系。这种天定地具有连带关系的人在思考和处理人与人之间的事务时,就应该站在世界的立场,以人为类别,以地球为界别,和谐相处,共同发展;而不是以族群为类别,以国家或者乡土为界别,你争我夺,互为障壁。在人类进化的历史上,在很长一段时期内,由于交通的险阻,自然生产力的落后,人类的眼光与胸襟都受到局限,只看到自己身边的同类,看到自己眼前的利益。非我族类,其心必异。为了防范自己族类的利益被外族人侵犯,人们建筑起了一座座围墙来保护自己的家族,于是形成了乡土、城市与国家,人类的心灵、情感与精神也就不免被这些乡土、城市、国家之围墙所困囿。中国幅员辽阔,腹地纵深,南北东西,不仅地貌山形差别很大,而且风俗人情也各有不同。人们世世代代生活在祖辈的土地上,形成了安土重迁的乡土情结。中国最早的大诗人屈原被自己的同僚陷害,被誓死效忠的国王放逐,但在流放的途中仍念念不忘故乡,狐死必首丘兮,吾将蜷局顾而不行。这种故土意识、乡愁观念,最终导致了中国文学史上漂泊文学与乡土文学的发达。日本的地理环境及社会结构与中国大不相同,在独特的地理环境与社会结构的影响下,日本文学历史的发展虽然曾浸润在中国文化的影响中,但也形成了自己的鲜明特色。正如日本文学史家加藤周一所言:"日本文学的一个明显特征就是它的向心倾向。几乎所有作者都居住在大城市,读者也同样,都是大城市的居民,作品的题材大多是写城市的生活。"①或许正是这种特征,导致日本文学中的乡土意识不够发达,对乡土的依恋也没有中国作家那样热切。

  无论是重乡愁的抒发,还是注重城市生活的描写,只要眼光与胸襟还是局囿在乡土与城市之间,这种文学就依然还是一种小我的体现。在这方面,池田大作无疑受到日本本土文学的浸

---

① 加藤周一:《日本文学史序说》,叶渭渠、唐月梅译,开明书店,1995年,第11页。

染,他曾经明确地表示:"我的人生之道/没有甘甜的乡愁。"(《青春之舞,青年之曲》)没有乡愁,并不是说不爱家乡,而是说他的思维和眼光从来不局限在家乡的土地上。池田大作的创作很少像一般的中国抒情诗人那样热衷于对乡土的赞美,对乡情乡思的吟咏,也很少像日本作家那样热衷于对城市生活细部的精雕细琢,对人性深层委婉曲折的铺叙。他的诗歌有一种非常明确的意识,就是要突出地表达和唤醒人类的"地球人"意识,呼唤人们突破族类、文化和国境的局限,共同塑造自己的"世界公民"、"地球人"、"国际人"的身份。作为大学的创办者,池田大作在给创价大学的师生所做的文化讲座中,明确地指出"大量培养像鲁迅先生那样放眼世界的世界公民是我创价大学的使命"。哪怕是歌唱创价学会的光荣使命,池田大作也毫不犹豫地将其定位在世界与宇宙的层面上:"我们在/世界中/要开创和平文化的大道/我们在/世界中/要去开发/佛法与生活的心而前进/又,我们的心/凝视大宇宙/而在交流中/开创新的人生/在日光与月光/照耀之中/快乐,踏实地/上升再上升。"(《青春之舞,青年之曲》)

在这种身份意识的思想基础上,池田大作的诗歌不仅以吟咏和平为主题,而且由衷地描绘和赞美不同肤色、不同民族、不同文化的人们和谐相处的愿景。中国特别行政区澳门是一个最能体现这种文化多元化愿景的城市。在澳门,天主教已有400多年历史,基督教也已进入100多年,巴哈伊教比较晚,是20世纪才进入的,这些宗教与原来本土的佛教、道教、伊斯兰教和平相处,相互包容,相互融合,各自对社会做出了自己的贡献,从来就不受外界宗教战争和宗教矛盾的冲击,连政府规定的假日都能照顾到几方面的传统,成为公众共同庆祝的节日。而且,澳门在历史上最突出的贡献还在于它起着东西方文化交流的中转和桥梁作用,把西方文化和科学技术传到中国和日本,又把中国的文化尤其是东方的哲学思想传至西方,澳门的圣保禄学院是东方第一所西方式大学,该学院为传教和传播中西方文化培养了大量精通双语又有专门知识的人才,西方著名的传教士如利玛窦、汤若望、南怀仁、郎世宁等以及与他们合作的中国学者徐光启、李之藻、梅文鼎等,许多人都在这所学院进修过。这种文化特点和历史贡献使得出访此地的池田大作兴奋不已,诗人在《大放光明吧!"人间共和"的不朽的城市》中,充满激情地表达了自己对澳门这座城市的赞美之意。这种赞美之意不仅仅表现在诗人极其欣赏朝阳照耀下的澳门晨景:"风光焕焕,云色灿灿","波涛、船舶、桥梁/珠江之水悠悠流淌/炮台、喷泉、鸟群/并排的孟加拉菩提树/石板铺的坡路/笑容可掬的行人/这座美丽的城市/整个儿裹起金装";而且也可以说更主要的原因应该是,诗人看到了多元文化的融合给这个城市带来的勃勃生机和美好未来。所以,诗人在诗歌的结尾把澳门定义为"人间共和"之城:"澳门/我最喜欢的/'人间共和'的不朽的城市。""人间共和",这是池田大作毕生追求的美好愿景,用这一词语来定义澳门,诗人的赞叹之情可谓溢于言表。在《新生大地,升起地涌太阳》一诗中,池田大作赞扬了美国的洛杉矶城,这一赞美也是建立在多元文化与族群共生共存的基础上的。诗人认为洛杉矶是"结合东西的桥梁/环太平洋诸文化/与西方各国传统/接触而融合的大地","多种民族,多种文化/共生在这一片大地/有这样丰富的精神土壤/

这里才有,新的/'文化'与'人'的出生",所以诗人高度评价这座城市的象征意义,指出洛杉矶是"孕育未来的城市"。

毫无疑问,"新的/'文化'与'人'的出生"的命题绝不是池田大作一时的即兴之作,也不是偶然的灵感飞扬,这个命题,一如既往地来自他对人之初性本善的信念。人的本性是善是恶,中国哲学史上曾经有过一场影响深远的争论。孟子是性善说之祖,《孟子·尽心上》中说:"君子所性,虽大行不加焉,虽穷居不损焉,分定故也。君子所性,仁、义、礼、智根于心。"但告子不认为人的本性是善的,他说:"性犹湍水也。决诸东方则东流,决诸西方则西流。人性之无分于善不善也,犹水之无分于东西也。"(《孟子·告子》)而荀子走得更远,他鼓吹的是"性恶论",认为"人之性恶,其善者伪也"。性之善恶或者无善无恶,这些哲学家们的探讨,似乎都有道理,都有充分的证据。但在世界文学史上,一般文学家们大多持的仍是性善论。20世纪30年代,中国散文家丰子恺曾经提出过著名的"护心"说,认为小孩子的心是纯洁的,光明的,仁爱的,只是后来长大了,受到尘世污浊的浸染,才变得猥琐不堪起来,所以他经常在自己的作品里对孩子们不能不长大因而不能不接受尘世污秽的浸染而无限悲悯。30年代丰子恺住在上海做刊物编辑,每天办公回家,妻子总会牵着儿女在弄堂门口等着。两岁的瞻瞻坐在他母亲的臂上,六岁的阿宝拉扯着母亲的裙裾,一旦从人群里认出了带着一叠书和一包食物回家的父亲,儿女们便欢呼雀跃起来,他们的母亲就笑着喝骂他们。"当这时候,我觉得自己立刻化身为二人。其一人做了他们的父亲或丈夫,体验着小别重逢时的家庭团圆之乐。另一人呢，远远地站了出来，从旁观察这一幕悲欢离合的活剧，看到了一种又喜又可悲的世间相。"①为什么呢？因为作者的肉体自我虽然正在与孩子们愉快地嬉戏，但精神自我已经冷眼俯视，看透了这陶陶之乐的人伦幻象背后的残酷真实，情不自禁地为这些天真活泼的孩子在走向成年后变得猥琐消沉的不可抗拒的命运而叹息悲哀。

池田大作也相信性善论，不过他比丰子恺要更为乐观些。他认为在儿童们的心里，有的只是友谊与互相依靠的情感，"有人说：人生下来就是'地球人'、'世界人'，想来也是有道理，看看小孩子，肤色虽不同，国籍或有别，一会儿就成了朋友"，所以，池田大作说他"很喜欢小孩"②；而且，池田大作始终坚信，人能够通过自己的信仰和修为，保持儿童时的初心，建构起一种与童心相连贯的光明峻洁的人格。在《向二十一世纪洋溢着希望的笑脸致敬》一诗里，诗人对美国加利福尼亚州拜耶小学校多元民族、多元文化的和谐共存表示了由衷的欢喜与赞叹。"肤色、眼睛的颜色/当然还有国籍，这些都没关系/擅长打棒球的孩子/身患残疾的孩子/大家互相支持/见了面笑嘻嘻/这是孩子的世界。"为什么在孩子的世界里，大家能够和谐相处，其乐融融呢？这是因为孩子们天真赤忱，生机盎然，里面是没有国界、肤色、文化的区别的，孩子们"生气勃勃的笑脸/是国际人的护照/笑脸能

---

① 丰子恺：《谈自己的画》，《缘缘堂随笔集》，浙江文艺出版社，1983年，第135页。
② 池田大作：《虹之歌》，台北正因文化事业有限公司，1998年，第70页。

把人与人/紧密联系在一起/你们牢握着护照/在降生于世之际"。池田大作看到了这种和谐共存的景象,赞叹这种自己为之奋斗的愿景,同时也希望孩子们的童心成为成年人的镜子:"你们那明亮的眼睛/提出的问询/定能把这个世界/从昏昏欲睡中唤醒。"从这首诗里读者可以深切地体会到,池田大作一如既往地认为人类和谐相处的世界理想的实现,仰赖的是儿童的成长,是年轻人的成熟。也正是在这首诗里,池田大作不仅提出了"国际人"这一充分体现着他的身份意识的新颖概念,而且强烈地表达了自己在创造"国际人"的新世纪方面对年轻一代的深切期望:"二十一世纪/主角由你们担当/你们的心灵中/耸立着勇气的高峰/你们的心胸里/希望的彩虹放光芒/对,我们的生命蕴含着/无穷无尽的宝藏。"

值得指出的是,这种"新的文化"、"新的人"的理念也深深地根植于池田大作对佛法的理解与坚守。池田大作在同野崎勋、松本和夫两位年轻佛学家的对话中曾指出:"产生于印度的释尊的佛教,不单纯是印度民众的狭隘民族宗教。它带有普遍性,具有一种超越国境、超越民族差异、逐渐向全世界普及的世界宗教——也可以称之为'人类宗教'——的性质。"[1]虽然池田大作同两位年轻佛学家的对话主旨在探讨佛教从印度传向中国,又从中国传向日本的广宣流布的历程,但这段评价的意思显然不只是从佛法的流传上,而且是从佛法的性质与功能上认识到了

---

[1] 池田大作:《佛教东来——续我的佛教观》,牛津大学出版社,2008年,第3页。

佛法的普遍性。也就是说，佛法所普披的是三千大千世界，而不是局囿于某一片国土，某一个地域；佛法所昌扬的是众生平等，生命尊严，而不是只关注某一个族群的利益，某一种文化的命运。在《青春之舞，青年之曲》一诗中，池田大作明确地指出自己的世界精神来自佛法："我的一念／通于法界的世界精神／也持有／通于永恒之力／故／我的人生之道／没有甘甜的乡愁／也不受／欢乐的欲望支配。"正是基于这种理解与坚守，池田大作的诗歌在倡导世界意识、国际人的观念时，往往将其同佛法联系起来。在《荣光之城，要共来守护》一诗中，诗人告诉创价学会的会友们："善人／以及正义的人们／高贵，悠悠的／把自我的人生／尽情去飞舞的世界／才是我们愿望的世界啊！／而，去开拓这道路的／只有大佛法。"在《青年们！来登二十一世纪广布之山》一诗中，池田大作也指出："日莲大圣人的太阳佛法／超越日本／辉耀世界／妙法流布的大河／流遍一百二十八国／为了和平／为了生命尊严／成了世界的大佛法／释放出全部慈悲／滔滔欢喜的奔流。"这种太阳佛法的宗旨，"没有阶级！／没有国境！／是为去创造每一个人／来自本源的自我使命／权利与幸福的行进"。所以池田大作对年轻人热情地呼吁："我们绝对反对暴力！／我们绝对反对战争！／以这个大佛法为基调／获得和平与文化的赞同／超越国境／超越意识／共鸣的花圈扩张了！"

当然，在文化的意义上，世界性并非一统性。文化世界性的本质因素恰恰就是文化的多元性与包容性，这一点，池田大作是在自己的社会实践中不断提醒同志的，在他的文学作品中也经常有这样的场面描写。如《新人间革命》第一卷写山本伸一初次出访美国，开始了他的创价理念世界化的国际之旅。广宣流布的第一站是美国的夏威夷。夏威夷天气炎热，女人们都穿穆穆，男人都穿夏威夷衫。山本伸一一行到达后的第二天下午与夏威夷创价学会会员座谈，这是广宣流布之旅的第一场座谈，是具有历史意义的会议。按照日本人的礼仪习惯，哪怕是热得浑身冒汗，也是要穿着正装齐齐整整出席的。随行的主管联络事务的团员清原就是这样认为的，但山本伸一的考虑更为深远，他觉得这里的气候、文化都不同于日本，要是说在学会里服装、发型必须跟日本一样，大家就会感到讨厌了。而且，今天这样的座谈会，主要是充分听取大家的苦恼和疑问，给以正确的指导和鼓励，令人信服。为此，自由、和谐、畅所欲言的气氛最要紧。要让大家都穿随便的衣服来，我们也应该与之协调一致。衣着问题解决之后，夏威夷的会员又提出了跪坐的礼仪问题，跪坐是日本民族的习惯，但是夏威夷人家里一般都是木板地，跪坐是很难受的。对此，山本伸一也当即指出可以研究坐在椅子上劝行的事情，因为佛法里有随方毗尼之说，只要不违背信仰御本尊这一大圣人佛法的本义，化仪等也可以遵从各地的风俗、习惯和时代风气。跪坐对于不习惯的人来说，如同上刑，非常苦痛，那样，劝行也不会涌现欢喜。这种描写，体现了池田大作在广宣流布事业中对策略的敏感和细致的思虑，也体现了他在创价理念国际化过程中的远见卓识与开明包容的胸襟。

第三节　行走在"世界大道"上的智者歌吟

1960年10月2日,刚刚继任创价学会会长的池田大作为了实现恩师户田城圣的愿望,从羽田机场乘机前往美国夏威夷,开始了他将日莲佛法向世界广宣流布的宏大事业的第一步。此后,他创办国际创价学会,推行民间外交,与世界各地各领域卓有成就和影响力的文化、政治名人举行对话,长年奔波在各个民族、各个国家之间,实践着他的"世界公民"和"国际人"的理念。在《世界永远和平的祈愿》一诗中,池田大作开篇就说:"我/长时间/奔走于世界大道/留下有众多回忆/创作有/众多历史。"长时间奔走于"世界大道",这无疑是池田大作对自己人生奋斗历史一个极为准确的总结。这个"世界大道"既可以理解为"世界广布"、"世界和平"等池田大作一生都在追求的理想精神和哲学境界,也可以直接理解为池田大作披荆斩棘、从不懈怠地开拓与行走的人生之路。行走在这条"世界大道"上,池田大作即兴创作过许多诗歌和散文,既有抒情,也有言志,还包括在文化交流活动中诗人们往往喜欢互赠的酬唱之作。这些作品既是即兴之作,形式上自然不拘一格,内容上也是各有侧重,但其中有一些具体做法很值得研究者关注。

首先,池田大作的诗歌有不少篇章是赠献各地政界要人或者赞颂历史英雄圣贤之作。在这些诗歌中,池田大作最为关注的就是赠献或赞颂对象的世界观念和世界意识。如献给巴拉圭总统罗德里格斯的《民众的大河滚滚流》,诗人"纵目远眺'人间世纪'/正等待伟大的人类意识之早晨/教育才是光荣的圣业/那是把小我的混沌与/人类意识新的大我结合的王道/那是灵魂的金锤/要将深埋在人心中的自我这块矿石/予以掘削加以陶冶/锻造成为'共同的东西'"。"人间世纪"、"人类意识"的建构与锻造,这是池田大作的理想,也是诗人对罗德里格斯总统的殷切期许。在献给巴西诗人齐亚哥·德·梅罗的《和谐的森林亚马逊之守护者》中,池田大作称赞巴西诗人听见了"地球发出的求救信号",并与诗人共勉,"为了让地球新的文明之曙光出现/以不屈不挠的信念和忍耐/手拉手肩并肩前进吧"。在献给印度诗人莫汉博士的《如同广阔的天地与海洋》一诗中,池田大作称莫汉博士为"世界诗人",称赞诗人是"人的赞美者",看得见"那个无形的生命之线",也就是"结合是善",就是"人与人/人与自然/人与宇宙/都是和谐相处的/织成绚烂的艺术"。又如献给苏联总统戈尔巴乔夫的《崇高精魂的诗》,关于戈尔巴乔夫的个人品质,诗人赞许的方面很多,但他对于戈尔巴乔夫历史贡献的评价则引用了黑格尔的一个论断:"又,黑格尔/对在自我的目的中/能够体现世界精神的意志/创造新时代的人/呼之为'世界史的个人'。"可见池田大作对于影响历史的政治人物的评价,首先用以考量的就是"世界意识",自己所持的重要标尺也就是"世界精神"。

不唯如此,池田大作对于文学家的评论所持的一个重要标尺也是"世界性"。譬如,他在《法国清晰透彻的文人》一文中赞美安德烈·马尔罗,就例举了马尔罗国际关怀的事迹。一个法国诗人,"在印度支那的密林里,他追寻高棉人的微笑,在《王道》

中写下了他的体验。在中国革命的动乱中产生了《征服者》和《做人的条件》。在西班牙内战中,担任国际志愿军的飞行队长,出击过65次,战斗的空隙写了《希望》"。在《土耳其的国民歌手》一文中,池田大作把巴尔斯·曼乔称为土耳其的"国民歌手","赞美他的"歌声里充满着信念,充满着爱,有深度,有气魄","是赞美民众自由的歌,反抗压迫的歌","是贴近悲伤的心,呼吁携手共同斗争的歌"。他指出,"曼乔先生的根里渗透着对祖国的热爱"。但有意味的是,池田大作同时也称曼乔是一个"世界市民",他在描写曼乔的生平时,重点关注了他的世界性方面。他指出曼乔高中毕业后就搭便车四处流浪,一边卖唱,一边学习,然后去了法国、英国和比利时。成名以后,他为演出而周游各国,四年半里走了48万公里,相当于绕着地球转了12个圈。他还曾经获得土耳其共和国文化大使的称号,向全世界推广"音乐的丝绸之路"。池田大作还摘引了他的一首名曲《故乡是"世界"》:"有一个人问我:/大叔,你的故乡在哪儿?/这'世界'就是俺的故乡嘛!"以"世界"为故乡,这恰恰就是池田大作的胸襟,也是池田大作人性教育的一个目标,所以他深深地引曼乔为知音,为曼乔而感叹:"人越伟大,他的爱也越深。"[①]

池田大作对中国文学家鲁迅的评价尤其清晰地体现了他的世界性标尺。一方面,池田大作对于鲁迅所从事的文化交流事业非常关注。鲁迅弃医从文,从仙台回到东京开展他的文艺启

[①] 池田大作:《土耳其的国民歌手》,《我的世界交友录》,湖南师范大学出版社,2006年,第204页。

蒙事业,首先做出成效的两件事就都与世界文学有关。一件事是和弟弟周作人共同翻译了一本《域外小说集》,这部译作不仅涉及俄罗斯、斯堪的纳维亚和巴尔干半岛等地一些受欺压的弱小民族的文学,而且在译文风格上讲究信和雅,完全突破了当时中国流行的林纾归化风格而独开一面。另一件事就是写了《摩罗诗力说》、《文化偏至论》等长篇论文,向中国的读者介绍了西方"立意在反抗,旨归在动作"的恶魔诗派和尼采、易卜生等提倡个性解放的精神界之战士。后来,他参加"五四"新文学革命运动,献出了"五四"新文学革命运动发起之后的第一篇白话小说,这篇白话小说的写作仰仗的就是鲁迅具有的西方医学知识和在日本时所看过的近百部西方小说。在鲁迅的文学生涯中,他几乎耗费了自己一半的工作时间来翻译介绍世界各民族的文学作品,毕生从事的翻译遍及十四个国家,包括一百余位作家,二百多部作品。尤其值得指出的是,鲁迅毕生都坚持用世界性的眼光来观察、分析和评判中国的事情。在"五四"新文化运动中,他高高举起的是达尔文的进化论、尼采的个性主义和托尔斯泰的人道主义,被人称为"中国的尼采",被人赠以"托尼学说、魏晋文章"的雅联,而且即使到了晚年他左转倾向于马克思主义后,也仍然习惯于运用西方文化中的先进因素来批评中国文化中的痼疾。在30年代中日民族矛盾日益激化和突出的时候,鲁迅也敢于犯忌,不断地指出应该向日本人学习,"即使那老师是我们的仇敌罢,我们也应该向他学习。我在这里要提出现在大家所不高兴说的日本来,他的会摹仿,少创造,是为中国的许多论者所鄙薄的,但是,只要看看他们的出版物和工业品,早非中国所及,就知道会摹仿决不是劣点,我们正应该学习这会摹仿的"①。池田大作非常赞赏鲁迅这种始终不懈的国际主义眼光和思维特征,并且由此生发开来,指出"大量培养像鲁迅先生那样放眼世界的世界公民是我创价大学的使命"。

另一方面,池田大作历来都是把鲁迅的文学放在世界性的层次上来感受和思考的。在现代中国作家中,鲁迅无疑是最有世界影响力的作家之一。20世纪20年代敬隐渔把《阿Q正传》翻译到法国时,罗曼·罗兰就对阿Q的苦难面孔留下了深深的印象,所以中国学者提到鲁迅的外国文学影响时,很喜欢引用这个著名的文学事件。而池田大作的思路则别开蹊径,他把鲁迅与雨果联系在一起。在1980年北京大学的演讲中,池田大作说读到鲁迅的《阿Q正传》,"脑子里鲜明地浮现出愚钝却像茁壮生长的杂草一般顽强的民众的原像。它使我联想到著名的维克多·雨果。雨果也曾经在巴黎的流氓少年的心灵深处锐敏地发现了'从巴黎的气氛中的某种观念所产生的一种非腐败性'。"②在《谈革命作家鲁迅》中,池田大作也指出:"鲁迅先生用阿Q这一形象表达的思想超越国境,启示全世界民众。要改变社会,首先改变自己!自己坚强起来!聪明起来!这不就是从《阿Q正传》中读取的普遍性、世界性吗?"池田大作深信,人类是在不断前进的,现实是在不断改变的,时代是在不断超越的,但在人类

---

① 鲁迅:《从孩子的照相说起》。《鲁迅全集》第6卷,人民文学出版社,2005年,第84页。

② 池田大作:《寻求新的民众形象》,《池田大作选集》,北京大学出版社,1988年,第112页。

前进发展的途中,阿Q那样自欺麻木、不敢面对现实的精神胜利法也在不断地产生新的变种。人们唯有时时以这一形象自省,才能永保革命的动力。所以,鲁迅的阿Q形象将永远成为世界性的精神警示。在缅怀鲁迅的长诗《文学界的巨人,精神文明的先驱》中,池田大作不断地提到鲁迅精神和鲁迅人格的世界性意义,不仅赞扬"他以国际意识启迪人类/他对未来有着远见卓识",他"建立的伟业流传千秋/留下通向未来世界文明的/永不坍塌的基础",而且同创价学会的青年们一起发誓:"要摈弃鲁迅先生揭穿过的/狭隘的国家主义/纠正错误的历史认识/实现永久和平的共同目标。"

最后要指出的是一个很有意义的细节。在池田大作的诗歌中,诗人十分喜欢引用名人或贤者的格言警句尤其是文学家与诗人的思想来阐释或佐证自己的观点,但是他所征引的这些名人贤者大都是外国的,属于日本本民族的相对而言要少得多。如《青春乱舞,荣光辉耀》一诗中,诗人连续例举了六个年轻时代就已做出伟业的贤者来激励创价学会的年轻人,其中包括亚历山大、雨果、茜莫娜·贝尤、金恩博士、海伦·凯勒,而属于日本本国的只有明治维新时期的高杉晋作一人,这一比例可以说就是池田大作诗歌中的精神资源引用方面的一个缩影。而且在这些被征引的名人贤者中,既有大名鼎鼎、千古流芳的人物,如柏拉图、索福克勒斯、拿破仑、惠特曼、彼特拉克、培根、莎士比亚、拜伦、歌德、海涅、黑格尔、罗曼·罗兰、安徒生、普希金、甘地、爱因斯坦,等等,也有一些虽不太著名但在精神价值上确实有其独到之处的人物,如俄罗斯的阿赫玛托娃、英国作家罗斯金、犹太少女安妮·弗兰克、泰国的思想家瓦塔康、美洲的解放英雄圣·马尔丁、乌克兰女诗人乌克兰英卡等。尤其要注意的是，池田大作所引用的这些名人贤者，既来自西方发达国家和具有悠久文明传统的民族，也来自亚非拉不发达国家和弱小民族。这种现象不仅说明了池田大作诗歌中思想资源的广泛性，而且极其生动而有力地说明了池田大作诗歌思想资源上的世界性与国际性。

第五章

池田大作文学中的童年母题

20世纪的文学有一个非常重要的新鲜现象,这就是儿童文学的发展与发达。在西方,由于文化的幼者本位思想占据主流位置,童年教育本来就备受重视,所以有格林童话、安徒生童话等优秀的世界儿童文学经典问世,但20世纪以后,随着印刷技术和光影技术的发达,儿童读物不仅在文学上,而且在其他的一些艺术领域如电影、漫画等中也得到了迅猛的发展。在东方,由于祖先崇拜的家族主义遗风非常强劲,儿童的教育一直得不到符合儿童规律的重视。直到20世纪经西方文化洗礼,这种现状才得以改观。日本是如此,譬如柄谷行人在《日本现代文学的起源》中就专列了一章《儿童的发现》来谈日本现代文学的诞生情况,他认为"日本真正的现代儿童文学的诞生始于小川未明(《赤船》,1911)前后,这在儿童文学史家之间是基本一致的意见。另外,关于这种'童心文学'的出现,一般认为是在石川啄木所谓'时代闭塞现状'下文学家之新浪漫主义式的逃避，以及西欧世纪末文学影响的结果"①。中国文学大致也是如此，在中国古代文学史上，虽然能够零散地找到一些记叙作家自我童年趣事的散文或韵文，但这些作品没有像西方童年母题文学那样构成一种具有独立品格的文学史现象。新文学先驱者之一周作人从《西青散记》等古代典籍中抄录到几首作家回忆童稚生活的诗歌之后，还在《儿时杂事》一文中不胜感慨地指出，这些诗歌记述儿童生活都颇有意思，如在歌咏儿童的文学发达的地方，这样的东西原算不得什么，但是在我们中国就不能不说是难得而可贵了。这或许只是一种巧合，却显示出了中日现代文学起源中一个十分重要的共同文学"风景"，那就是对儿童的关注。在日本，对童年母题书写的重视使得小川未明和铃木三重吉等人在自己的创作中开始了由"孩子"到"真的孩子"的发现过程，而在中国，则由鲁迅、周作人、叶圣陶、朱自清等人开启了从怎样做"人之子"到怎样做"人之父"的觉醒过程，"人之父"的觉醒当然就是指如何以现代观念来进行儿童教育。所以，在20世纪20年代前后，中国与日本的一些重要的作家几乎都曾经在自己的文学园地里为儿童留下了一块美丽的空间。譬如夏目漱石这样的文学大师写过不少的童年文学作品，而中国的鲁迅不仅留下了《朝花夕拾》这样以童年生活为题材的散文集，而且在许多杂文中不断地谈到他对儿童教育与儿童生活的看法。

---

① 柄谷行人：《日本现代文学的起源》，三联书店，2003年，第110页。

到了池田大作从事文学创作的时代，写儿童和为儿童而写作的文学已经呈现出相当繁盛的局面，不仅许多著名作家经常涉足儿童文学的创作，而且文坛上也出现了一批专事儿童文学创作的作家。如松谷美代子出版了《龙子太郎》，在1960年代的儿童文学中享有盛誉，后来又因反对原子战争的童话《两个意达》荣获为国际儿童年而设立的特别安徒生奖。她是日本获儿童文学奖最多的女作家之一。川李枝子长期从事教育工作，有丰富的儿童教育经验，了解儿童心理，她的代表作《不不园》教育小朋友懂得生活的各种道理，故事又十分有趣，曾荣获日本"厚生大臣奖"，并被日本"全国学校图书馆协会"列为"必读图书"。安房直子，60年代就出版了《月夜的风琴》，70年代又出版了《花椒孩子》、《手绢上的花田》、《北风遗忘的手绢》、《风和树的歌》、《遥远的野蔷薇村》、《山的童话·风溜旱冰》、《谁也看不见的阳台》等一系列儿童文学作品，她的童话就和她本人一样，"如同自家后院角落的一朵蒲公英"，深受儿童读者的喜爱。阿万美纪子60年代发表了处女作《熊绅士》，1968年出版童话集《蓝色出租车》，到了80年代还笔耕不辍，出版了《黄金色的小船》和《蓝色出租车·续》。这些著名的儿童文学作家，不仅在日本，而且在世界上也拥有非常广泛的读者与观众。尤其是影视艺术兴隆以来，以宫崎骏等人为代表的日本动漫文化，逐渐发展成为日本当代文化一个最为重要的品牌与标志。儿童文学艺术的繁盛无疑是明治维新以来日本民族儿童发现精神的继承与发扬。池田大作是一个伟大的社会活动家、宗教家，而作为一个桂冠诗人，尤其是作为一个兼具教育家的桂冠诗人，他虽然不以文学创作立名,也不是专事儿童文学创作的作家,但是他有关童年的文学创作毫无疑问也参与了日本现代文学起源时代对儿童发现精神的继承与弘扬,并且以自己的方式将这一精神推到了一个新的境界。

第一节　　固守在灵魂深处的童年情结

在这方面,将池田大作与他一直心仪的现代中国新文学的先驱者鲁迅做一比较将是很有意味的事情。这两位伟大人物对于童年的关注,无疑与他们自身童年的创伤性记忆有着或明显或潜隐的关系。池田大作出身手工业者,鲁迅出身官宦人家,虽然从出身上看都不算贫苦阶级,但是这两个家庭都经历了突然破败的命运,池田大作和鲁迅在年幼时都经历过家庭的重大变故。池田大作的父亲曾在大森海岸边从事紫菜制造业,"手下使唤不少人,营业的范围相当广。可是,在关东大地震时,由于海岸隆起,海岸一带的紫菜生产量一下子降落下来,我们家的家运也就开始衰落了"[1]。池田大作在兄弟间排行第五,他出生时家中经济已经"极其艰难拮据"。后来战争爆发,紫菜的生产完全停顿,四个哥哥都当兵上了前线,家里已经到了一贫如洗的状态。尤其是大哥在缅甸战死,更是使池田大作的家庭雪上加霜。而鲁迅的祖父介孚公虽然中过进士,在京城做过翰林院的编修,

---

[1] 池田大作:《谈谈我的父亲》,《池田大作选集》,北京大学出版社,1988年,第214页。

但他晚年退休在家,因科举犯案被判监斩候,此事使全家受到惊吓,年幼的鲁迅为躲避抄家到乡下外婆家避难,家道从此没落。对年幼鲁迅伤害更深的是父亲的病与死,父亲一直赋闲在家,又得了重病,家里无钱,不得不当卖旧首饰衣物等来为父亲医治。十三四岁时,鲁迅每天都得往返于当铺和药铺之间,在比他高一倍的当铺柜台上送衣物,从侮蔑里接着钱,然后到和他一样高的药铺柜台上去拿父亲的药。鲁迅后来"走异路,逃异地",到南京学水师,走的就是一般世家子弟不屑于走的人生道路,而且怀里揣着的只有母亲典卖首饰换来的八元盘缠。

20世纪初弗洛伊德精神分析学说的流行,启发了许多文学家对自我童年生活的关注,童年母题创作在这种启发下蓬勃发展起来。虽然有的学者对此不以为然,认为:"现代作家向人类的幼年期追溯,就好像那里有真正的起源似的,这不过是在创造关于自我的故事而已。有时这甚至是一个精神分析式的故事,而在幼年期里其实并没有隐藏什么真实。所隐藏的乃是使包括精神分析学得以诞生的制度。"[1]但是,许许多多文学家的经历还是充分地证明了儿童时代的创伤性记忆,确实不断地以不同程度的力量潜隐在作家的创作活动中。诺贝尔文学奖得主黑塞就曾经说过,作家要一次又一次地不断回到他的童年时代,来永保自己的创造生命力,说的就是唤醒自我童年记忆对艺术家精神创造的意义。池田大作和鲁迅的文学活动也可以充分证明这

---

[1] 柄谷行人:《日本现代文学的起源》,三联书店,2003年,第127页。

一点。鲁迅的小说背景大多是他的故乡绍兴,据其胞弟周作人考证,小说里面的许多人物和生活细节都来自鲁迅童年和少年时代的记忆。鲁迅自己也曾深情表达过对自己乡土的复杂情感。在为《朝花夕拾》作小引时,鲁迅这样表白:"我有一时,曾经屡次忆起儿时在故乡所吃的蔬果:菱角,罗汉豆,茭白,香瓜。凡这些,都是极其鲜美可口的;都曾是使我思乡的蛊惑。后来,我在久别之后尝到了,也不过如此;唯独在记忆上,还有旧来的意味留存。他们也许要哄骗我一生,使我时时反顾。"①池田大作也是这样,20世纪90年代后期,他与俄罗斯教育家、艺术家阿利贝尔特·A.里哈诺夫对话。里哈诺夫认为:"儿童时代是通过艺术而复苏的。从各种回忆中,选出可以升华为艺术的最令人感动的部分,然后作为新的作品再回到孩子们的身边。这样一种独特的循环是非常重要的。幼年时代的回忆以及童年时代本身,都是这种循环的能源。"对此,池田大作深表同感,他动情地说:"谁都有儿童时代难以忘怀的事。我家经营紫菜业,所以住在海边。小时候的正月里,我在刺骨的寒风中,从早晨到太阳落山,着迷地放风筝。当我向院子后面打招呼说:'我回来了!'母亲并没有停止手里的活儿,但满面笑容,亲切地轻声回应我说:'你回来了!'……这些回忆确实已成为我创作童话的宝贵的源泉。"②无论是鲁迅的"时时反顾",还是池田大作的"宝贵的源

---

① 鲁迅:《〈朝花夕拾〉小引》,《鲁迅全集》第2卷,人民文学出版社,2005年,第236页。

② 池田大作:《孩子的世界——赠给青少年的哲学》,中国文联出版社,2009年,第22页。

泉",表明的都是黑塞所谓作家要周期性地返回自己的童年这一创作心理学的基本原理。

也许幼年生活贫苦对童年的成长并不是太大的问题,但是突然的家庭变故造成的童年精神深处的创痕,对池田和鲁迅成年后的人格倾向乃至创作母题都曾产生深远而潜在的影响。池田大作在《谈革命作家鲁迅》的文章中就说过:"只要精神坚强,困难就能变为成长的食粮。"而鲁迅在《〈呐喊〉自序》中也这样说过:"有谁从小康人家而坠入困顿的么?我以为在这途路中,大概可以看见世人的真面目。"可见,童年时代贫苦的生活与家庭的变故一方面使两位文化伟人从少年起就刻苦学习,立志向上,鲁迅十七岁就离家去了南京学水师,池田大作也在少年时想入海军飞行预科当练习生;另一方面也使得两位文化伟人从小就体验到民间的疾苦,了解民间的艰辛,知道民间的要求,从而将自己的根深深地扎在民众的泥土中,一生为民众代言。当然,正是这种童年时代的情绪记忆与精神创痕,使得他们保持着热爱儿童的情怀,像池田大作就说过:"孩子苦恼的时候,最需要的是父母和周围的长辈们给予鼓励的话语。看到这样的孩子时,我真想带头飞跑过去,把他们抱起来。"[1]鲁迅也曾写诗述怀,"无情未必真豪杰,怜子如何不丈夫","横眉冷对千夫指,俯首甘为孺子牛"。而且,他们时刻关注着社会上儿童的生活状态,只要有机会,他们就会以己度人,推己及人,毫不犹豫地充当儿童的

---

[1] 池田大作:《人生的坐标》,上海外语教育出版社,2002年,第41页。

代言人。

儿童是否有自己的主体精神？儿童只是成年的预备，还是有着自己独立的人格？这大概是人类教育历史上一直分歧着的问题，也是一个文学家在看待和表现童年生活方面最本原的思想立场。在祖先崇拜、老者本位的东方文化中，童年的独立人格其实在很长的时期内，一直理所当然地被忽略。宗法家族制度下，望子成龙、养儿防老是一种普泛心态。而书中自有黄金屋、书中自有颜如玉的科举制度的实施也极大地助长了这种心态的流行。所以，童年从来就没有被当作童年对待，童年一直被当成成年的预备，儿童一直被当成"小大人"来施教与培养。直到现代文明到来，西方幼者本位文化的冲击以及现代心理学的发展，才使得先进的现代文化信奉者开始转换视角，终于在儿童中看到了独立的人格，天赋的权利。柄谷行人在谈到明治时期日本文学的现代性发生时就指出："儿童文学家不但不怀疑'孩子'这一观念，反而试图追求'真的孩子'。这是因为儿童作为事实就存在于我们的眼前。与风景一样，儿童也是作为客观性的存在而存在着，并且被用于观察与研究。"[①]这里所谓"真的孩子"当然指的是具有独立人格与天赋权利的孩子，而不是"小大人"或者"成年的预备"。追求"真的孩子"，首先就是要将孩子当作独立的个体来尊重。

鲁迅出身封建世家，又是这一家族的长子，当这个家族走向

---

① 柄谷行人：《日本现代文学的起源》，三联书店，2003年，第114页。

衰败时，长子无疑要更多地承受家族赋予他的复兴的责任与使命。所以，鲁迅在儿童时代不得不承受家族衰败给他带来的巨大压力，不得不带着这种压力在三味书屋中承受传统教育方式的折磨与戕害。这种严格的私塾教育，一方面奠定了鲁迅非常坚实的国学基础，但另一方面也给鲁迅的人格成长造成了严重的伤害。鲁迅中年以后，多次向自己最亲近的人表示自己的心里面有"鬼气"和"毒气"，想去除但又不能，鲁迅也多次说自己中过韩非子、庄周的毒。这些想去除而不能的"鬼气"与"毒气"很大程度上就与他童年时代的创伤记忆和受到的教育有着密切的关系。相比而言，池田大作幸运得多。在明治维新之前，日本只有上层贵族才有姓氏的权利，普通农民和下层民众是没有姓氏的。没有姓氏，也就没有家族的概念，这种历史传统使得日本下层社会对于家族的概念比较单薄，而对于职业的概念十分浓郁，这也许就是日本社会中家传的手艺往往延续数代、在工艺上被做成极致的缘故。在这样的文化传统中，池田大作出身于手工业者家庭，本来就没有一定要光宗耀祖的精神压力。池田大作这样赞美自己的母亲："母亲从不像世上一般母亲那样，全没有对孩子说过一句有关发迹及荣华富贵的说话。由始至终一贯而严厉地说着的也是相同的一句：'不要说谎啊！不要麻烦别人呀！'""真正是平凡以极的说话。除此之外，可没有什么说教般的说话了。对于孩子的将来也好，任凭他喜爱怎样做就怎样做。母亲真是像平凡的庶民之母，什么也绝不干涉。上述那严厉的口头禅，到现在看来，才知道作为一个社会人而立足于世上，只要这样便足够了。"①这是一种讲究人情物理的宽松环境,在这种宽松环境中成长,池田大作自然能够感受到儿童被尊重的自由与快意。

虽然家庭环境相异造成了鲁迅与池田大作童年成长的不同经历,但两人关于儿童的许多理念都是在接触了现代人文学说之后才逐渐形成的。鲁迅是在接受了达尔文进化论和尼采超人学说之后,才对儿童的权利与使命形成了现代的意识。他在小说《狂人日记》中一方面看到了中国传统教育的恶果,连不谙世事的小孩子都恶狠狠地看着"我",在他们娘老子的教唆下加入了"吃人者"的队伍,一方面也把未来"没有吃人的人的社会"的建立寄希望于孩子,希望民族中还有没有吃过人的孩子,号召已经觉醒者"救救孩子"。这个"救救孩子"的深意,就在于不仅要防备孩子成为牺牲的祭品(孩子由于自身防御能力的缺乏更容易成为被吃者),被社会的丑恶势力给吃掉,而且更是要阻止孩子也随着社会的惯性而成为"吃人"的人。池田大作的儿童理念来自创价学说,他在自己人生最为关键的时候,有幸接受了牧口常三郎的创价教育理念,在恩师户田城圣的直接培育下,成为一位深得这种现代精神精髓的教育家。作为教育家,池田大作非常尊重孩子们的个性,认为:"世界上有许多种类的草木,形状、大小、性质都千差万别。有的成长很快,有的要花很长的时间,慢慢地培育。""孩子们也是千差万别,各自都有优美的个性。要让所有的孩子都能绽开他们自己的个性之花,需要灌注巨大的

---

① 池田大作:《我的提言》,香港佛教日莲正宗,1980年,第78页。

慈爱。"他甚至认为在许多方面,儿童更有悟性与智慧,童心更符合人类向上发展的目的与规律,他曾说:"世界是广阔的,而人的心的世界更加广阔。作为'天生的国际人'的孩子们,比谁都更了解这一点。大人们倒是要向这些孩子们学习,完全应该学习——每当注视一下幼小孩子的眼睛,就会产生这样的想法。"①这段话的最后一句,是一种十分文学性的表达。从这种表达中,我们可以想见池田大作灵魂深处的童年情结。因为正如相爱相知的成年人喜欢相互对视一样,喜欢注视幼小孩子的眼睛,这本来就是对于孩子的尊重,而且从幼小孩子的眼睛中,池田大作看到的肯定是自己童年时代对于尊重的渴求,对于成长的期盼。

第二节　游戏的快乐与童话的魅力

尊重儿童的独立人格,就是要尊重儿童的天性,尊重儿童的天赋权利。根据现代心理学和发生认知学的研究,越是充分地发挥了游戏才能的儿童越是有可能发展成健全的人格。因而,游戏可以说是儿童的天职,是儿童的天赋权利。在西方文化中,卢梭早就批评过漠视儿童发育规律和儿童权利的教育方式,而东方文化中的望子成龙心态却长期主宰着人们对儿童的教育模式。著名社会学家费孝通曾经指出,在乡土中国,"一个孩子在

---

① 池田大作:《人生的坐标》,上海外语教育出版社,2002年,第39、43页。

一小时中所受到的干涉,一定会超过成年人一年所受社会指责的次数"。从某种意义上看,"在最专制的君王手下做老百姓,也不会比一个孩子在最痛他的父母手上过日子为难过"①。中年鲁迅写过一篇著名的散文《五猖会》,里面有一个经典细节让人久久难以释怀。当童年的鲁迅为着神往已久的迎神赛会而"笑着跳着",催促家人赶快启程时,父亲突然"就站在我背后","慢慢地"说出了在童年鲁迅听来不啻是贯耳惊雷的一句话:"去拿你的书来。"一个急着要去看赛会,一个非要背完书才能走,这中间相差的心理距离乃是多么遥远。父亲让"我"背书,这未必不是好意,但这好意对于当时的"我"而言,却不啻一种难受的折磨的突袭。在《五猖会》中,当"我""梦也似地背完了书",大家都露出笑容仿佛在祝贺"我"的成功时,"我却并没有他们那么高兴"。开船以后,一路的风景以及五猖会的热闹,"对于我似乎都没有什么大意思"。由兴奋到冷淡,由快乐到无趣,这种创伤性的情感转变其缘由就是父亲好心的执拗,好意的折磨。鲁迅在文中这样说道:"我至今一想起,还诧异我的父亲何以要在那时候叫我来背书。"鲁迅写过不少散文叙说自我童年与传统教育形式的关系,如《阿长与〈山海经〉》、《二十四孝图》,等等。这些散文中,鲁迅采取的是一种喜剧式的调侃态度,既有对传统教育形式的不满与反感,也潜隐着几分捉弄这种教育形式的自得与自信。但他的《五猖会》意在揭示中国家庭中成年与童年的隔膜现象,这里的鲁迅显得格外沉痛。所以《五猖会》的结尾,不知包含着

---

① 费孝通:《生育制度》,天津人民出版社,1981年,第101页。

多少鲁迅由于童年天性不得理解与支持的深切悲哀,也为社会学家费孝通关于乡土中国的教育论断做了最为精彩的注脚。

   直到 20 世纪初,儿童的天性和儿童的权利才真正被先进的知识分子认识到,游戏在儿童发育中的重要性才被成人们予以充分的重视。在这方面,池田大作与鲁迅作为时代的先觉者,有着十分相似的经历与心情,也有着十分相似的思想观念。他们都认为,尊重儿童的天性,首先是要尊重儿童与自然亲近的权利,创造儿童与自然交往的条件。鲁迅在散文《从百草园到三味书屋》中就曾回忆过自己儿童时期的一块精神乐园,那就是他家后面的百草园。这园里"似乎确凿只有一些野草,但那时却是我的乐园"。"不必说碧绿的菜畦,光滑的石井栏,高大的皂荚树,紫红的桑葚;也不必说鸣蝉在树叶里长吟,肥胖的黄蜂伏在菜花上,轻捷的叫天子(云雀)忽然从草间直窜向云霄里去了。单是周围的短短的泥墙根一带,就有无限趣味。油蛉在这里低唱,蟋蟀们在这里弹琴。翻开断砖来,有时会遇见蜈蚣;还有斑蝥,倘若用手指按住它的脊背,便会啪的一声,从后窍喷出一阵烟雾。"这是多么的神奇啊!坐在三味书屋的书桌旁,盯着老师手中的戒尺,摇头晃脑地读着自己怎么也不懂的课文,怎么也打不起精神来;而一到了百草园,尽管这园子一角天地中确凿只有一些野草,但正因为它就是自然,小孩子在这自然的天地里可以任意游戏。所以,小小的园地,短暂的时光,也让童年的鲁迅感到无比的幸福,盎然的情趣,直到中年还念念不能忘怀。池田大作也充分地认识到自然对儿童发育的重要意义,他说:"小孩子就是要让他赤足走在土地上,不这么做就会缺少生命力。我的恩师这么告诉我的。因为足部可以吸取大地养分。学校的功课虽然要紧,但是最要紧的还是要有心,就是爱人的心,热爱生物的心,这是大地所教导的,连金钱也买不到的教训。"①

很有意味的是,这两位文学家都曾满怀温情地回忆过风筝这一玩具对于自己童年时代的意义。池田大作说自己"一到新年,我必定想起在羽田的海岸,连做梦也是放风筝的少年时候"。"走出海岸沙滩上一看,很多穿着新年衣裳的孩子们,手拉着风筝线,一齐仰望着天空。无数的风筝乘着西北风,一面紧拉着线,一面在天空互相招呼着。大风筝、中风筝、小风筝,还有人像风筝——各各比赛着不同的构图,或高或低地各自浮在天空,其中也有发出可怕的响声,威赫四周的响风筝。""就算是都市孩子的游戏,当时是多么健康的呢!"②鲁迅也曾写过著名的抒情散文《风筝》,在这篇散文里,鲁迅深情地描绘了故乡的风筝时节:"故乡的风筝时节,是春二月。倘听到沙沙的风轮声,仰头便能看见一个淡墨色的蟹风筝或嫩蓝色的蜈蚣风筝,还有寂寞的瓦片风筝,没有风轮,又放得很低,伶仃地显出憔悴可怜模样。但此时地上的杨柳已经发芽,早的山桃也多吐蕾,和孩子们的天上的点缀相照应,打成一片春日的温和。"鲁迅还描写了他的弟弟对风筝的憧憬:"他那时大概十岁内外罢,多病,瘦得不堪,然而最喜欢风筝,自己买不起,我又不许放,他只得张着小嘴,呆看着

---

① 池田大作:《黄金之村》,《圣教新闻》1999 年 11 月 7 日。
② 池田大作:《我的提言·游戏与健康》,香港佛教日莲正宗,1980年,第 64 页。

空中出神,有时至于小半日。远处的蟹风筝突然落下来了,他惊呼;两个瓦片风筝的缠绕解开了,他高兴得跳跃。"从这两位文化伟人对风筝不约而同的描写中,从儿童们对风筝游戏的爱好与向往中,可以看到游戏对儿童健康成长的重要性,也可以看到中日文化之间的同源与联系。

当然,尊重儿童游戏的天性,强调儿童与自然的融合,并不是不需要文化熏育,重要的在于用什么样的材料与方式来进行文化熏育。在这一点上,池田大作与鲁迅的观念也是惊人的吻合。他们都反对给儿童灌输成人的陈腐观念,强调用童话、清新的民间故事这些符合儿童心理与思维特点和发育规律的文学来进行儿童的文化熏育。在散文《〈二十四孝图〉》中,鲁迅曾无限感慨地说:"每看见小学生欢天喜地地看着一本粗拙的《儿童世界》之类,另想到别国的儿童用书的精美,自然要觉得中国儿童的可怜。但回忆起我和我的同窗小友的童年,却不能不以为他幸福,给我们的永逝的韶光一个悲哀的吊唁。……我的小同学因为专读'人之初性本善'读得要枯燥而死了,只好偷偷地翻开第一叶,看那题着'文星高照'四个字的恶鬼一般的魁星像,来满足他幼稚的爱美的天性。昨天看这个,今天也看这个,然而他们的眼睛里还闪出苏醒和欢喜的光辉来。"[1]这种以退为进的修辞手法,深刻而痛切地说明了中国文化中自古以来对于儿童读物的漠视。所以,鲁迅一生都致力于翻译外国的优秀儿童读物到

---

[1] 鲁迅:《〈二十四孝图〉》,《鲁迅全集》第 2 卷,人民文学出版社,2005 年,第 259 页。

中国来，一者给中国的儿童增添精神食粮，二者也给现代中国的儿童读物作家提供效仿的典范。1935年1月4日，鲁迅重病之中，还在翻译外国的童话，在给朋友的信中，鲁迅说："新年三天，译了六千字童话，想不用难字，话也比较的容易懂，不料竟比做古文还难，每天弄到半夜，睡了还做乱梦。""前几天的病，也许是赶译童话的缘故，十天里译了四万多字，以现在的体力，好像不能支持了。但童话却已译成，这是流浪儿出身的Panterrejev做的，很有趣，假如能够通过，就用在《译文》第二卷第一号（三月出版）上，否则，我自己印行。"①如果不是对提供中国儿童以优秀读物深感责任，谁能想象身体状况不佳的鲁迅在新年的时候还在努力赶译童话，以致把自己弄得"睡了还做乱梦"，终于病得"好像不能支持了"呢？

作为一个文学家，池田大作也和鲁迅一样重视儿童的童话熏陶。"还未识字的孩子，父母应该朗读安徒生、格林兄弟、加斯特拿等名家的儿童作品给他听，教导其对书本的向往，极其崇高的情形，相信会生出伟大的效果吧。"池田大作如此重视童话，是因为他深知"孩子们由这些超卓的文章的联想，知道除了在自己本身的脑里描画风景及人物之外，比起由荧光屏出现的'被提供的风景'及'人物'不知要美丽和壮大而鲜烈得多"。而且也是因为他感觉到儿童在听父母讲述童话故事的过程中所得到的不仅是童话的美丽，而且能够"通过这些，在父母和子女之间，会进行

---

① 见鲁迅1935年1月4日、1月21日给萧军的信。

深深的生命对话的交流,必定会产生出更深厚的爱情"①。这种观点,不仅关注到了童话本身对儿童发育的规律的适应,而且关注到了讲述童话的过程对父母与子女之间情感培养所具有的功效,不是洞察人生而且感受细腻深刻的教育家,很难具有如此的真知灼见。所以,池田大作经常深情地赞美那些愿意为孩子讲述童话的母亲。譬如他对普希金乳母的赞扬:"她常为普希金唱俄国民谣,讲说许多故事、童话。这些在少年胸中,开发了他汲取不尽的诗心之泉,日后被赞为最初用民众语言书写的国民诗人,都是从此'因'孕育出来。说来,普希金是有此乳母,才成为永远受人爱戴的民众之子。"②就像鲁迅对于向儿童讲述什么"王祥卧冰"、"曹娥投海"之类的封建节烈故事的做法极其厌恶一样,池田大作也特别反对向童年灌输成人陈腐的道义观念。在一篇关于樱花的散文中,池田大作比较了教材书中的樱花歌。樱花是日本的国花,日本文化精神的重要的象征。池田先生敏感地意识到了这种文化精神象征的异化倾向,他说:"可惜,近代的日本樱花,却背负着不幸历史,将樱花说成'与军队共进'的象征。""昭和九年,我就读羽田第二普通小学,一年级的国语课本开头就写着:'开了呀!开了呀!樱花开了呀!'""最近的新版教科书,下一句居然是:'奉劝你呀!奉劝你加入军队吧!'"③国语教材是童年教育的重要工具,樱花之美的享受与理解是日本儿

---

① 池田大作:《我的提言》,香港佛教日莲正宗,1980 年,第 88 页。
② 池田大作:《虹之歌》,台北正因文化事业有限公司,1998 年,第 128 页。
③ 池田大作:《樱树灿烂》,《圣教新闻》2000 年 4 月 2 日。

童教育的一种重要的美学熏陶,但儿童使用的国语教材中居然把樱花与入伍的劝说联系了起来,这与中国古代教育中的那些为了学习而"凿壁取光"、"悬梁刺股"之类的故事,也是五十步笑百步了。池田大作对这种教育方式的批评,不仅是出于对儿童教育的关切,而且上升到了国民精神建构的高度。

第三节　　做"真的孩子之发现者"

20世纪东方文化中的儿童的发现,虽然看起来是一个突然的"风景"的呈现,但这个"风景"的完成或者说儿童本位观念的完全确立,也不是一蹴而就的。譬如,尽管儿童的"风景"已经作为客观存在呈现在那里了,但是,站在什么样的立场与视点去观察、研究这一客观存在,仍然是需要解决的一个问题。有的儿童文学研究者在肯定现代日本文学中"儿童"的发现的同时,也批评了在早期的现代儿童文学中,包括一些先驱者在内的日本作家都没有真正站到儿童自己的立场来观察和书写。譬如猪熊叶子批评小川未明说:"可以说,无论是在写空想式童话,还是写教训式童话的时期,未明都没有站在孩子的立场上思考,如前所见,未明是为了表现自己的内心才感到有写作童话之必要,抛弃创作'我之独特的诗'的设想,致力于'为孩子们'写作的时候,亦是站在大人的立场教导孩子们于现实中走调和的生存之路。总之,他没有以孩子的眼光去观察这个世界。"猪熊叶子甚至沮丧地认为:"未明的童话本质上是没有儿童的文学,却有着众多的追随者。这是由于:一方面未明在童话中创造了不曾有过的独特之美的作品,而另一个重大的原因是日本现代的大人们与未明一样,并不是真的孩子之发现者。"①这种批评是否过于苛刻,是否准确,当然可以商榷,但是它所提出的问题即是否站在孩子的立场来发现"真的孩子",这确实也值得现代童年书写者深思。

在这个问题上,池田大作和鲁迅都体现出了自己作为儿童代言人的智慧,他们都深深意识到了"幼者本位"思想的确立对于民族发展的重要意义。而且,他们都共同地意识到,要站在儿童的立场思考儿童,重要的是首先从自己做起。所以,池田大作经常谈到自己的家庭教育,谈到自己与子女之间的平等关系。"我的家有三个孩子,……我身为父亲,可是没有想将孩子们教育成怎样等等。因为我认为做父母是很难教育孩子之故,唯有拜托他人才是正确。但在家庭来说,有必要造就一个能使孩子尽量成长和被爱情所包着的环境。因此,将自己的孩子承认是一个人格,经常也留心着保持接待一个人的心情来接触的姿势。""我对孩子将来做什么,完全以孩子的自由意志来决定的。是向哪一方向的?虽然是不知道,可是也想将正要伸展的嫩芽,使其能笔挺成长,制造这个环境的就是父母的责任吧。"②这种平等地对待子女、尊重子女的独立人格的精神,与中国"五四"时期以鲁迅为首的新文学家们倡导在做好"人之子"之前学习怎样做好"人之父"的精神是何等相似。在鲁迅那里,做好"人之父"

---

① 猪熊叶子:《日本儿童文学的特色》,转引自柄谷行人:《日本现代文学的起源》,三联书店,2003年,第111页。
② 池田大作:《我的提言》,香港佛教日莲正宗,1980年,第53、56页。

首先要严格地剖析自我,批判自我。所以,他在《风筝》中设计了这样两种立场:在孩子的立场,风筝是那么的神奇,放风筝是那么的快乐,可以出神到"小半天",而在成年的"我"的立场,放风筝则是没有出息的孩子们的玩意,为了弟弟的"有出息","我"可以毫不怜惜地踩烂弟弟自做的风筝,扬长而去。在这篇散文中,鲁迅对这种漠视儿童自身立场的成年心态做了深刻而尖锐的自省,成为现代中国人如何做好"人之父"的一次深沉有力的呐喊。池田大作也是非常重视这种自我反省精神的,他不仅深知父与子之间平等关系对子女成长的重要性,如他在评价米开朗琪罗的绘画中所言:"母在子上,屈身似欲抱子,亦可看为子欲以背负母,死是把二个人分离了的,死又看来是把二人结合起来。""儿子身体要倒向地,又像似要被拉向母亲的上方来。""米开朗琪罗的此一作品,我以为是他自身'精神的雕塑'。最后,不是出于谁人的请托,而是为了他自身而创作的。"①而且,池田大作也深知对儿童独立人格的尊重其实也是一个互惠的行为,所以他甚至要求人之父们,为了做好"人之父",应该要向孩子们学习,要在教育孩子的过程中不断地教育自己:"谐星卓别林慨叹过,'儿童的客人最可怕,不是真货他们不笑'。在这世上最不受骗的,是自己孩子。正是如此,父母应看清楚自己未完成的自己,而向大的完成去挑战。这样姿态,孩子们才会在自然之中,去学习到最为重要的事物。""孩子学在母亲的背上,可是谁也看不到自己的

---

① 池田大作:《虹之歌》,台北正因文化事业有限公司,1998年,第119页。

背,看得见的镜子正是孩子。这意味,孩子是磨砺自己,值得感谢的存在。教育子女,不也正是教育自己吗?"①这种思想,较之一般的关心儿童的教育家或者文学家,无疑更加深刻,更加鲜明地体现出时代的精神。

值得指出的是,池田大作出生在 20 世纪 20 年代,比鲁迅差不多晚了两辈,而且当池田大作也像鲁迅一样以文学家和教育家的眼光来观察儿童问题时,科学技术的进步所导致的物质财富和社会环境的发展,已与鲁迅生活的时代大为不同。所以,池田大作在童年母题的书写上,也就显然面临着一些新的现象,也就必然地要思考一些新的问题。譬如,鲁迅当年在谈到都市儿童的游戏生活时,批评的是儿童读物的粗糙和儿童玩具的简陋,而池田大作在谈都市儿童生活时,已经敏锐地感受到了都市生存环境的恶化带给儿童生命的困扰。池田大作在回忆他自己少年时代放风筝游戏的快乐时,就不胜怅惘地指出:"现在想追寻在这沙滩的痕迹,沙滩已消失,变成蜿蜒的混凝土的堤坝。青蓝的海也完全失去了颜色,只是见灰黑色的波浪在冲洗着堤坝。风筝游玩过的那个天空,到底往哪里去了呢? 对岸的房总半岛也烟雾迷离地看不见。有的只是厚厚一层烟雾的天空,沙滩已变为新填地,密麻麻地排列着一排排的工场,继续吐出黑色的烟。""这转变只不过是仅仅作为风景的一例,都市的孩子早已不知不觉失去了放风筝这种朴素的游戏了。不只是失去了玩意

---

① 池田大作:《虹之歌》,台北正因文化事业有限公司,1998 年,第 130 页。

儿,连健康也正在逐渐消失。那种新年的食欲,玩倦后的熟睡,孩子已失去这些一切了,现在食欲不振和喘息,已成为都市孩子的通病了。"①作为一个文学家,池田大作不仅关心现代工业化环境中都市儿童生存环境恶化所带来的身体体质方面的影响,他也特别地关注现代儿童在工业化时代里一切生产行为包括精神生产行为都在标准化、计量化和批量化的情势下,童年的天性发展与思维开发方面所遭遇的潜隐、持久、缓慢但危害极大的损伤。所以,他曾在自己的作品里严肃地批判过"电视文化"对童年教育的伤害,他指出"电视文化"培养的不是生龙活虎的有生命力的人,而是退化为像昆虫一样的"触觉人"。"以触觉为主要感觉器官的昆虫类生物,对自己触及的东西起条件反射的反应。那是不经由大脑,只凭中脑或延髓来处理的反应。""电视文化可以说是有培养起这种'触觉人'的很大的可能性。""确实可以说,被电视所教育的现代儿,在直感地把握事物的一面是有很优越的感觉的。所以,在这方面的观察是锐利,反应是迅速。而且有趣的是表现也是感觉的。""可是,对事物全以理论来想,或以情绪深深回味的时候,总是好像应付不来。麻烦透顶的伦理思考及绕大弯的情绪,等等,在重视能率与速度的现代社会来说,大概其价值变得薄弱了也未可料。"池田大作很坚定地说:"我认为这些乍见好像费时的事情才是生出人间生存法的要素,在这种

---

① 池田大作:《我的提言·游戏与健康》,香港佛教日莲正宗,1980年,第64页。

白费中才有所谓'像个人'。"①

在同著名文学家金庸的对话中,池田大作把讲故事的能力同儿童想象力的培养联系起来,批评了高科技时代精神生产方式对儿童的想象力与讲故事的叙述能力的抑制。他指出文学的想象力也许是天赋,但那种天赋的萌芽应该是文学家儿童时代幼小心灵的一种体验,天赋是否能被发现,能被激发,也是儿童成长至关重要的一环。池田大作还以世界文豪歌德和普希金为例,指出"从谁那里听到什么样的话语"对儿童想象力的发展所具有的重要性。歌德和普希金的文学想象力天赋显然与年幼的时候每夜都听母亲或乳母讲述民间传说和童话息息相关。"传说与童话的特征相信是在于由人的灵魂对灵魂、直接、继续说话之点吧!从'说的人'与'听的人'的心的沟通之中,那些栩栩如生的形象集结于一起,形成了意味的世界——'听故事'这种活动不就比'读故事'更为有效吗?""远古的故事,以及是传承这些故事的声音的回响在心中跃动,这份心灵的鼓动,才孕育出文豪们的浪漫的金色之苗。"②其实,不仅歌德、普希金如此,许许多多的文学家们都曾经浪漫地回忆过夏夜星空下或是冬日暖炉旁,祖母娓娓讲述的童话故事民间传说对他们一生的影响。鲁迅的《阿长与〈山海经〉》讲述的就是这样的一个经典故事,鲁迅的保姆长妈妈终于给童年的鲁迅找来了他羡慕已久的图画书

---

① 池田大作:《我的提言》,香港佛教日莲正宗,1980年,第84页。
② 池田大作、金庸:《探求一个灿烂的世纪》,明河社出版有限公司,1998年,第140、141页。

《山海经》，鲁迅高兴得把平日长妈妈一切的恶行都予以原谅，甚至到了中年，想起长妈妈这一壮举的时候，还感动不已，默默地祈愿仁厚的地母安息她的灵魂。鲁迅之所以这么感动，就是因为当鲁迅中年时代反思自己文化人格的形成时，意识到了这本神话图画书对他至关重要的深远影响。

在前面讨论池田大作的"新文艺复兴"思想时，我已经指出过池田大作关于儿童叙事力与想象力培养方面见解的深远意义。确实，池田大作把一个人的想象力的培养同幼年时代"听故事"的活动联系起来，认为只有时常听到那种情节曲折、动人心弦的故事，儿童的成长才会保持天真烂漫的心灵不被遮蔽，儿童天生的想象力才不会被壅阻。这种见解恰恰是来自作为教育家和文学家的池田大作自我生命经历的省思。当然，池田大作的反思并未仅止于此，他还从更深层的意义上看到了"听故事"不仅是一个儿童教育问题，而且是现代社会文明弊端的一种救治方法，这一观点显示出的是一个著名社会活动家的高瞻远瞩和对人类生存状态的深沉不安与焦虑。如何在现代工业文明的划一性中保持人类精神的丰富多彩，如何在当今社会文化快餐的泛滥中坚守人类思想的深度与高度，如何在当代社会中的精英阶层连听完一个故事的耐心都没有的紧张节奏中，保存人类心灵的自由与浪漫，这都是目前文学艺术家甚至哲学家们应该密切关注与思考的问题，也是当代政治家们应该拿出对策来解决的问题。池田大作提出的对策之一是从孩子的教育开始，培养和提高听故事和讲故事的能力，所以他才说："我有这样的看法：觉得现代的孩子们正追求'动人心弦的事物'，而对着今日划一性的社会,就要借助有着丰裕的世界的故事的力量才能跨越之。"池田大作的可贵之处在于,他不仅这样想,而且亲自这样做,他不仅在自己创办的创价学园、创价大学中积极地推行艺术教育,而且亲自撰写童话作品,将对文学"叙事力"的功能和作用的这一思考,自觉地贯彻到了自己的文学活动中。

第六章

池田大作文学中的外交主题

作为一个民间宗教团体,创价学会的创会宗旨之一是和平。之所以把和平提到如此高度来认识,不仅是因为创价学会的创始人牧口常三郎先生平生饱尝战争苦难的磨砺,而且也是因为创价教育的实现本身需要和平的环境。池田大作接任会长的时代,世界分裂成东西两大阵营,两大阵营的军备竞赛有增无减,而且核武器的阴影始终像一把达摩克利斯之剑高悬在人类头上,不知哪一天就会掉下来,成为毁灭地球和人类的人为灾祸。在这样一个对立分裂的环境中,国家、民族、政党、群体的行为无不受利益驱动,而受利益驱动的政策行为往往就是引发战争的导火线。所以,和平环境不可能从天上掉下来,也不可能自己生长出来,它需要有智慧、有能力的人们通过沟通、交流、对话来实现。池田大作充分意识到了这一点,也充分感受到前任创价学会领袖们对和平的渴望和对创造和平的使命感。继任之后,他一方面运筹帷幄,革故鼎新,创办政党,开办学校,从内部把创价学会扩大发展起来,成为日本一个具有重要社会影响力的民间宗教团体,另一方面,他有目的、有计划地开始实施他的国际和平破冰之旅。早在1960年池田大作刚刚就任会长时,他就连续访问了美国、加拿大和巴西等国,促进了创价学会理念在国外的传播。而池田大作和平外交的巅峰时期是在1974年春天到1975年初,在前后不到一年的时间里,池田大作连续访问了中国、苏联和美国,池田大作对和平的强烈呼吁,像阴霾重重天气中的一声惊雷,震响在这三个能够影响世界走向的大国国土上,得到这三个大国有识之士的有力回应。此后,不仅创价学会的传道开始走向海外,而且池田大作本人的社会活动也超越了日本本土,他作为具有世界影响的宗教家、教育家和社会活动家,活跃在国际外交与文化等事务的舞台上。

在池田大作一系列的和平之旅中,创价学会在日本国内愈来愈重要的社会影响力是他外交成功的基础,而池田大作坚定的和平信念、丰富的历史知识、高超的外交能力以及在语言、举止、风度和气质方面突出的个人魅力,都是他和平外交成功的重要保障。关于池田大作的和平外交所取得的实绩、所做出的具体贡献,以及外交活动中的具体行程、具体事务,等等,创价学会的历史专家们都有详细的记载与描叙。池田大作自己也在繁忙的学会事务中抽出时间,亲自动笔,写作了记录他外交活动的系列小说《新人间革命》。在其他的一些文学作品中,对他的外交活动也多有细致的描写。之所以有这些作品的产生,当然是因为池田大作对外交活动的重视,也是因为他本来就是桂冠诗人,具有充分的文学气质和爱好,同时也深知文学的功能与意义。池田大作清醒地意识到:"即使有人能记述我的足迹,却不能描写出我的心境,况且学会有些真实的历史,只有我才知道。"① 历史学家的记录追求事件的客观性,这种客观性表现为可见、可回溯、可重现的历史现场。但是在历史的现场中,当时当地当事人的个体心境是别人看不见的,也是经常转瞬即逝而不可追溯和重现的,记叙和描写这些心境,自然就成了文学的擅场,在历史学家难以到达之处当然就必须依赖文学家。所以,池田大作的文学作品与创价学会的历史记载相映成趣,相得益彰,共同完成了对和平外交家池田大作形象的整体性塑造与认知。如果说在池田大作和平外交贡献的记述上,历史学家提供的是池田大作"是什么",而池田大作的这些文学作品则为读者提供了池田大作"为什么是"和"怎样是"的理由与细节。

第一节　　民间外交家的理念与形象

外交是人类历史上最为重要的国务活动之一,国家出现,也就有了外交政治家的职业。在人类历史上,国家之间的外交事务首先服从国家利益,这是一个铁定的原则。在这一原则的基础上,人类外交史上曾演绎过许多精彩的故事。如中国战国时代的连横合纵,如三国时代诸葛亮的联吴抗魏、鲁肃与关云长的

---

① 池田大作:《新人间革命》第 20 卷,台北正因文化事业有限公司,2012 年,第 4 页。

单刀赴会,等等,都是外交史上流传千古的佳话。但是,国家外交自身的利害本质终究使得这一领域阴谋丛生,黑幕层积,"外交"成了欺骗和谎言的代名词,"外交辞令"也成了王顾左右而言他、言不及义、答非所问的虚伪性与推诿性的别称。1941年间日本军国主义偷袭珍珠港时的外交活动就是一个典型的例子。池田大作熟读经书,精通历史,对世界外交历史上的这种状态当然有深入的了解,也难免充满了失望感。所以,他对如何利用外交方式和手段来推广流布自己的和平、文化、教育的创价理念,来推动不同文化、不同国度、不同民族的人们甚至是敌对双方阵营中的人们,在人性的前提下展开沟通、对话与交流,有过深入的思考。也就是说,当他走向国际舞台,开始和平之旅时,池田大作就已确立起了自己坚定的外交理念,就具备了对外交方式、策略和手段的良好认知。正是这种理念和认知,使得池田大作在一系列外交活动中显现出一种清新、生动、明朗的形象特色,这些理念和认知的形成和运用,在池田大作的文学中都有所描写。

池田大作外交理念的根本点就是坚守"民间外交"。这一民间定位当然与创价学会的创会宗旨息息相关,"创价学会组织民众、联合民众,把希望之光送给陷入绝望和萎靡不振的人,使他们苏生,更教导每个人生命哲学与人类使命,将每个人都培育成建设社会的主体"。这就是创价学会的宗旨。在追随恩师传教布道的过程中,池田大作深深地认识到:"不开垦民众这块大地,便无法盛开和平与繁荣的花朵。学会的强大即在于深深扎根于民众之中。"①所以,池田大作的外交活动既是顺应了"民众的力量正形成"的日本政治发展新潮流,也是他对创价学会创会宗旨在新形势下的有力实施与拓展。在小说《新人间革命》第 20 卷中,池田大作记述了两个很有意义的细节。一个是在周恩来与公明党的谈判中,周恩来代表中国政府宣布中国放弃日本战争赔偿要求。小说的主人公山本伸一是池田大作的化身,他认为这是中日邦交正常化的一个关键,中国政府放弃赔偿要求就是从民众为本的观念出发的,"战争责任在于一部分的军国主义者,即战争领导人,民众只是牺牲者,基于此一观点,中国放弃了赔偿要求,绝不可忘记两国的友好桥梁是以此一认知为基础所构筑起来的"②。山本伸一把民众为本视为与中国政府沟通的一个共同的信念,也是能够与中国政府达成外交结果的一个共同的基础,这无疑是非常深刻地看到了民众的力量与民众的作用。另一个细节是访苏时苏联的对外文化官员科瓦连柯到饭店探访山本伸一,就一些政治问题如日本政治家对北方领土的态度等交换看法。科瓦连柯指责山本伸一没有阻止或影响公明党的外交政策,在这种争论中,山本伸一始终坚持自己的民间外交理念,坚持自己的民间身份,他一再地声明:"我创造了公明党,但不是政治家。""公明党是独立的政党,依照自己的政策行动。所以,对于政治领域的问题,我从不指示,也不该指示,这是铁

---

① 池田大作:《新人间革命》第 20 卷,台北正因文化事业有限公司,2012 年,第 16 页。

② 池田大作:《新人间革命》第 20 卷,台北正因文化事业有限公司,2012 年,第 20 页。

则。"山本伸一也明确地对科瓦连柯说:"我不是为政治谈判来贵国访问的,是作为一名民间人士,作为教育家,接受了邀请。我是要打开民间交流、教育及文化交流的闸门,掀起永远流淌的和平友好洪流。"①

推行民间外交,依靠的当然是民众,是基层的力量。但哪些族群属于民间,哪些团体属于基层的力量?在池田大作对山本伸一外交活动的描写中,可以看到他对女性、青年、孩子的倚重,这一点也许可视为池田大作民间理念的一个特点。在人类历史的进化中,女性曾经长期被排除在政治领域之外。在东方,女性的职责是在家中相夫教子,女性干政曾被礼教文化视为十恶不赦的罪行,所以武则天最终要把皇位还给李氏,而吕后和慈禧亦在历史上一直颇有恶名。青年是学习的时代,是人格成长的时代,他们虽然还没有进入政治领域,但他们就是以后的可能的政治家,正在进行着从事政治的知识储备和人格培养。至于孩子,这是天真与童心的体现者,生动活泼,诚实率真,还没有受到世俗的尘埃的污染与遮蔽。所以,女性、青年、孩子,他们远离现实的政治,没有官场恶习的沾染,他们就是活生生的民间力量。即使是那些曾经在特殊的生存环境里从事过政治的女性,池田大作也善于发掘她们身上所拥有的与男性不一样的素质。如他在谈到埃及艳后时,看法就独具一格,他认为她的美貌据说并不是绝世的,但她被称为世界第一美女,是因为她的讲话声音好听,

---

① 池田大作:《新人间革命》第20卷,台北正因文化事业有限公司,2012年,第161页。

富有对话的能力。"时至二十一世纪,已在目前,心的沙漠化由来已久,有心的女性,以现代克莱巴托拉为目标,以'声'与'对话'使人们苏生,成为'激励的女王',在周围扩展美好的心之宫殿,社会将是如何丰饶啊。"①所以,从事民间外交,当然就要重视这种力量,开发这种力量。

和平之旅无论走到哪里,池田大作都会极其关注女性的状况,同女性们交谈。在中国访问时,他就参观了女性扎堆的纺织厂,会见了曾到清华大学学习晶体管制造的青年女工。在俄罗斯访问时,他在《新人间革命》中详细地描述了山本伸一同波波娃议长的交往,而且当波波娃告别之际邀请山本会长下次来访一定要到她家里看看她的孩子们时,小说特地写到了山本伸一的感慨:"这时大家看到的,是一张充满慈祥的'母亲的脸',卸去所有职权的'人的脸'。伸一来到苏联就是要看这样的脸庞。"②这种对女性的倚重,无疑来自池田大作对女性的"调和之力"的认知与信赖。池田大作对20世纪两次世界大战体现出的弱肉强食的丛林原则十分失望与痛心,他坚信未来"软能"将对人类存在与发展施加绝对影响,女性在这种"软能"时代将会产生积极的社会作用。在池田大作看来,一是因为女性天性中有珍惜生命的母性存在,他在《我的世界交友录》的序言中就曾引用了雨果《九三年》中的一个故事来说明这一点。一个母亲被卷入了

---

① 池田大作:《虹之歌》,台北正因文化事业有限公司,1998年,第83页。
② 池田大作:《新人间革命》第20卷,台北正因文化事业有限公司,2012年,第149页。

革命动乱,有人问她是共和派,还是保皇派,你跟随哪一边,母亲说我跟随孩子们。在母亲眼里,没有政治,只有孩子,只有人。在《虹之歌》中,池田大作又通过讲述一个战时的中国劳工受到日本女工庇护的故事,来说明女性正是因为有一种保护生命的母性存在,所以"能以对方的立场来思考事物,自然能做出是人该做的事——这本是平凡的事,不正是去做'国际人'的最重要的根本吗? 遇到困难时,伸出你的手,那是日本人,还是外国人,不成问题"①。二是女性较之男性,更具有自省的能力。在《虹之歌》中,他称赞奥地利女性赛费尔特女士说:"女士的一项秘诀,再是多忙,夜晚,一定保有读书与思索的时间。像在秋月的清辉下,凝视自己映在湖面的影子般,一定要有照见自身的时间。于是,心如清泉,时常涌出,保持明日前进的活力。"池田大作认为,这种女性特有的母性和自省力,就是女性"调和之力"的源泉,就是新时代所需要的"软能"。在和赛费尔特女士相识相知后,他情不自禁地赞叹说:"推动新时代的是软能,也就是柔和的哲学与精神力。这不正是女性优雅品格所内含的强韧性,'调和之力'吗?"②

青年从来就是创价学会依靠的力量,也是池田大作心中值得信赖的朋友。在他的和平之旅中,青年也是生力军。"访中团的成员多数是青年,希望与肩负新时代的中国青年和学生们积极交流,因为透过交流,能进一步加深两国青年的相互了解,使

---

① 池田大作:《虹之歌》,台北正因文化事业有限公司,1998年,第73页。
② 池田大作:《虹之歌》,台北正因文化事业有限公司,1998年,第50页。

信赖与友情的系绊牢不可破。""他更坚信,青年之间的交流,能够开辟千秋万代的友谊之路。""为青年开辟道路,这条道路通向遥远的未来——这就是伸一的信念。"①《新人间革命》中写到一个细节,特别有意味。在上海的欢迎晚会上,大学部长田原薰与一名上海青年兴奋地相遇。这位上海青年就是四个月前访日的中国青年代表团团员,而当时主持欢迎中国青年代表团的就是田原薰。"此刻看见两名青年互相握手,为重逢而欢喜雀跃",山本伸一也非常激动,他从两个青年的重逢中看出了一种非凡的意义。1968年的时候,池田大作在大学部总会上发表《中日邦交正常化建言》时,心里就在描绘中日青年手牵手誓约友好与和平的景象,此后他又一直鼓励和指导创价学会的青年干部做这方面的工作。从这两个青年重逢的兴奋景象中,山本伸一感到自己的梦想正在实现,感到青年的友谊光芒四射,照亮了上海之夜。他相信,涓涓细流也将变成大河,中日友好由青年继承,一定会成为任何事物都阻挡不了的时代主流。在这个细节里,可以深刻地体验到池田大作内心中对青年寄予的殷切期望。

在池田大作的心中,孩子们天真无邪,无机心,无恶念,天生就是外交家。他曾说:"有人说,'人生下来就是地球人、世界人',想来也是有道理,看看小孩子,肤色虽不同,国籍或有别,一会儿就成了朋友。"②所以,在池田大作的和平之旅中,孩子始终

---

① 池田大作:《新人间革命》第20卷,台北正因文化事业有限公司,2012年,第22页。

② 池田大作:《虹之歌》,台北正因文化事业有限公司,1998年,第70页。

是旅程的主角,无论走到哪里,他都愿意和孩子们在一起。所以,在《新人间革命》中,池田大作兴致勃勃地详细描写着山本伸一与孩子们的活动。出访中国时,山本伸一在北京同孩子们一起打桌球,到上海时,上海又安排了参观少年宫的活动,山本伸一为这个安排很开心,"离开日本已经13天,伸一的疲惫达到极点,但一想到能和孩子们见面,他就精神奕奕","和孩子们接触让他感受到充满冲劲"。当小学生接受他送来的礼物,当场赋诗感谢时,山本高兴得用力鼓掌,"他对孩子们发展诗心比什么都高兴"。山本伸一还很平等地和孩子们相处,在上海他与孩子们一起玩投圈,下五子棋。在上海普陀区的曹杨新村参观托儿所、幼儿园时,伸一还亲自下场,为孩子们用钢琴演奏了《樱花》、《春天来了》等歌曲。在访问苏联时,他也参观了莫斯科市内的少先队宫,观看了芭蕾舞的练习,接受了手工小组的少女们亲手编织的女娃娃,还兴致勃勃地为女娃娃取名为"莫斯子"。在民间外交中以孩子们为主角,不仅是因为池田大作心中是把孩子视为和平生活的未来,"伸一心中描绘着这些孩子和日本孩子自由自在地玩游戏、体育活动的情景——那就是地球家庭,人类的真正姿态"[①];而且也是因为池田大作正是在同孩子们的天使般纯洁心灵的交往中,吸取了和平之旅前行的巨大力量。

---

① 池田大作:《新人间革命》第20卷,台北正因文化事业有限公司,2012年,第171页。

第二节　"人的价值优先"的思想原则

在同戈尔巴乔夫的对话中,池田大作高度评价了戈尔巴乔夫的"新思维"外交政策,认为戈尔巴乔夫当时采取的主动裁军和裁减核武库、支持东西德合并、放弃苏联对他国内政进行干涉的各种外交政策,"是基于您所提倡的'人与人之间都是相同的人类,被一个共同的命运联系在一起,并且,我们都必须在这个地球上,相互作为有教养的邻居一起生存下去'的理念,也是对核武器时代——这种人类过去未曾面对过的危机状况,开始了冷峻的认识之后而转变的"。"正因为如此,作为当时的苏联总统的您,在世界政治舞台上提倡要实施将人的价值优先考虑的外交政策,不言而喻会获得强烈赞同的响应。"[①]"人的价值优先",这也是池田大作外交思想的哲学基础。优先从国家的利益考量,那么外交总是战争的辅助手段,只有战争凭借实力才能获得利益的独占和最大化。而以"人的价值优先"作为国家政策制定与执行的规则与前提,那么,外交就远比战争更重要。通过外交途径达到人类各个民族各个国家的共生共存才是开辟21世纪的关键所在。所以,池田大作在同戈尔巴乔夫的对话中明确指出,人性与人心的趋向是要结合,而不要分裂。"在以前的政治场上,曾有壁垒分明、对着干乃是有权势的说法,而我向来认

[①] 戈尔巴乔夫、池田大作:《20世纪的精神教训》,社会科学文献出版社,2005年,第184、185页。

为,根本而言,恶的本质在于壁垒分明与对着干,反之,善的本质则在于结合。这与托尔斯泰的哲学也是相同的,恶这东西常将人心加以分裂,而且还将人与人之间、人与自然之间的分裂加以扩大,让其产生龟裂,迫使之陷入孤立与悲哀的穷地去。"①

基于这种"人的价值优先"的思想原则,池田大作的外交活动不仅是民间的外交,而且是人性的外交,不仅具有民间的智慧,而且散发与闪射着人性的光辉。这种人性光辉首先就表现在他的外交思维紧紧扣住人的价值观念,坚定地维护人的价值原则。在小说《新人间革命》中,这种闪射着人性光辉的外交细节,俯拾皆是。譬如在第一次中国行程结束时,山本伸一同中日友好协会秘书长孙平化及其他工作人员畅谈了三个小时。畅谈中,大家讨论了对人的看法。"伸一说,不能以阶级来判别人,因为阶级把人集团化,要站在一个人的视点来看人,这将有助于今后中国的发展。"这种话今天看来似乎不足为奇,不过常识。但这次访问时间是 1974 年,把这段话放在当时的中国语境中,不啻石破天惊的棒喝。当时的中国虽然已经进入"文革"后期了,但在政治意识形态上依然处于"以阶级斗争为纲"的时代,人性被视为资产阶级的、修正主义的货色,不仅是思想的禁区,而且是日常生活中人们避之唯恐不及的话题。无产阶级专政下的继续革命,是这个时代一切精神、物质生产活动的指导思想。"文革"时期言论禁锢空前严密,不知有多少人糊里糊涂地因言得

---

① 戈尔巴乔夫、池田大作:《20 世纪的精神教训》,社会科学文献出版社,2005 年,第 192 页。

祸。山本伸一本来是个中国文化通，深受中国文化的熏陶浸润，为了促进中日友好，他也一直关注中国的社会现实多年，而且关注的程度十分深入，不可能不知道中国当时的政治情势。但小说中写他在这个问题上坚持自己的观点，毫不隐讳地指出要以人的视点看人，反对以阶级的、集团的立场看人，这一方面是因为他奉行的是坦率交流的外交理念，从不讳言自己的想法，另一方面也是因为他用心良善，真心地盼望中国能够走上正轨，能够发展起来。

外交，顾名思义是与外部的交往。既然是与外部的交往，就不可避免地要面对不同的文化、体制、习俗与思想观念。怎样才能处理好不同的文化、政治与思维模式之间的交流来实现和平外交呢？池田大作的看法与讲究谈判策略、技巧的外交理论通则是不一样的。外交理论通则要求保守底牌，但池田大作强调诚实，他说诚实的人性光辉正是外交的要谛。在池田大作的文学创作中，读者能读到很多这方面的精彩细节。诚实的外交品质首先就是宽容。文化各有特性，体制容有不同，但彼此之间应该"诚挚、坦诚地交流"，不掩饰自己，也尊重对方。譬如，《新人间革命》中写与广东人的聚餐，广东人送上的菜肴中有"田鸡肉"。上这道菜的时候，因为日本客人都是第一次吃田鸡肉，不免露出了惊讶的表情，主人就开起了玩笑，说："广东人什么都吃。外省的说我们广东人，天上飞的除了飞机，海里游的除了船，地上有四条腿的除了桌椅，其他什么都吃。"这是一种饮食文化的交流。创价学会的哲学理念是众生平等，共生共荣，提倡环境保护。什么都吃，这从创价学会的宗旨看来，当然不是能够赞成的事，但这只是不同的文化习俗而已，是千百年来所形成的，并非一朝一夕能够改变，所以山本伸一抱着一种宽容的心态，也用一种玩笑幽默应对："到底是大国中国，玩笑开起来也大。这句话里天、海、地都包括了。"于是大家一片笑声，气氛也融洽起来。这种文化上的宽容，对对方文化习性上的理解与尊重，无疑能达到彼此心意相通的效果。

诚实的另一个要义或者说更为重要的一个要义就是坦率。池田大作推行人性外交，以人的价值作为外交的根本原则，但各种不同的文化特性与不同的政治体制，对人的价值有不同的理解和不同的评判标准，所以他特别强调和平外交的坦率对话。在一些有关人的价值这一根本原则问题上，池田大作就像一个英勇的斗士，毫不含糊。《新人间革命》中绘声绘色地描写了一些池田大作在和平外交中显露出的人性卫士的英勇姿态。如在北京同张香山副会长的会谈中谈到核武问题。当时的中国，远受美国的钳制封锁，近受苏联的威胁恫吓，为了保护自己的主权必然要发展核武，而池田大作身为佛法信徒，强调生命至上、人性至上的价值观，他秉承人性外交的原则，又身负恩师的遗训，理所当然要反对战争，反对核武，对任何试验、制造、储存核武的行为都坚决反对。在会谈中，池田大作感到与中方关于核武的看法存在分歧，"不论如何主张彻底销毁核武，自己却执着不放手，就缺乏说服力，也就不可能形成全面废止核武的潮流"。所以，小说中山本伸一在会谈时，不仅坦率地坚持自己的一贯想法，而且坚定地要求中国方面做出决断，使得会谈终于在"不管有核无核，所有的国家都应在平等的立场上召开会议，讨论彻底销毁核武"这一问题上达成了共识。

在《新人间革命》第 20 卷中,池田大作描写的主要是山本伸一访问中苏两个大国的和平之旅。其中可以看到这两次访问的一些细微但很有意味的不同点。第一,在中国访问时,尽管廖承志有意无意地透露了一句,创价学会可以在中国传播自己的学说,但池田大作明确地表示,他绝不到中国传教。在苏联他却一再建议创办佛教寺庙:在最初同苏联科学院院士会谈时提到过,后来去苏联访问,又亲口同波波娃议长提到此事。第二,在中国访问时主要是文化交流,参观的是学校、幼儿园、工厂等,在苏联访问更多了一些政治意味,如山本伸一也去无名烈士墓献了花圈,尤其是就一些政治问题与苏联方面交换了看法。第三,在中国,山本伸一虽然参观了大慈恩寺等宗教场所,但基本上没有同宗教界人士有接触,赵朴初虽是佛教协会的副会长,但当时参加会见的身份是政治的,而不是宗教的。在苏联,山本伸一不仅同东正教宗教人士有正式的接触,而且还同神学院的乌拉吉米尔院长进行了交谈,讨论了宗教界的和平运动的开展问题,在知道院长因哥哥在大战中阵亡,对死亡的思考促使他走向宗教这一身世之后,伸一对院长还颇有知音之感。

在这些不同中,读者或许能够感觉到池田大作和平外交的坦率与执着之处。他许诺不到中国传道,是因为他知道中国佛学本来发达,是日本的佛学之源,他所倡扬的基本观念都包容在中国的佛学之中。而苏联在意识形态上严密管制,而且几乎没有佛教的生存空间。池田大作觉得,"为了人,为人民服务,若忘了此精神,任何社会体制都将陷入官僚主义,组织僵化,贪图私利。所以我要传扬人间革命的哲学,传扬佛法的人本主义精神"。小说《新人间革命》中,山本伸一到达莫斯科,站在飞机的舷梯上,仰望莫斯科的晴空,眼前浮现的是恩师户田城圣的面容,心里在暗自发誓:"要把先生的和平思想,把佛法的人本主义哲学传到苏联,开辟世界和平之路。"山本伸一是这样想的,也是这样做的,他在争取于苏联建立佛教寺院、宣扬佛法的人本主义方面可谓坚定不移。在同苏联科学院两位院士会谈时,提到在苏联建立佛教寺院的问题,山本伸一直言不讳地表示:"坦率地说,许多日本人对苏联的印象并不佳,认为那是一个意识形态不宽容、没有信仰自由的国家,因此吃亏的是苏联。""如果用高压的态度,人心就会离去。关键是得到日本以及世界民众的共鸣,而且苏联要做出宽容的实际举动。"当时担任翻译的日本女性有些迟疑,不知道该不该完全直译,山本伸一感觉到了她的迟疑,坚定地表示:"不用担心,请一字不差地翻译。"[①]尤其是科瓦连柯到饭店探访山本伸一时,两人不仅发生了争吵,而且还互相拍了桌子,池田大作在小说中生动地记下了这种场景。因为他觉得,诚实才能提供沟通与交流的前提与基础,坦率则能够让交流的双方更好更深地了解自己,而坚持自己的原则,在大是大非面前决不蝇营狗苟,才能真正得到对手的尊重。所以,小说中的山本伸一虽然和科瓦连柯互相拍了桌子,但他们仍然是非常要好的朋友。

[①] 池田大作:《新人间革命》第 20 卷,台北正因文化事业有限公司,2012 年,第 126 页。

第三节　　文学成为民间外交的最好媒介

池田大作在《新人间革命》的序言中说,他之所以要写这部书,一是有些历史事实只有他知道,二是别人只能描叙历史事实,但是当时他的心情也只有自己知道,别人是描述不来的。从《新人间革命》这些记录和描写池田大作的外交活动的文学创作中,确实能够看到池田大作对文学这一功能的深切理解与恰当运用,也能清晰地看到作为"桂冠诗人"的池田大作无论何时何地对文学的那份喜爱心情,以及他丰富渊博的文学史知识。

池田大作在描述自己在和平之旅中的各种心情时,有一个鲜明的特点,就是喜欢用文学和文学家的名言来激励自己,启示自己。如《新人间革命》一开始写到山本伸一立志要打开中日外交之门时,在述志上就用了户田城圣在1956年初吟咏的和歌,"虽望云间看明月,愿送阳光普照亚洲民",在冷战的黑夜中,期待着和平幸福的阳光照耀。在面对各方面的打击与嘲讽时,伸一引用鲁迅的名言"先觉,每为故国所不容,也每受同时代之人的迫害",表达了前程虽有千难万阻吾独往矣的英豪气概。在谈到对中国放弃日本赔偿战争损失的感恩心情时,山本伸一想到的是西班牙作家塞万提斯的名言:"忘恩是傲慢的产物,是史上所知的最大罪孽之一。"在安慰访中团成员的紧张情绪时,山本伸一引用了英国作家威尔斯的话:"我们的真正国籍是人类。"在中国访问参观新华小学时,山本也想到雨果小说中的一句话:"未来掌握在教师手中。"在儿童节与孩子们联欢时,看到中国孩子们健康、活泼、明朗、充满着希望的笑容,山本立刻想到鲁迅先生的一段关于"上海儿童"的名文,并将鲁迅眼中过去的中国儿童与他眼里现今的中国儿童进行比较。山本伸一登上万里长城时,心情激动,因为恩师户田城圣当年就曾与山本有约,希望有一天两人一起去中国,登上万里长城。这时,山本伸一就想起了诗人泰戈尔的呐喊:"国家是人创造的,国家不是由土地构成的,而是由人心构成。只要人民绽放光芒,国家同样会光华四射。"从而立志要建造心的长城,精神的长城,来守护和平的长城。在上海访问结束晚会上,池田大作看到中日青年重逢再遇时的激动场景,他欣慰地感到自己为中日青年联谊所做的事情是十分有价值的,这时他引用了雨果"光点会变大,时时刻刻会变大,那就是未来"的名言,真心期待中日青年把友谊交往的事业不断开拓下去。

在中国的和平之旅是如此,访问苏联时也同样体现出这一特点。池田大作喜欢俄罗斯文学,肯定俄罗斯文学包含的民众性这一要素。他曾深情地回忆了第二次世界大战结束后不久,他和朋友们阅读高尔基的作品《底层》时所感受到的强烈震动。高尔基在这部作品里让主人公萨金说出这样的话:"人这个字听起来多么自豪啊!"这是一个典型的文艺复兴以来浪漫主义文学的口号,它肯定了人的本质力量,肯定了人的尊严高贵,也肯定了人所具有的权利与责任。池田大作说:"当时我正在战败后一片废墟的国土上迎来十七八岁的多愁善感的青春期,所有的价值观都彻底崩溃,整天饿着肚子,和朋友们把战火劫余的微少的书籍收拢在一起,为了寻求明天的光明,贪婪地阅读着。《底层》

中这些话像闪电般地贯穿了我的心,当时所受到的感动,至今仍烙印在我的脑子里。'人'这一从苦恼与沦落的底层迸发出来的整个人类的呼叫,不由得不使我感到这是凝缩了俄罗斯文学特色的人类观的表现。"[1]正是这种情感震撼与理性认识,促使池田大作阅读了许多俄罗斯伟大作家的作品,从而对俄罗斯的作家如托尔斯泰、高尔基、陀思妥耶夫斯基等了如指掌。

在《新人间革命》中,山本伸一征引俄罗斯文学也是信手拈来,如数家珍。在首次访问苏联时,山本伸一提到了自己要为人类和平贡献一生的誓言,引用的就是俄国伟大诗人普希金的诗句:"你若是帝王就独自出征/用自在的智慧在自由的大道上前行/不要求可贵伟业的酬报/结出自己所爱的思想之果。"1974年1月21日,大西伯利亚博览会在东京后乐园运动场展出了整整一个月,其中展出的长毛象复原像介绍了西伯利亚的自然与历史,深得日本民众喜爱,但因东京大雪,展览馆充气屋顶被积雪压垮,部分展品被损,损失相当大。面对这一意外,池田大作深感痛心,但他坚定不移地按照自己的信念继续提供援助。在《新人间革命》中,当他写到山本伸一这一时刻的心情时,就摘引了俄罗斯伟大作家高尔基的名言"真诚的精神是不会动摇的",以这一智慧来为伸一鼓气。在与莫斯科大学官员的初次会见中,因为接待的是宗教人士,莫斯科大学的官方代表表情稍显僵硬,气氛紧张,也是山本伸一露出春风般和煦的笑容,表示自己

---

[1] 池田大作:《东西文化交流的新道路》,《池田大作集》,上海远东出版社,1977年,第17页。

是来莫斯科大学当学生学习的。幽默的语句、愉快的笑容化解了大家的紧张气氛,使得这第一次会面相当成功,大家笑声朗朗,兴高采烈。这时,山本伸一想到了俄国文豪陀思妥耶夫斯基的名言,"首要不正是起始吗?任何事情都是最初的第一步左右其将来",从而对下面即将进行的访苏活动充满信心与期待。

在《新人间革命》等作品中,文学不仅是激励人心的力量源泉,而且由于世界优秀文学的人性价值与艺术共性,往往也成了某事某地的外交场合中双方沟通的有利媒介。譬如,中国文学研究家竹内好曾经赞扬山本伸一的主张使中日邦交正常化看见了一丝曙光,日本作家有吉佐和子向山本伸一传达了中国总理的传话,"将来务必请山本会长来中国,接受我们的招待",这些文学家的言论行为都对山本伸一访问中国的破冰之旅起到了一定的促进作用。有的重要外交细节也与文学相关,如山本会长第一次访问中国时,迎接的中方工作人员与山本会长谈论他的小说《人间革命》,一个工作人员还背诵了小说中的一个段落,山本幽默地赞许说连自己也背不出来,大家都笑了。文学成为桥梁,把两方的心意情感很快就拉近了,而且十分有效地化解了团员的紧张情绪。在第一次访华时,原定从北京飞往上海,但因天气原因不得不在郑州停留一晚。山本伸一很轻松,但随行团员各个面露不安。在郑州举行的欢迎晚宴上,山本就兴致勃勃地谈到中原逐鹿的《三国志》,还请随行团员齐声合唱日本诗人土井晚翠的《星落秋风五丈原》。这是一首歌颂诸葛亮的诗,表达了诸葛亮壮志未酬身先死的悲壮情怀,池田大作的恩师户田城圣也很喜欢这首歌。山本伸一联想起当年学会的一次新年会上为恩师唱这首歌的情景,唱了一遍又一遍,多达六次。唱这首歌,回忆恩师的故事,在此时此地是十分切景的。一是他们所住之处正是历史上三国争雄的地方,二是这首歌表达的就是不怕挫折,坚持到底直到胜利的精神。当时在郑州,由于中国国内通讯状况差的原因,池田大作一行与总部联系不上,国际长途无法挂通,总部的人和池田大作的随行者都颇感不安。池田大作在回忆和描写这一场景时,让山本伸一带领大家唱这首歌,表达的就是安定军心、激励壮志之意。

首访中国结束,最后告别时,山本伸一也是充分发挥自己"桂冠诗人"的才华,接连写下充满深情的俳句,赠给中日友好协会人员。俳句是日本文学的一种传统体裁,它同中国古代的绝句比较相似,内容常是抒情寄兴,一个朴素的哲理,一个偶然的感触,一个瞬间呈现的景致,等等,都可用作俳句的材料。因而,俳句也被文人雅士习惯于用来在告别之时表达离情别意。值得指出的是,在这种场合写俳句,时间紧迫,人声喧哗,不容易深思细虑,但山本伸一写来,也是因人而异,有所考量的。写给逗留期间热情照料的叶启浦和殷莲玉的是"莫忘世代长友好,历史新旅程"与"中日心心相通处,灿烂黄金桥",表达了中日友好的心愿,也感谢了他们在旅程中无微不至的生活上的照料。为从北京陪同而来的青年陈永昌写的是"人民之路齐并肩,高举友谊旗",表达的是对中日青年之间将友好之路代代传承的一贯心愿。而为秘书长孙平化写的是"不论晴雨,友谊不变",字里行间也大有深意存焉。当时日本国内有不少人对中日友好持诋毁态度,池田大作本人也曾因此备受攻击谩骂甚至恐吓,而中国领袖毛泽东和周恩来都在病中，政局如何发展，正是未料之中。所以，山本伸一的这俳句，既暗含了对以后中日友好的发展局势的担忧，也表达了千难万难也要向前的坚定信心与意志。

在列宁格勒的参观，山本伸一被战争的严酷和俄罗斯人民保卫家乡的意志所深深感动，热泪盈眶，悲愤难息，以致陪同参观的莫斯科大学副校长特罗平惊讶不解，以为有什么事情没做好惹得山本先生生气了。其实，这次参观，山本伸一特别关注《丹妮娅日记》，一个12岁就在战争中丧失了生命的小女孩记载下了亲人的陆续死去，"虽然是淡淡记下事实的九页笔记，但少女伫立在悲叹深渊的心情如同利刃般刺痛人心。残酷的事实太过沉重"。伸一也特别注意到在战争的饥饿中，"支撑市民的，是每天收音机广播的鼓励之声"。"响应电台的号召，作家演讲，诗人诵诗，歌手唱歌，传播古城的不朽骄傲，不断地发送希望、勇气与对胜利的确信。""有的诗人鞭策衰弱已极的身体，拼命朗诵创作的诗，读完后倒下了，数日后死亡。有的音乐家用手杖拄着身体唱歌，当晚就停止了呼吸。"而在纪念墓地的"母亲祖国"雕像后面镌刻的也是女诗人奥莉加·别尔格利茨的诗，她在保卫战期间负责广播工作。听了随行者对此诗的翻译朗诵，"伸一十分感动，默默低下头，再次三唱题目"。从池田大作的这些描写可以看出，这些事迹之所以感人至深，除了它们本身的严酷性之外，也是因为有文学的表达形式，有这么多文学艺术家的直接参与。故事的力量是无穷的，而文学的魅力就在于它能让这种力量深入人心，撼动心弦。

值得怀念的是，在苏联访问期间池田大作还有幸得到了肖洛霍夫的接见。池田大作在小说中详细地记载了这次同世界级大文豪的见面,其中有些细节描写本身就具有难忘的戏剧性。譬如会见的意外,本来因为肖洛霍夫身体不好,去故乡疗养了,见面未被安排。但没想到的是,突然接到通知说可以见面了,安排在莫斯科见面,这是意外之喜,也说明苏联方面对这次池田大作访问的重视。又如两国酒文化的碰撞,二人见面时,肖洛霍夫十分高兴,他不顾身体有恙,助手劝阻,坚持要和池田大作干杯,而池田大作的身体体质本来不胜酒力,但既仰慕肖洛霍夫,又不能却人美意,所以壮着胆子也努力喝了一杯。剩下来的干杯,池田大作就自己抿一点,再传下去让同事们传递喝下。这样既配合了肖洛霍夫的豪情,又保护了自己,表现出了两个国家各自酒文化的交流与尊重。在描写这次会面时,池田大作谈到了对肖洛霍夫文学贡献的认识,包括对"民众构成历史的洪流"这一中心思想的强烈共鸣,还有对肖洛霍夫《人的命运》主题的认识:为他人而生才有真正的生存意义。池田大作用佛法诠释了肖洛霍夫这部作品的意义。有一个细节,深深地铭刻在了池田大作的心中。当山本伸一问肖洛霍夫人生中最痛苦的事情是什么,肖洛霍夫眯着眼,如同在仰望远方,回答说:"活得久了,最痛苦的事情不容易想起来了。不,各种事情的色彩变淡薄了,高兴的事、悲伤的事全都远去了。"这番智者的言论让池田大作深为感动,他不胜感慨道:"提升自身的境界,以慈爱待人,才是人生的真正胜利者。""站在山顶,攀登的千辛万苦便烟消云散,涌起喜悦,同样,进行境界革命,就会天天被笼罩在爽快的满足与欢喜之中。"①

第四节　闪耀在外交事务中的个人魅力的光辉

毫无疑问,在任何文化、任何国度中,外交意义都十分重大。现代国家,无论是民主体制还是集权体制,国家最高领导者总是把外交的主导权掌握在自己手里,这充分说明了外交事务的重要性与特殊性。关于外交的叙事,也往往成为一种宏大叙事。但是,外交事务无论如何重大,毕竟首先是人的交往。外交虽然执行的是国家意志,但外交事务中执行者的个人素质也往往会成为国家意志执行程度的重要因素。所以,富有个性的外交使节往往容易引人注目,也往往会成为外交史上不会被人忘记的明星。由于池田大作奉行的是民间外交理念,秉承的不是国家意志,而是人性价值的原则,是自己内在心灵的律令,因而他的外交活动没有政治的拘束,他诚实坦率的外交风格,他文学家和桂冠诗人的气质与素养,能够充分地在外交活动中显现出来。这些个性色彩十分丰富,在池田大作的文学创作中多有记载与描写。

作为一个对社会具有重要影响力的宗教团体的领袖,池田大作的身上没有丝毫的官僚气息。在出访的过程中,他从来就不把自己当成一颗棋子,让随行的部下按照预定的行程与议事

---

① 池田大作:《新人间革命》第 20 卷,台北正因文化事业有限公司,2012 年,第 200 页。

来摆布。他总是集中精神,敏锐地观察和充分地利用行程中出现的各种事物与机会,总能准确地捕捉和理解这些事物与机会的深刻含义,以及它们与自己事业之间的意义联系。如他多次谈到民众的意义,在出行途中,他就尽量地找机会与民众接触、对话。《新人间革命》中就突出地描写了山本伸一这种善于捕捉机会、提升意义的敏锐个性。在西湖游览时避雨亭中,这是偶发事件,他抓住这种机会,兴致勃勃地与避雨的游客攀谈起来。他觉得:"中国有八亿人民,和一个人对话或许觉得没什么,但如同一滴水变成大河,一切都是从一个人开始,所以要重视一个人。"在西安参观八路军办事处时,山本伸一听到解说员说这个办事处得到民众明里暗里的保护,他立刻就联想到,世界上"没有比民众的支持更强大的,只要以全部生命向人民诉说,得到赞同,便无须恐惧。一定要走入人民群众当中,更深地走进他们的心里——无论什么样的运动,胜利的关键都在此"[①]。在先,山本伸一还参观了大慈恩寺,这是唐朝玄奘法师译经讲道之处,而正是在唐朝,日本开始了向中国学习的求法之路。因而大慈恩寺不仅对中国佛教,而且对日本的佛教,也具有特别重要的意义。山本伸一在参观完后,对同行的会员大发感慨:"遗憾的是玄奘没有理解《法华经》的精髓,他翻译的经典也受到大圣人严格的评断,但他带给佛教文化兴隆的巨大影响是毋庸置疑的。"从这种遗憾中,山本伸一也联想到了自己的工作:"总之,为把教义流

---

① 池田大作:《新人间革命》第 20 卷,台北正因文化事业有限公司,2012 年,第 84 页。

传后世,留下文字很重要。所以我也把日莲佛法的真正精神用活字留下来。每一天都全力以赴,天天抱着留下遗言的心情,不惜生命,讲了又讲,写了又写。而且学会许多从事翻译工作的人倾注心血,日夜翻译。或许这工作不显眼,却是决定世界广布潮流的大伟业。"① 池田大作作为创价学会的领导者,各种性质的工作十分繁多,但他从不为这些事务所淹没,始终挤出时间进行写作,写作的体裁包括讲解、对话以及文学,等等,仅小说《人间革命》和《新人间革命》就多达数十卷,各种体裁与题材的文字可以互相印证,体现出池田大作要"把日莲佛法的真正精神用活字留下来"的宏愿。

通常说来,哲学家关心的是人类的普遍本质,文学家更加关注的是人的个性表现。这种美学习惯常常使得文学家在面对同样的事物时,产生一些很独到的体验和理解,发人之所未发,想人之所未想。在池田大作的小说中,也常常可以看到如此的场景,譬如山本伸一在上海瞻仰鲁迅先生的墓,鲁迅有"文化战士"之美誉,通常人们会觉得鲁迅的塑像神情严峻,具有战士的坚毅不屈。但山本伸一看了后,当然在形象上给他的观感也是"挺着胸膛,庄重凛然",但他的心理感受则是"神情很幸福啊!因为是奋战过的人"。山本伸一的这一感叹,体现出的就是池田大作对鲁迅的知音之感。池田大作仰慕鲁迅,对鲁迅的作品和人格都有深入的了解。因为从鲁迅那里,他体会到了一种自己仰望与

---

① 池田大作:《新人间革命》第 20 卷,台北正因文化事业有限公司,2012 年,第 87 页。

心仪的精神气质,这就是:"坚持信念奋战到底的人不会留下后悔。奋战的人生是充实的,是全生命的燃烧。为正义、为他人的奋战与努力之中,才有真正的幸福。"在苏联,有些火车的站名取得别开生面,如在列宁格勒即圣彼得堡有"莫斯科站",而在莫斯科则有"列宁格勒站"。同行的青年对山本伸一说:"苏联的站名真乱。"但伸一笑着告诫青年说:"什么都拿日本当标准来判断就会觉得混乱。一个国家、一个地方,都有当地的文化、传统、生活方式,要入境随俗,这一点很重要。"山本伸一不仅这样告诫青年们,而且他从苏联的这些站名的取名方式上也悟出了一个道理,就是以这种方式命名,去莫斯科方向的命名为莫斯科站,去列宁格勒方向的命名为列宁格勒站,不正可以指引乘客"到那个车站就不会弄错方向"吗？这些细腻的感受和理解,显示了池田大作对日常生活观察的独到,他喜欢观察日常生活,也能够观察日常生活,这也是诗人和社会活动家的重要精神品质。

在池田大作的小说中,还有许多精彩细节展现了池田大作在外交活动中个人性格上的魅力。有的时候,池田大作像诗人一样,充满童心,像一个小孩那样天真可爱。如在访苏的欢迎宴会上,由于大家畅所欲言,交谈热烈,等到山本伸一要吃甜点冰淇淋时,冰淇淋已经融化了。山本伸一说:"友好的热气把冰淇淋都融化了,就当作苏联饮料来喝吧。"一句话不仅掩盖了尴尬与局促,而且引发了欢笑。在访苏结束的欢送宴会上,一位共产党要人问山本伸一在苏联逗留时间有什么不满意的地方,山本伸一回答说:"有,大为不满。"这个简短明了的回答译成俄语,要人登时就板起了脸。不想山本伸一嘻嘻一笑,接着说:"我

99.9%满意,有0.1%不满意。因为满意度太高,不满意就非常突出。那就是许多贵国人士太丰满,想友好拥抱一下,我的手臂不够长。"这话翻译成俄语,顿时满庭哄堂大笑。这些细节都显露出了池田大作幽默的个人气质,同时也显示出了他在处理外交突发事件上的机智与应急能力。"笑是太阳,驱散人脸上的冬天",这是文豪雨果的卓见。能发自内心地笑,这才是朋友。无忧无虑的笑是信赖的大地上盛开的花朵。幽默的能力,既是一种难能可贵的个人魅力,在一定程度上也是外交能力的一种呈现。

当然,这种个人魅力的产生有天生素质的成分,但更主要的还应是个人主观的努力。在《新人间革命》中,池田大作这样描写山本伸一:"他总是在考虑怎样才能使每一件事情留下深刻的意义,让彼此的心更紧密地相连。"[1]譬如,他把自己用的球拍赠送给与自己比赛的女生,又赠给曾去清华学习的晶体管工厂女工拍立得照片留作纪念,他提议大家在北京大学赠送的《中国工艺美术》图鉴上签字留言,等等,在这些活动中,可以体会到,他确实是极其认真地对待着行程中的每一瞬间,为眼前的每一个课题充分燃烧全部生命,这时暗淡的疲劳便会消散,全身充满了新的挑战斗志。在杭州游览西湖,同行的大学部长田原薰问山本伸一:"先生随时随地都能抓住对方的心,予以鼓励,诀窍是什么呢?"伸一说:"没什么诀窍,我就是认真。能见到这个人只有

---

[1] 池田大作:《新人间革命》第20卷,台北正因文化事业有限公司,2012年,第64页。

此时此刻,为了思考在这种情况下如何才能心灵相通,我随时都集中精力,全力以赴,认真才能产生智慧,认真就会有力量。"在北京的学校访问时,池田大作看到学校有乒乓球室,就对练球的学生表示要和他们比赛。池田大作从小时候起就喜欢打乒乓球,乒乓球是他拿手的体育项目,这次出访还带着自己专用的球拍。但比赛一开始池田大作就没有占到上风,对手是个初三的女生,动作敏捷,杀球快得惊人。这时,池田大作换上了自己从日本带来的惯用球拍,虽然奋力挽回了劣势,可惜还是输了。在很多的政治家或外交家那里,这种比赛不过是秀着给记者看的戏,给摄影师上镜头的画面,输赢都无所谓的。但池田大作很认真,开始输了还去换上自己带来的惯用球拍,最后输了也把自己的惯用球拍赠送给女生做纪念。这就是要赢的心,是认真的态度,也是对对手(尽管对手只是一个初三的女生也决不轻视怠慢)的尊重。这种认真的精神,闪烁着日本的民族性光辉,也是池田大作民间外交能获得丰硕成果的重要保障。

第七章

池田大作文学中的母性书写

日本位于地球的东边,自称是太阳之国,太阳神天照大神对于日本民族而言,有着特殊的意义。就远古神话太阳神谱系的产生和发展而言,世界上其他民族的太阳神大多都是男性,而日本的太阳神天照大神却是女性。而且,有些民族的太阳神虽是女性,但往往是其他男神的妻子,而日本的太阳神天照大神不仅是女性,而且还是独身,具有独立自主的地位。她为日本民族"安排万事","永传皇统",不仅是权力的象征,而且还是民族的源头。在世界文明史上,文学作为人学,从来就离不开女性形象的塑造,无论是战争、爱情,还是家族命运、个人情怀的抒写,各种文学的永恒主题始终都与种种类型的女性形象紧密地联系在一起,也只有创造出了鲜明独特的女性艺术形象,这个民族的文学才能够永垂不朽。当然,各个民族的文化对女性形象的塑造各有其历史基础,日本民族的历史因为有这种太阳女神神话的存在,母性崇拜深深地根植于民族文化心理结构中,因而日本民族对于女性的想象力特别丰富,而且自然地形成了一个突出的特点,这就是日本民族的女性想象中无所不在的恋母情结。文学作为民族文化女性想象的一种主要载体,这一特点表现得尤其突出。"文化恋母原型是埋藏在日本民族集体无意识深处的心理遗产,它必然要时常借助于作家的创造性想象而自我显现出来,从古至今,都有这样一些作家,他们无意识地充当了文化恋母原型自我显现的媒介。"① 可以说,池田大作也是"这样一些作家"中的一位。现代日本文学大家井上靖在给池田大作的通信中就这样评价过他关于母亲的书写:"在父母亲的乡国中我家那摇摇欲坠的旧房子的二楼上,我读了您的诗集《青年之谱》,被收在其中的一首题为《母》的诗所深深打动。您在诗中赞美了母爱的无限深切、强烈、恢宏、美好,并高声疾呼希望这纯洁、宏大的爱能成为我们人类社会关系的基调。""对于地球上的现实,具有资格提出抗议的,除了母亲之外也许就别无他人了——持有这种想法的,大概并非仅我一人吧。我感到一种强烈的冲动,想要理清这一切关系,使一切都恢复原形,都归复于原点,然后再从这原点重新出发。"② 以井上靖的身份和地位,能够如此谈到池田大作的母亲书写对自己的影响,可见池田大作创作中对于母性的关注、描写与赞美,在当世的日本文学家

---

① 叶舒宪、李继凯:《太阳女神的沉浮——日本文学中的女性原型》,陕西人民出版社,2010年,第63页。

② 井上靖、池田大作:《四季雁书》,吉林人民出版社,2005年,第56页。

中,即使不说无与伦比,也至少可以说是独树一帜、别开生面的。

第一节　　母亲是"可以回归的大地"

池田大作的母性书写首先是从自己的母亲记忆开始的。池田大作文学作品的读者们大致都会有这样一种清晰的印象,这就是池田大作的文学创作经常回忆自己的童年生活,但在这些回忆中,他较少谈到自己的父亲,抒情的笔墨和丰富的想象力,总是毫不吝啬地献给母亲。这一点和古往今来许许多多的日本文学家其实是一样的。在日本近现代文学史上,怀恋母亲的佳作不胜其数,以写恋母为特色的作家也不乏其人。如小说家泉镜花,因为幼年丧母,对母亲的怀念与赞美是他创作的主题,"他一生怀念美丽的母亲的心情成为他的诗情的源泉,并形成了他的女性观"[①];而"对已故母亲的追忆的爱恋移注到某一现存的女子身上,或是对某一逝去(或无法得到的)对象的爱恋移注到一个新出现的对象身上,这正是川端创作心理中的一个深层潜意识模式"[②]。相比之下,池田大作比他们幸运得多,不仅童年时代得到母亲的哺育和教导,成年以后,自己的人生奋斗历程也有着母亲的相伴。尽管母亲并不会对成年的儿子说东道西,但自己事业上的每一个挫折和成功,都有着母亲的注视与关心,这也

[①] 中村新太郎:《日本近代文学史话》,北京大学出版社,1986年,第55页。

[②] 叶舒宪、李继凯:《太阳女神的沉浮——日本文学中的女性原型》,陕西人民出版社,2010年,第162页。

是人生的一种幸福,更是一种生命的动力。所以,池田大作对母亲的描写带有比较鲜明的亮色,他注重从正面的、光明的角度去书写自己的母亲记忆,展示母亲的人格力量给自己成长的影响。

　　成为母亲,这是日本文化传统中女性最为重要的人生目标。正如本尼迪克特所言:"妇女想要孩子也不仅仅是为了她可以在孩子身上得到感情满足,而且还因为是只有作为母亲她才能获得地位。无子女的妻子在家中的地位是极不稳固的,即使不被抛弃,她也永远不能期望成为婆母或拥有对儿子婚姻的发言权,行使对儿媳的权力。她的丈夫会领养一个儿子来续嗣,尽管如此,按照日本人的观念,无子女的妻子仍是一个失败者。日本女子被期待成为生儿育女的能手。20世纪30年代的前五年平均出生率为千分之三十一点七,甚至与多产的东欧国家相比,这也是很高的出生率。"[①]池田大作的母亲就生活在这样一个高出生率的时代,她为自己的家庭生育了八个子女,还从别人处收领了两个孩子。从传统文化的意义上看,作为一个女性,池田大作的母亲是很成功的了,真正符合社会传统对她的期待。但是作为一个女人而言,她为这个家庭付出了巨大的牺牲。因为她只是一个普通的劳动人家妇女,没有丫鬟,没有助手,丈夫在外面忙,自己就得在家里忙,所有的事情都得亲力亲为。在池田大作的笔下,母亲是个小个子女人,在身体条件上处于劣势。一个小个子女人怎么能承受得起如此艰辛的劳动,如此繁重的负累? 池田大作在无限的惊叹中写到了这个小个子女人所具有的坚强性

---

① 本尼迪克特:《菊花与刀》,浙江人民出版社,1987年,第215页。

格和不知道从哪里来的那么强大的生命力。他说:"母亲的劳动强度是如今的城市妇女所无法想象的。在严寒的冬天,要从早晨天没亮一直忙到深夜,伤风感冒也不能休息,整天忙于干活的小个子母亲的身影,至今仍给我留下了强烈的印象。"在那个年代,战争还在继续,生计举步维艰,像池田大作这样的多子家庭无疑处在社会的最底层,只能任其自生自灭。但是在母亲这种强大而又坚韧的生命力支撑下,这个家尽管伤痕累累,最终还是突破了生活的重负,不仅存活了下来,而且得到了良好的发展。这是母亲的伟绩。对母亲的这种顽强与韧性,池田大作曾用"野花"的意象来形容。野花平凡普通,但仍有自己的自尊自信,也有自己茁壮得难以想象的生命力。"不管人们是否观赏,'野花'在自己生根的地方,伸展根茎,舒展枝叶,绽放自身可爱的花朵。""因原子弹爆炸而数十年不长草木的广岛、长崎的焦土上,最先开花给予人们勇气的是夹竹桃。"所以,池田大作才会在听到《恰似野花》这首歌曲时,怦然心动。"恰似野花,经得起风吹,恰似野花,送爽于人间。"①正如每个人心中都有一个慈爱坚强的母亲形象一样,"每人心中,都有一朵不畏狂风暴雨、坚强明朗开放的'野花'"。池田大作喜爱摄影,有时会在不显眼的路旁发现亭亭玉立的野花,这时的池田大作非常感动,"居然在这样的地方也开花,真了不起啊"。他说:"我曾无数次把这些野花纳入自己的摄影机。每次都以给她们送去鼓掌的心情按下快门,以

---

① 《恰似野花》是日本当代的一首流行歌曲,由日本夫妻组合歌手达·卡博演唱,杉山政美作词,小林亚星作曲。

此表彰她们默默无闻的努力。"①这种"把这些野花纳入自己的摄像机"的爱好,可以说是一种审美观和人生观的体现,但其背后潜藏的心理因素,无疑是池田大作对自己母亲的敬爱与钦佩的一种移情。

一个身材矮小的女人具有如此强盛的生命力,这种生命力的源泉在哪呢?池田大作在作品中也做出了自己的回答。他认为,这种源泉来自母亲对孩子的爱。"即使在过去封建时代,在家长专制的男尊女卑的情况下,女性一旦成为母亲,就会产生一种忍耐到底的顽强性;即使在受到婆婆或小姑子的欺凌,除了想开而别无其他生存办法的时候,大概也是母亲对孩子的爱在支持着她的这种顽强的忍耐心吧。因为为孩子而活下去,这已成为做母亲的坚强的信念。"②对于母爱的描写,各国文学史上都有无数辞藻瑰丽、感情真切的美文,这些美文或浓烈,或淡雅,或优美,或悲情,各各与作者的个人身世和情感经历相联系。池田大作对母爱的描写属于简朴一类,往往寥寥数语写出一个生活的普通情景,准确地显现出母亲慈爱的胸怀。中国有句俗话叫作手心手背都是肉,说的是母亲对孩子的爱就像阳光普照大地一样,没有彼此,没有轩轾。母爱是公正无私的,但这种母爱的公正无私并非是机械理性的,计算的,规约的,而是先天的,发自内心的。对于池田大作这样的大家庭而言,母爱的公正尤其重

---

① 《恰似野花》,摘自池田大作中文网站。
② 池田大作:《母亲的慈爱》,《池田大作选集》,北京大学出版社,1988年,第165页。

要,它直接关系到孩子成长的环境与条件。池田大作这样写道:"我们兄弟虽多,但母亲的优点是对孩子们总是非常公平,从食物的分配到吵架拌嘴,不论兄弟们产生了什么样的纠纷,母亲立即就判断出是非,而且能采取谁都可以接受的适当的处理方法。母亲完全是一个公正的法官。"当然,在家庭的氛围里,"公正的法官"对孩子也不能完全没有特殊的照料。孩子们中有强者,也有弱者,母亲的温暖柔软的心有时也会有意无意地多给一些爱来慈护那些弱者,这是母爱的自然偏向,也是母爱的超越艺术,这种公正和偏向只能在母爱中才能十分完美地融合在一起。对这一点,池田大作感受更加深切,他说:"在兄弟们当中,数我体弱多病,对我当然比对哥哥们更加担心。战后我上夜校的时候,不管回来多晚,母亲总是不睡觉等着我,给我热了面条后,总是说:'够你受的!'我从这句话中深深地感受到无限的母亲的慈爱。"①

当然,母亲公平地爱自己的孩子,这是天经地义的,也是容易做到的,但不仅爱自己的孩子,而且也爱别人家的孩子,能够深切地从自己的内心出发,体恤别的母亲的爱子之心,这才是真正广博的母爱。对于母亲的此种品质,池田大作也有精彩的描写。在"二战"结束前不久,盟军开始了对日本本土的轰炸。在轰炸中,有战机被防空炮火击落,飞行员跳伞逃生,被日本人俘获,遭到日本人的痛打。"我"回家告诉母亲敌军飞行员跳伞落

---

① 池田大作:《母亲的慈爱》,《池田大作选集》,北京大学出版社,1988年,第164页。

地遭日本人痛打这件事,母亲的反应就是典型的母亲式反应,她说:"真可怜!那个人的母亲不知道会多么地担心呀!"这话说出来时,非常自然,没有半点的矫揉造作,这种推己及人的心理情感体验让池田大作深受震撼。他说:"我的母亲是极其平凡的明治时代式的妇女,但是现在回想起来,我不禁感到讶异,纵使日美之间有数万公里的距离,存在着政治思想厚壁的隔阂,母亲却能体恤身在敌国的另一名母亲所承受之苦。"池田大作的大哥死于东南亚的战场,告知阵亡的通告来时,"母亲礼貌地鞠了躬,收下通告。她拿了通告,马上转过身子背着我们。她的背影无言地诉说着她极度的哀伤。其中一个哥哥前去领取大哥的骸骨。回来后,母亲紧紧搂住装着遗骨的盒子,我无法直视她那悲伤的身影"①。这一段描写出了一个热爱孩子的母亲丧子的极大悲痛。其实,在母亲的心中,没有战争的地位,她也不问战争的性质,在母亲看来,让儿子们牺牲生命的战争都是不好的事情,不管是敌方的儿子,还是己方的儿子。所以,池田大作特意写到一个这样的细节:"宣布日本战败的那个夜晚,身躯矮小的母亲正为我们准备着晚饭,她突然雀跃地呼叫着:'好亮哦!电灯来电了!'"天皇宣布日本战败,战争结束了,没有空袭了,儿子们不用上战场牺牲生命了,受管制的电灯又亮起来了,人们又能正常地生活了。在日本天皇宣布日本战败的时刻,日本国内有的人嚎啕大哭,有的人唏嘘感叹,有的人阴郁不言,甚至有些极端的愚

---

① 池田大作:《母亲的背影——通往和平的确实道路》,《香港文学》2005年10月1日。

忠者剖腹自杀,各种表现形形色色。池田大作的母亲则为电灯的重新亮起,为光明照亮了黑暗而雀跃欢呼。这就是母爱的逻辑,没有政治,没有敌我,只有对生命不再失去、对生活重新归来的真心欢喜。池田大作的这种细节描写既是对他母亲的深刻了解,也显现出池田大作在叙事方面的深邃笔力。

重视孩子的教育,这是天下各个文明民族的父母天职。但文明传统的不同,往往也决定了各民族儿童教育的特性。在日本民族的儿童教育中,母亲扮演着一个至关重要的角色,不论是哪种阶层的女性,都是如此。"作为明治时代的母亲的象征,也许是重视前一时代遗留下来的武士门第的严格的教养,在商人的家庭也许是料理一家家务的经济观念。但是,这一切的深处,无疑地仍是并非单纯刚强的母亲的力量。"[1]本尼迪克特在《菊花与刀》中就引用了杉本夫人对她自己经历过的武士家庭教养的回忆,她说:"从我记事的时候起,夜间我总是注意安静地把头搁在我的木头小枕上……武士女儿被教导在任何时候,即使是睡觉时也不能失去对心灵或身体的控制。男孩子即使呈一个'大'字形地伸开手脚睡觉也无妨;但女孩必须呈谨慎、'文雅的'字形曲身睡觉,这表现出'自制的精神'……"本尼迪克特自己也说:"日本的妇女曾告诉我,她们的母亲或保姆在夜间安排她们上床睡觉时,怎样把她们的四肢放置得整整齐齐。"[2]池田大作

---

[1] 池田大作:《母亲的慈爱》,《池田大作选集》,北京大学出版社,1988年,第166页。

[2] 本尼迪克特:《菊花与刀》,浙江人民出版社,1987年,第225页。

的母亲与这些武士门第中的妇女不同,她没有文化,当然无法教给孩子们各种历史知识,也不会怎么关注这些生活的繁文缛节,她只是从自己宽厚仁慈的良心出发,教给孩子们做人的基本道理。池田大作回忆说:"母亲没有任何矫饰的行为,一心只把孩子们的健康成长当作乐趣。"健康成长的第一要义就是要为幼小的孩子减负,不要让他们稚嫩的心灵背上种种的抱负。"母亲在教育孩子方面并无任何的野心。就我所知,从来没有听她说过一句要我们将来出人头地、追求学位或学历之类的话。""不过,我至今还记得,唯有像'不要给别人增添麻烦!不要撒谎!'之类的话,她对我们唠叨得简直令人心烦。这些话尽管是多么地平凡,但我要感谢她,跨进社会之后,这是最重要的做人的道理啊!"[①]本尼迪克特认为日本民族是"耻感文化"的代表,"耻辱感在日本伦理观中与西方人道德观念中的'清白良心'、'在上帝面前不虚妄'和避免犯罪居于相同地位"[②]。不给别人增添麻烦,这是讲自力;不要撒谎,这是讲诚实;相反,给别人添麻烦,撒谎骗人,这就是耻辱,所以,池田大作母亲用最简单、最朴实的语言不断叮咛的这两句话,正是日本文化传统中"耻感"的核心,也恰恰是日本社会人际关系的两个重要的支柱。做好了这两点,就能够被人所尊重,被社会所接纳,这比任何光宗耀祖、出人头地的训诫更有意义。

---

① 池田大作:《母亲的慈爱》,《池田大作选集》,北京大学出版社,1988年,第164页。
② 本尼迪克特:《菊花与刀》,浙江人民出版社,1987年,第189页。

池田大作曾经无限感叹地说,母亲"孜孜不倦地辛勤劳动,终于达到了她的目的。我是最喜欢这样的母亲的"①。这里所说的"辛勤劳动",不仅是指母亲承担的繁重家务,而且是指母亲对儿女们成功的教育。确实,天底下的母亲都爱她们的儿女,这种母亲的慈爱应该是一样的,但母亲与母亲之间的社会地位、人格性情、文化教养大不相同,所以母爱的表现方式也容或不同。在这个世界上,家庭教育成果与家境无关,也与母亲的文化教养无关,优裕的生活环境和母亲无微不至的溺爱,经常会让儿女们产生逆反情绪,结果走向母亲所期待的反面。池田大作的母亲生活在社会的底层,没有优裕的生活环境,也没有受过正规的学校教育,但是她天性纯良,精神乐观,人格坚定,是在民族传统和民间智慧的浸润下成长起来的传统女性。她出于对儿女们的爱和责任,在社会的底层勇敢而尊严地生活,用自己悟到的朴素人间道理叮咛自己的儿女,并且以自己的坚韧和顽强为儿女们树立起做人的榜样,这种身教是通过儿女们的亲身体验而进入灵魂的,因而它的影响力不仅强大,而且持久。池田大作说自己"最喜欢这样的母亲",既是对自己母亲由衷的赞美,也是他毕生恭恭敬敬地侍奉母亲,把母亲视为"可以回归的大地",特别关心下层社会普通女性,视其为创价主要力量的一种深层心理因素。

---

① 池田大作:《母亲的慈爱》,《池田大作选集》,北京大学出版社,1988年,第164页。

第二节 所有母亲的面容都展现了"历史的美"

在《恰似野花》中,池田大作用野花的意象来象征母亲,不仅赞赏野花顽强的生命力和不计较名利的自我牺牲精神,而且也看到了野花的普遍和多样。他在这篇散文中说:"百人百样、地方风俗各异,为此'野花'的印象也多姿多彩。""北国的山河,至今仍然深雪覆盖。待到积雪消融、山脚蜂斗叶的花茎、侧金盏花抛头露面,朋友们将为此欢欣雀跃地高呼:'啊,春天来了!'""越前水仙,扎根于面临着波涛汹涌的日本海边的陡坡上,强忍着狂风的侵袭,等待开花时刻。"确实,在人类文明的长河中,各个民族的历史,各个地域的文化,都在塑造着不同的母亲形象,都在给伟大而普遍的母性打下自己民族与地域的烙印。池田大作是深悟其中道理的,所以他在《恰似野花》一文中说:"《恰似野花》——歌词中没有指出具体的花名。其实,这样反而更好。鼠曲草、春兰、紫罗兰、油菜花、百合花、波斯菊……""野花,既不虚荣傲慢,也不会嫉妒和卑躬屈膝。'樱梅桃李'各有使命,所以不会去羡慕其他的花,或小看自己。她们为能尽情地绽放独具自我风格的花而自豪。"正是在这种理念的启示下,池田大作不仅深情地回忆和赞美了自己的母亲,而且也用许多的笔墨描写了不同地域、不同民族甚至不同类型的母亲形象。

从文学史的角度看,作家写母亲的形象大都以自己的母亲作为原型,尤其是那种倾注着作家自我情感的母亲形象,更是如此。这固然能够深深打动读者的心灵,激起读者内心深处所保存的母亲记忆,但往往也会导致作家笔下母亲形象的特定性乃至单一性。池田大作在这方面具有比较特殊的意义,他当然也以自己的母亲为原型来歌颂赞美母性,但更多的情况下他是从自己的母性理念来歌颂赞美母性的,也就是说,他不仅写自己的母亲,而且特别关注天底下各个文化各个民族中的母亲;不仅写现实中的母性,而且写理想中的母性。因而,池田大作的文学创作对于母亲形象的关注程度,母亲形象呈现的丰富程度都是日本文学中的一个独特现象。这里不必要一一列举,仅仅根据池田大作的关注兴趣,列举几种母亲形象来说明作者在塑造母性形象方面所体现出的思想高度和历史内涵。

一种是国际化的母亲形象。池田大作依据佛法的依正不二思想,提倡人类的共存共荣,主张各个民族、各个国家的人都应打破民族与国家的藩篱,学会做"世界人",做"国际公民"。所以他非常重视国际交流,在他的笔下,也塑造了不少国际化的母亲形象。譬如在《"欧洲大联合"之路》一文中,池田大作描写了欧洲统一的积极推进者库邓霍夫·卡雷卢基伯爵的母亲光子的形象。光子是一位日本古董商人的女儿,"作为日本人,而以'欧联之母'扬名于世,这位母亲不凡的人生,开始于其与运命中人的邂逅"。那是一次偶然的机遇,她救助了年轻的奥匈帝国驻日代理公使哈因芮·库邓霍夫·卡雷卢基伯爵,两人后来相爱成婚,生儿育女。公使任期满后,光子毅然随丈夫前往语言不通、文化有异的邻近德国边境的奥地利古城堡生活。当时的日本开国不久,而欧洲文化则是源远流长,卡雷卢基伯爵家族是欧洲屈指可数的名门望族,而光子不过是一个日本普通商人的女儿,要到这样一个古堡里担任伯爵夫人,充当古堡的主妇,其难度是难以想象的。尤其是丈夫英年早逝,那年她31岁,孩子7个,最大的12岁,最小的还只有2岁。光子顺从丈夫遗言,继承了库邓霍夫家全部家产,成为7个孩子的监护人。族人认为她不堪胜任,发起诉讼。光子坚定的决心和毅力获得了法官的认可,她赢得了官司,同时也开始了自己的人生历练,用她儿子的回忆来形容,就是从"童话里的公主,变成了专制者"。她一肩扛起了大家族的财产管理和孩子们的教育,后来还经历了日本成为敌国的战争磨难。"苦难虽是相继来袭,光子却是愈战愈勇,更为贤明,毅然坚定,超越了一切。""对于光子,没有人以为她是日本人而加以疏远。光子的忍耐,以及勇气、慈爱,终于将偏见的墙壁推倒。"虽然她后来直到去世都未能回过日本,但她在异国他乡为日本人赢得了尊敬与荣誉,证实了日本人成为国际人的潜能与愿望,并且以自己母亲的影响力培养出了一个全力消除民族隔阂、推动欧盟统一的伟人。卡雷卢基伯爵与池田大作一样,认为女性是天生的和平主义者,并且寄世界和平的希望于女性。因为"为社会,起而行动的母亲们,其英姿与信念,会在孩子们心中,播下将来大成长的种子"。这显然是伯爵亲身体验得来的结论,所以池田大作在文章的结尾,不胜感叹地说:"展开如此议论的卡雷卢基伯爵心中,他母亲光子的英姿,不是活生生地映现着吗?"

做世界人,做国际公民,当然不只是上层社会的专利,必须还得有所有普通民众、草根阶层的参与。通常而言,上层社会人士由于享有良好的教育环境和优裕的生存条件,做国际公民是理所当然的事情,重要的是必须要有世界意识和国际公民观念的形成。而草根社会成员则由于条件的限制,在成为国际公民方面会有种种的困难,包括语言的障碍,教育条件的缺乏,等等。但在池田大作看来,只要具有一颗慈爱的心,具有一种助人为乐的品格,也就有了世界人意识和国际公民观念的心灵基础。即使没有优裕的条件、良好的环境,同样可以在自己的平凡岗位上成为国际公民。池田大作有一篇题为《国际交流的老婆婆》的散文,写一位从"东海大学学生的母亲"到"东海大学学生的祖母"的普通女性小早川女士。小早川女士长期经营以东海大学国际留学生为对象的宿舍,也把自家宅院当作留学生们活动的据点。她从"母亲"到"祖母",数十年间从不懈怠,把这些来自世界各地的留学生当成自己的孩子一样悉心照顾。她为了更好地照顾这些外国孩子,五十七岁开始学书道,七十岁做义工教俄国、中国和德国等国留学生日语,还将自己手绘的日本画作为土产品送给留学生们以为纪念。所以,她虽然不懂外语,但和这些孩子们的心息息相通。很多留学生回国了,仍深深怀念这位母亲般的日本女性,而小早川女士也被人们赞誉为"国际交流的祖母"。池田大作曾亲自访问过她,对小早川评价甚高。他说:"庶民的一位普通妇女,是把友情在这样的扩大。虽是不耀眼的小力量,可是,像草根般的,一株又一株的,不断伸展,不是这个时代,所最需要的吗?"[①]

[①] 池田大作:《国际交流的老婆婆》,《母亲——舞向新世纪》,正因文化事业有限公司,2001年,第111页。

第二种母亲形象是作为调和力的母亲形象。池田大作一贯认为,"女性是天生的和平主义者。她们孕育、怜爱生命,珍视人与人之间的联系,养育孩子、守护家庭。如此的磨炼,令她们能切身体会到万人共通的现实生活中的普遍感受"①。正是这种母性的存在,使得女性在国际事务的处理方式上具有令人亲切的柔软一面,也容易达成双方的沟通。池田大作在《新人间革命》中详细地描述了山本伸一苏联之旅的各种情景,其中对苏联议长波波娃的描写就体现了他的这种思想。当时的苏联是世界上社会主义大家庭的老大哥,是国际共产主义运动的中心,自大自信同时也充满着官僚主义气息。山本伸一的苏联之旅一开始并不太顺利,因为苏联对山本伸一可能要到苏联宣讲创价理念、广宣流布日莲佛教充满戒心,对山本伸一批评苏联压制信仰自由也颇为不满。老朋友科瓦连柯到饭店探访山本伸一时,两人不仅发生了争论,吵到激烈处两人还互相拍起了桌子。尽管两个老朋友最后又哈哈大笑,言归于好,但是观念上的隔阂总是存在的,这对山本伸一和平之旅的成功与否是一个重要的考验。这时,根据议程,山本伸一见到了波波娃议长。与波波娃议长的会见非常愉快,效果很好,而且更让山本伸一高兴的是,波波娃告别时真心邀请山本会长下次来访时一定要到她家里看看孩子们。小说特地写到了山本伸一的感慨:"这时大家看到的,是一张充满慈祥的'母亲的脸',卸去所有职权的'人的脸'。伸一来

---

① 池田大作:《母亲的背影——通往和平的确实道路》,《香港文学》2005年10月1日。

到苏联就是要看这样的脸庞。"①不管是男人还是女人,一进入职场或者官场,就很容易被异化,带上职场和官场的面具,摆出一副冷冰冰的、生硬的"原则"面孔,这个时候人们首先想到的是自己的小团体利益,是自己的团体党派立场和原则,处在这样一种精神状态下的人,在政治上是最不容易沟通和包容的,在个人生活情感上则是最无趣的。波波娃议长在告别时邀请山本伸一会长去看望她的孩子们,一方面是因为她知道山本会长也特别爱孩子,也特别关心孩子们的教育,一方面也是对自己的儿童教育、对自己爱孩子的母性充满着自信。这样的母亲虽然身在官场,难免被异化,但是只要回到孩子的议题,慈爱的母性立刻就会回归,心肠立刻就会慈软,对问题的思考立刻就会有更为多元与包容的视域。山本伸一来苏联,本来就是要推行多元与包容的文化理念的,从波波娃议长的"母亲的脸"上,山本伸一终于看到了自己想要看到的精神状态,所以,山本伸一才如此感慨,对和平之旅的成功更加充满了信心。

　　第三种形象是具有行动力的母亲形象。在池田大作看来,母性是一种十分伟大的力量。不仅回归母性的慈爱,能够给人际的交往、政治的谈判、和平的外交提供良好的会谈氛围,而且,一个母亲所做的某一件事,其动机来自孩子的利益的话,母亲在做这件事时所体现出的意志、毅力与能力,简直就是无与伦比的。在《改变时代的女性之声》这篇散文中,池田大作就塑造了

---

　　① 池田大作:《新人间革命》第20卷,台北正因文化事业有限公司,2012年,第149页。

一个这样的母亲形象。赫塞尔·亨德森博士是一位在西方世界有着重要影响力的行动派未来学者，出版了《都是胜利者的世界》等著作，主张以市民的力量来改革世界经济的结构，由只顾追求自身利益的"物质中心经济"走向更宜于环境与人类生活的"人经济"。她的著作被翻译成二十七国的文字出版，她也被许多国家政府和公司聘为政策顾问，在向世界推行"人经济"方面做出了卓越的贡献，被视为世界市民运动的领袖人物。但亨德森博士年轻时不过是一个普通的家庭主妇，也许她自己做梦也不会想到她后来会为市民运动贡献自己毕生的力量。一件小小的事情改变了这位"平凡主妇"的人生。20世纪60年代，亨德森博士一家住在纽约，年轻时她做过卖飞机票之类的工作，结婚后就在家里做主妇，过着照顾丈夫和孩子的平凡生活。有一天，她发现年幼的女儿皮肤上有个小黑点，无论怎么抹擦也擦不掉，她自己也不知道从什么时候开始咳了起来。于是她写信给市长询问，市长回答说："这是起因于海上生雾，不是什么大事。"亨德森博士不相信，觉得政治家们靠不住，于是开始了自己的调查。

调查的结果让她吃了一惊，原来空气污染是如此严重。要给孩子们一个空气清新的环境！这是一个朴素的愿望，也是一个发自内心的真诚愿望。她不过是一个家庭主妇而已，也没有社会经验，再怎么呼唤，也没有人来搭理她。但是，作为母亲，作为市民，作为一个人，孩子们能呼吸新鲜空气的权利都被剥夺了，能不作声吗？亨德森开始行动起来，她开始对邻居的主妇们诉说："有没有想过，这一带的空气实在太糟糕了！"邻居的主妇们也有同感，一传十，十传百，于是大家聚合起来，纷纷向各地媒体投书,陈述,终于推动社会和政府开始关心起城市的空气污染问题。从这个事件之后,亨德森感到要改善社会的环境,必须要靠市民的自觉,她开始投入各项社会公益事业中去。但是,各种讥讽和指责也随之而来,有的所谓专家学者嘲笑她一个家庭主妇、一个门外汉懂得什么经济结构。这些嘲笑无非是逼她闭上嘴巴,知难而退。但亨德森不服输,反而愈战愈勇,她开始埋头自学,凭着一股毅力创下奇迹,不仅拿下了博士学位,在专业的实力上可以击破这个领域内的权威专家,而且成了世界行动派未来学者的代表人物。池田大作在描写亨德森博士的形象时,并没有详细地陈述她在市民运动中所做出的种种业绩,以及她在世界行动派未来学理论上所做出的种种贡献,而是抓住制止污染空气和决不服输自学成才这两个典型事例,说明关注孩子们的健康成长对于一个母亲而言,乃是一种多么强大的精神力量。亨德森博士就说过:"母亲最了解养育孩子的辛劳,因而对要给孩子们一个美好的未来,抱着强烈的愿望。"也正是因为这种愿望的强烈性,伟大的母亲们不仅有能力改善孩子们生长的环境,有能力改变自己身边的人们,而且有能力改变和提升她们自身。

第三节　舞向新世纪的"创价之母"

池田大作非常重视创价学会女性会员的工作,不仅在创价学会内专门设有女子部,由他创办的创价大学附有女子短期大学,为在社会上奋斗的女性提供进修的机会,而且他还在自己的诗文中提出了"创价之母"的理念。在《母之心、父之心》一文中，他引用了巴西作家高艾里·涅杜的《母亲赞诗》作为开头："悲苦流泪中，不忘微笑的人／这是，母亲！／地球全归了自己，也不放在心上的人／这是，母亲！／即使住在乐园里，还是劳苦不休的人／这是，母亲！"池田大作赞叹道："多美妙的，歌颂出母亲的本质。不管什么时候，绝对不输，明朗又坚强。尖锐看穿世间的权力、财宝、声名的虚幻，悠悠贤明哲学！而，不论何时，为了家族，为了人们，为了未来，不惜接受劳心耐苦的勇气与慈爱。"所以，池田大作在这篇作品中表示："我从心底，对'母亲'致最高敬礼。对于在地区认真活跃的'创价之母'们，献上最大赞美。"这里的"创价之母"一词，既有现实的一层含义，也有理想的一层含义：现实的是实指那些活跃在学会工作第一线的各种类型的母亲们，理想的层面则是指称池田大作心目中符合创价理念的完美母亲。

在传统佛教的观念中，女性的地位是相对低下的，与男性相比，女性不仅智力上是弱势，在身体上也是五漏之体，还要承受十月怀胎与一朝分娩的痛苦，所以在佛教看来生为女性乃是一种不幸。尤其是佛教还指出，女性不能直接成佛，只有通过积德修炼，投胎化为男性后才能修得正果。尽管如此，佛教虽然在观念上歧视女性，它的种种规则和戒律在实际生活中却是保护女性的，这一点恰好同儒教的礼教理念相反。所以，在佛教的传教史上，它往往更容易得到女性的信仰。在《恰似野花》这篇散文中，池田大作也指出了佛法与妇女的这种关系。他说，日莲大圣人教示"看清惟法华经为女人成佛之经"（御书1311页），佛法，就是为了使这样的母亲能够获得幸福。"让幸福的花朵环绕饱尝辛酸的妇女,这就是佛法的伟大原则,就是与现实苦难抗争的妇女之明朗的'胜利大道'。"这些理念,可以看作创价学会如此重视妇女工作的思想基础,也是池田大作在他的文学创作中喜欢描写母亲尤其是"创价之母"的精神动力,因为"我们创价学会的母亲,都是社会上无名的庶人,既没地位财产,也没任何名声"。"就是这样的母亲,创建了今日伟大的创价学会!"

在池田大作的笔下,我们可以看到各种各类的"创价之母",她们身世不同,经历各异,有家庭主妇,有职场女性,自然多为日本本土的女性,但也有许多日裔的外国女性。这些女性之所以被池田大作命名为"创价之母",是因为她们身上体现着一些创价学会会员的共同性。譬如,"创价之母"多来自草根家庭,也就是池田大作所说的"无名的庶人",这是创价学会坚实的社会基础。草根者,其优点不仅在于它的普遍存在,而且在于它的韧性生长。它不是名花珍卉,不会受到追捧与养植,草根大多生长在山边、墙角和野地,即使阳光遍披,雨露广洒,草根得到的也不过是大树叶缝中掉下来的那一点点余晖和残露,甚至还常常被路人、牛马施以无来由的践踏。但草根还是在自己的本分上顽强地生长着,开出自己渺小但鲜艳的花朵。在《恰似野花》一文中,池田大作用"野花"的意象来象征他心目中的"创价之母",所要表达的就是对"创价之母"平凡普通但又坚韧顽强的生命力的赞美。"为什么任凭践踏的蒲公英没有就此一蹶不振呢?她坚强的秘密在于她的根深蒂固。据说,根深者,竟然超过一米以上。人也是同一道理,历经苦战恶斗,把自己的人生之根伸展到不因外部所动摇的深层,这样的人就是真正胜利者。"池田大作通过对这些草根型"创价之母"的介绍和赞美,谆谆启示人们:"只有当'野花'阵营中,和睦爽朗地开出一朵又一朵鲜花的时候,妇女世纪伟大的'宁静革命'才可能绚烂地实现。"

又如"创价之母"们多是带着疑惑和苦痛的心情接近创价学会,并得到慰藉而走向信仰的。创价学会有一种发问会式的工作方式,由学会的主要骨干给会员尤其是要求入会的信众答疑解惑。从池田大作的创作中可以看到,户田城圣会长和池田大作自己也常常参与这类发问会,而且他们都是答疑解惑的能手。这种发问会上,给人印象特别深刻的就是母亲们的疑惑。《人间革命》中写到了许多这样的场景。在第6卷中,一个40多岁的母亲问户田城圣会长:"我有个读小三的孩子,最近走入别人家里偷东西,真是没有办法,我应该怎样做才好呢?"母亲在众人面前把自己小孩的丑事亮出来,这说明母亲已经为此深深苦恼,对孩子的爱和恨铁不成钢的埋怨严重地纠缠在一起。母亲的发问没有半点的做作,是自然的提出,真正体现出了创价学会发问会的举办宗旨。所以,户田会长马上回答:"这是个难题。比起有小儿麻痹症的孩子的问题,还要难解答。唯有不厌其烦地,叫孩子唱题。一家人要真心地向御本尊祈求以外别无他法。"户田会长的回答无疑是很智慧的,因为小孩偷东西并非为了饥饿,那就是心理上出了问题,而心理上的问题并不是一般性的教导开化就能奏效的,如果一般性的教导开化能奏效,母亲也不会这么苦恼了。所以解铃还须系铃人,心理的问题还需心理上解决,要不厌其烦地叫孩子唱题,就是要孩子起信,一旦起信后,这一不良心理与习惯也就自然消失了。所以,池田大作在小说中赞叹地说:"虽然是简短的指导,但在每句说话之中都蕴藏着有力的确信和指针。在这位母亲含着泪水的眼中,泛起再次振作的坚强决意。"

现实中的"创价之母"们还有一个比较突出的共同点,即自强不息,通过学习提升自己。学习,读书,这是创价学会历任会长皆积极倡导的事情,也是创价学会会员的一个共同特点。池田大作常说"学会者,学习之会也",创价学会有每月的座谈会,座谈会的主要项目就是读书,也常不定期地开办一些文化讲习会。对"创价之母"们而言,这一学习特点表现得尤为突出,因为在日本文化传统中,女性相夫教子这是天经地义的事情,长期以来日本女性在接受教育方面远远低于男性,许多女性在结婚以后就回到家庭,整天忙碌在烦琐的家务事情中,不仅与社会隔膜,甚至会出现知识老化、智力退化的现象。"二战"以后,日本开始了民主化的进程,女性受教育的程度和参与社会政治的程度有了大幅度的提高,但忙于家务的女性如何在知识和科技日新月异的状态下保持与社会的同步发展,这依然是日本社会面临的一个重要问题。在这方面,创价学会不仅敏感地意识到了问题的迫切性,指出学习乃妇女们的一条自我解放之道,而且采取了许多措施来方便"创价之母"们的学习。池田大作的文字中记载了不少"创价之母"的学习故事,如栃木县一个老妇人,把自家 30 席的大房间提供做了学会的个人会馆,还专门在屋旁设置了六百平方米的停车场,差不多年纪的妇人们聚在一起读书学习,尤其爱读池田大作写的文章,不仅读池田大作写的讲道文,而且阅读池田大作和戴拉尼昂氏的对谈《二十一世纪的选择》这样学理比较高深的著述。池田大作曾亲切地赞扬她们："如此悠闲的老妇人们的聚会，也富有清纯的'向学之心'。"在《母亲的和平祈愿》一文中，主人公是一位张姓韩裔女士，她曾居住在广岛，不幸承受过"二战"核爆的灾难。回来加入创价学会，读到户田会长的《禁止核武宣言》，燃起了为和平去奋斗的热情，在揭露核爆给人类带来的灾难方面做了许多有益的贡献。池田大作在介绍她的成长过程时，特别提到了她的学习情况。她为了能正确地将理念传达给别人，为和平做出更多的贡献，发心用功学习。一开始是和三个孩子一起学，用孩子们用过的教材学，不懂的地方就向孩子们请教。从中学夜间部打好基础，到进学夜间高中，五十七岁进入广岛大学夜间部，六十二岁毕业，取得初中和高中教员资格，还获得母校高中部的延聘，登上了讲台。张女士可以说是"创价之母"的典范，所以，池田大作深情地赞美她是"变宿命为使命，鼓舞翅膀的张女士"，"'如梦'、'如梦'……'每日是喜悦……'。满怀感谢，送走了活跃的每一日"。

池田大作在不同的场景、不同的创作中不断地谈到他心目中理想母亲的品质与形象，表达得最为集中的当属他的长诗《母亲》。因为这首长诗对于池田大作的母性书写而言，意义特别重要，故全文摘录于此：

母亲啊/母亲！/您的力量多么不可思议/多么丰富//母亲啊/母亲！您是协调一切的存在/是无法形容的对话能手//在这灰暗的公害社会/在这浊音不绝的窒息都市/在这

前路暗淡的闭塞地球/没有您/世上就没有可以回归的大地/我们将永远流离失所//母亲啊/母亲！/您心地单纯但意志顽强/您依靠直觉却专心一意/您处事正直但一意孤行/虽然如此/您还是万人的心灵故乡//蒙娜丽莎的微笑/女神维纳斯的辉耀/非也/您那在生活中挣扎的平凡面容/您那受尽世间沧桑洗涤的坚毅面容/您那战胜悲欢透着丝丝光荣的亲切面容/所有母亲的面容/都展现了历史的美//是什么缘故/人们要对这个象征/对这至高芳馨/正襟屈膝/毋庸多言/那是因为/您深厚的爱/比一望无际的汪洋还辽阔//由母爱凝聚成的笑容/朦胧中荡漾着安逸/这看似矛盾的感性的结晶体/曾经有多少次/把观念对立而误入迷途的人/扶回正确观念的轨道//任何哲学家的理论都辩不过您/任何圣人的教诲/比起您只是一首首变奏曲/说脑筋比您好的人为数不少/但这顶多只是幻想残影/我说这话是有所根据/每当走投无路时/他们总会去聆听清脆诚恳的声音/那么就可以获得新的原点/创造新的才能//母亲在等待/待你回归目泛无垢泪光的少年时代/依偎在母亲的怀里/在晚上安宁的摇篮之中/听着母亲发自心灵的歌曲/往童话之国探险/安详地进入梦乡/等待着如此和祥健康日子的重来//母亲啊/母亲！/您无时无刻/都忠实地为我们服务/您是来自未来的说书人/名歌手名演奏家/有力的支持者//您心中必定在期盼/人/切勿故作老成/切勿傲慢自大/若能自觉到这纯真的本心/在地平线展开的斗争/终究会变成一片平和的碧绿色彩//人/轻易地将这情怀讥嘲为多愁

善感/讪笑说——/凭借如此懦弱的申诉/迷失在混沌之人群/又如何在漆黑的密林中觅到出路//但身为母亲的哲人高呼/人啊/应该冷静地深思/在你们的背后/是默默祝愿你们成长的母亲//母亲的慈爱/无言语的桎梏/无民族主义的冰墙/也无意识形态的相争/就仿佛一条青翠的乡间小道/母亲的爱/是人类唯一共通的情感//在看到母亲哀叹的身影时/即使是惊鸿一瞥/也要实时送上虔诚的视线/希望心中能有此余裕//唯有在母子合奏中/有"人"之称的我们/才可在心灵深处磨出光泽/神采奕奕地向着真实/向着变革迈开前进的步伐/那时候/就可与远方的人/作为共同分享母亲这瑰宝的兄弟/通过对话与信赖的合璧/开始这不朽的行进/建设旷古未闻的文化兴隆//母亲啊/我的母亲/饱受风雪摧残的母亲/不断为悲伤而合掌/可怜的母亲/但愿有一天/您的希望会长出翅膀/在空中翱翔/永远永远祝福您身体安康//母亲啊/母亲！断然不让/您慈爱之力被孤立起来/何故/那是因为盲目的爱/飘荡着不幸的阴影/我深信/唯有扎根于融合尚志理性的慈母之爱/才能向悲苦迷蒙的未来/投射点化人心的光线/如此踏实的光/是世上唯一可以真正捍卫/生命尊严的方法//伤痕累累笑容殆尽/失望与血泪满布/就让这阴晦的女性历史/永远成为太古的化石吧//从现在起/从今天起/由您自身变革而起/以您的思想与聪慧/成为我们大家憧憬的太阳/成为狭小无光社会的明朗歌声/为期盼春天来临的地球/用无与伦比的音乐之光/泰然自若地奏出平安的音符//那雄浑而持续的旋律/化为光

波与音波/润泽四方之时/您作为母亲/在这复苏的人类世纪/必将万古长青

写于1971年10月4日的这首长诗,从意义结构上可以分为五个段落。第一段是从开头到"我们将永远流离失所"句。这一段开宗明义,总括全诗,母亲是"可以回归的大地",化用了各个民族都具有的地母意象,灰暗污染的公害,用柏油马路钢筋水泥向土地掠夺的都市,都是大地的损害者,而人性中的贪欲和自私就像公害和都市损害大地一样,在损害着人类的母性。所以,诗人向世间发出令人震撼的呼吁,如果没有了母亲,我们就像没有了大地一样,将流离失所。在小说《人间革命》第六卷中,池田大作在评价1952年的"五一"游行事件时,引用了作家梅崎所描写的这样一个场景:在这次民众游行中,游行队伍遭到警察的镇压,有催泪气体的刺激,有警棍的殴打,甚至还有真枪实弹的轰鸣,一个年轻的少女,被这种暴力场面吓得不知所措,蹲身在树底下哭泣,喊道:"妈妈!妈妈!"人在极度紧张的时候,无意识地喊出来的是"妈妈",这一情节的描述,可以作为母亲是"可以回归的大地"这一诗句的注脚。第二段从"母亲啊/母亲!/您心地单纯但意志顽强"到"所有母亲的面容/都展现了历史的美",这一段写母性的历经沧桑,这是池田大作母性记忆的显露,也是"创价之母"的形象特性,因为"创价之母"出生于草根,从苦难中,从艰难中一路走来,在游子的心灵中,这种有历史的母性面容甚至比蒙娜丽莎、维纳斯还要美丽。

第三段从"是什么缘故"句开始到"母亲的爱/是人类唯一共

通的情感",这一段写母爱的表现与母性的力量,其歌颂集中在两个主题,一是成长,一是博爱,二者又紧密融合在一起。成长的主题展现的是夜曲与摇篮,是童话的国土,而这些全天下的母亲都是一样的,都是没有意识形态歧异,没有阶级利益纷争的,所以成长和博爱的主题最后都通向母爱无与伦比的超越性,即母爱是"人类唯一共通的情感"。第四段从"在看到母亲哀叹的身影时"到"永远永远祝福您身体安康"句止,这一段是写母与子的心灵互动,写子女对母爱的回报,也是对享受着母爱的子女们提出要求和期望。最后一段,是对《母亲》一诗的总结,也可以说是诗人对新时代里理想母亲的塑造提出的一个呼吁。诗人知道,母爱尽管是博大的,共同的,慈祥的,但也可能是盲目的,历史上这类盲目的母爱比比皆是,真正伟大的母爱应该是扎根于融合尚志理性的慈母之爱,这种理性的母爱才能真正向悲苦迷蒙的未来投射点化人心的光线。值得指出的是,"从现在起/从今天起/由您自身变革而起",这显然是创价的理念,也是创价一直在妇女工作中大力推进的口号。池田大作以此作为全诗的诗眼与点题,那种立场的高度,显然不是一般的抒情诗人能够到达的,这也是本诗得到现代文豪井上靖特别赞许的原因所在吧。

第八章
池田大作的文学批评

优秀的文学家,首先应该是一个优秀的文学批评家。因为在创作前或者创作中,他需要阅读,需要鉴赏和学习经典,而阅读、鉴赏和学习的过程其实就是一个批评的过程。批评家将阅读、鉴赏和学习的成果用文字表达了出来,而作家则把这种成果融化到了自己的文学活动中。当然,在文学史上,也有许许多多的诗人、小说家有时难以抑制地去写评论文章,这些评论文章由于贯注着作家对评论对象感同身受的认知,再加上作家特有的灵性笔墨,往往成为文学批评史上的经典之作。2010年我在香港中文大学出版社出版了《池田大作与世界文学》一书,在这部著作的写作过程中,我强烈地感觉到池田大作就是这种创作与批评共同促进和发展的两栖文学家。从池田大作的阅读与批评活动中可以看到,池田大作具有一个文学批评家所必备的各种优秀禀赋。他是一个佛学家,其深厚的哲学功底是常人难及的；他见多识广，博闻强记，丰富的知识储备也远远超出一般文学的读者；他勤奋写作，从不间断，几十年如一日的文字磨砺使得他的表达能力到了炉火纯青的地步。不论是逻辑的论说，还是感性的描写，池田大作都能举重若轻，而将逻辑的论说与感性的描写融合在一起，更是池田大作写作的最擅长处。而他作为一位长期从事社会文化批评的社会活动家，对事物的评判与对文学作品的评价，往往能发人之未发，见人之未见，形成精准而启迪人思的观点。作为一个公务频繁的社会活动家，池田大作虽然很少专门就某部文学作品发表文章予以评论，但他在与金庸等文学家的对话中，在《谈革命作家鲁迅》等文章中，所表达的对世界文学经典名家名著的评论，真正是有见地、有思想、有情感的独到之论，即使放到相关的专业领域中也不啻为优秀的研究成果。关于池田大作对世界经典作家与经典作品的研究成果和评论观点，在《池田大作与世界文学》一著中，笔者已有比较详细的介绍，这里拟就池田大作批评方法上的特点再做进一步的分析。

第一节　　文如其人与知人论世

文如其人与知人论世，是世界文学批评中两个相互联系着的重要命题。在中国，早在春秋战国时代，孟子就在《万章下》中提出了"知人论世"的说法："颂其诗，读其书，不知其人，可乎？是以论其世也。"说的就是要通过了解作者的身世经历以及他所处的时代背景来进入作品，鉴赏作品。为什么颂其诗读其书要知其人呢,当然是因为"文如其人"。正如扬雄所说,"言为心声,书为心画",人格的高下往往从其诗文中能够体现出来。这种观点不仅催生了魏晋南北朝时期品评人物的风气和陆机、钟嵘的诗论,也助长了文学批评中的索隐做派。在西方,几百年前就有布封的"风格如人"的论断,而且后来文学研究中的传记学派更是把这种知人论世的批评方法推向了登峰造极的地步。日本文学素有重视私人生活与情景书写的传统,最早的小说《源氏物语》就是皇家生活的真实写照,而明治后期滥觞的私小说乃至20世纪七八十年代的后私小说的兴起,都在在说明了日本文学中作家自我生活渗入程度的深刻性与广泛性。日本文学这种自叙传传统的悠久与深入,自然要求文学批评家们掌握和注重知人论世的方法。

池田大作对这种批评方法也有理论上的认知和理解。1976年2月,井上靖在给池田大作的信中回忆了他的两位已经作古的友人的故事。一个友人是民间工艺运动的发起人之一河井宽次郎,有一次井上靖请求他将放在工坊一隅的一件他创作的作品让给自己,河井宽次郎开始有点犹豫,但过了一会儿,他又站到那件作品前,像是对有生命之物似的问道:"让你到井上先生那儿去,好吗?"井上靖在信中写道:"这时,我才懂得了他与他所创造的作品之间是怎样的一种关系。得到他的作品,我固然高兴,但更让我感动的是我懂得了他与作品之间的关系。"还有一个友人是京都大学美学教授植田寿藏博士,他也是井上靖的老师。博士去世的前一年,井上靖收到了他的一封信和一篇论文。论文是研究达·芬奇的《受胎告知》那幅画的,论文指出了这幅画的瑕疵,并认为那可能是一幅赝品。当时,井上靖曾发表过一首诗赞美《受胎告知》,博士在信中对井上靖多有勉励,但对自己的论文一字未提。井上靖读了论文以后,心头为之一震,"觉得先生是在指出我对艺术作品所持有的这种态度是不负责任的"①。这两个故事非常感人,显示出了井上靖对身边事情的细致观察和用心感悟,也说明井上靖作为一个文学家对美好事物所焕发出来的隽永意义的把握能力。所以,池田大作读了以后,大加赞叹,用来表达赞叹之意的词语就是"文如其人":"我突然想起了'文如其人'这句古语,并想把这句话改为'文如生命'。您对河井宽次郎和植田寿藏博士所具有的一种怀旧般的回忆,使人觉得这首先是如今您自己心境的深切写照。故人在世时的一举一行,以惊人的鲜明形象,出现在我的眼前。"②

池田大作对知人论世的批评方法的实践运用也是相当娴熟的。譬如他谈鲁迅,尽管他无缘得见鲁迅,但因为他崇拜鲁迅,喜爱鲁迅,对鲁迅的生平身世下了很大功夫去了解,所以,池田大作讲起鲁迅的事迹来,就像自己的家人一样熟悉。在他的《谈革命作家鲁迅》一文中,无论是赞叹鲁迅与疾病斗争的昂扬人生意志,讴歌鲁迅对青年的关爱和扶持,还是赞美鲁迅那种不深也不美但也将与地底下的熔岩一起燃烧的野草精神,是感叹鲁迅对民众原象的精准凝视和温暖大爱,池田大作始终将鲁迅的生

---

① 井上靖、池田大作:《四季雁书》,吉林人民出版社,2005年,第149页。

② 井上靖、池田大作:《四季雁书》,吉林人民出版社,2005年,第150页。

平经历与鲁迅的创作文本相互印证着来立论。在池田大作对鲁迅的评论中,最令我感动的是他对鲁迅战斗人格的理解和激赏。池田大作指出:"与邪恶论争,培养青年,对于鲁迅先生来说,是车的两个轮子。"①他还饶有兴趣地总结了鲁迅与邪恶论战的技术,一是以一还十,抓住对方的话,加倍地掷回去;二是穷追到底,不能带住,因为不穷追到底只会有利于对手。20世纪80年代以来,鲁迅研究中有一种对鲁迅战斗人格进行批判的倾向,譬如刘小枫的《拯救与逍遥》,他以基督教思想为理论背景,批评鲁迅之所以如此好斗,决不宽容,是因为缺乏爱,心胸狭窄,心理黑暗。也有些研究者为鲁迅惋惜,认为鲁迅一直身体不好,经常是扶着病体同人论战,结果是损害了自己的身体,如果鲁迅不这样好战的话,创作和学术上会成就更高。但池田大作不这么认为,他指出,鲁迅的革命不止,对邪恶的穷追到底,是因为大憎后面有着大爱,一百个批判后面有一万个爱,严厉辛辣的批判后面是一颗深沉爱社会、爱人类的心。鲁迅同邪恶的斗争,其实是在为自己的爱或者说为保护自己的爱而斗争,所以,怨敌再多,鲁迅也不请求人的宽恕,论战越激烈,鲁迅的战斗力越强,越感到有趣。毫无疑问,这是真正的知己之言,是战士对战士的敬慕,是伟人与伟人的心灵相通。鲁迅在许多场合里曾表达过自己的文学批评观,其中最强调的一点就是"知人论世",他的《魏晋风度及文章与药及酒之关系》一文就是"知人论世"批评的典范之作。

---

① 池田大作:《谈革命作家鲁迅》,《国际创价学会通讯》2005年6月28日。

高山流水,知音难得,知人不易,论世更难。池田大作对鲁迅的战斗人格的理解与赞赏,鲁迅有知,也一定会引为同道与知己吧。

又如池田大作评巴金的"文革"反思录《随想录》。在提出"以笔为武器"的命题时,池田大作多次提到巴金在"文革"时期所受到的凌辱以及他在苦难中的醒悟和思考。1980年4月,池田大作与巴金第一次相遇。就是在这次相遇中,池田大作同巴金就"文化大革命"这个话题进行了深入的对谈。巴金向池田大作讲述了他在"文化大革命"中被当成"文坛把头"、"反革命分子"批判的往事,讲到狂热而幼稚的红卫兵怎样抄了自己的家,而且还残忍地用铜头皮鞭殴打他的夫人萧珊;讲到他后来被关进了"牛棚",而萧珊生了重病,却因为是"大毒草的老婆"而得不到治疗。听到这些,池田大作曾问巴金,在最痛苦的时候是否想到过死,因为"文革"中自杀的人多不胜数,傅雷、老舍这些巴金的好友都是在"文革"中忍受不了屈辱和苦难而自己离开人世的。但巴金斩钉截铁地回答说:"没有,没有想过。虽然受了很多苦,但唯一考虑的是要斗争、斗争、斗争到底,活下去!"在巴金的回答中,池田大作深深感到,在巴金谦虚的人品中包含着一种钢铁般的坚定信念。在这次对谈中,巴金还向池田大作谈到自己的写作计划,他说,他发誓为了不让悲剧重演,一定要写为什么会发生"文化大革命"这样的大骗局,怎样才能防止它再次发生。一定要将这些写下来留给后世,直到死为止。池田大作曾经回忆说:"他跟我谈到这一决心时,那目光我至今还不能忘记。"①后来,池田大作在同金庸的对话中,对巴金的《随想录》进行了深入的评价。这些评价无不显示出一位文学家与宗教家思想的高深之处,他不仅高度赞扬了巴金的自我批判和自我忏悔的精神,而且肯定巴金的《随想录》在批判"外恶"的同时,也批判了作家主体的"内恶"。池田大作对于巴金忏悔精神的赞扬以及他对巴金与外恶斗争首先要与自己内心的内恶斗争的认同,显示出了一个"人间革命"倡导者的敏锐目光,也充分显示出了池田大作对巴金人格的深刻了解与欣赏。

这里要特别提到池田大作对井上靖的评论。池田大作对井上靖回忆童年生活的作品很感兴趣,他在给井上靖的信中说:"听说您自己也非常关心孩子以及教育的未来,并在这些方面有很深刻的想法。不怕您见怪,我最近才读了您的《白发太婆》、《夏草冬涛》、《丝伯》等作品,它们使我仿佛看到了您那洋溢着野草馨香的少年时代。""一位离别父母而生活的少年在大自然的庭园中成长着。他春天嗅吸着嫩草的馨香,夏天沐浴着草丛中的蒸气,秋天践踏着枯叶,冬天抗御着烈风——您在《每日新闻》连载的《幼时的回忆》一文中,就是这样回忆自己的童年时代的。您还写着:'扑进大自然的怀里,在那慈爱的拥抱中生活、成长,这便是无上的幸福。'这段描写给我留下了深刻的印象。""我记得有专家曾认为:井上文学那诗意的直观世界,也许是以作者幼

---

① 池田大作:《我的世界交友录》,湖南师范大学出版社,2006年,第141页。

时在大自然中的生活经历为基础的。这位专家说对了,一位少年身着简袖和服,脚踏草鞋,在《白发太婆》中提到的那种下田街道的暮色中,像是被家中的菜香吸引,走在回家路上——这少年时代的井上的形象,与今天那尝试着在丝绸之路以及亚历山大大帝之路上完成那传奇之行的您的形象叠合在一起,而幼时的体验正是这幅图景的重要点缀。"对作家童年生活的兴趣和关注,是理解作家作品的一条极其有益的蹊径,也是文学评论知人论世一种十分有效的方法。所以,池田大作说:"弗留伯尔曾留下了一句意义深刻的话:'儿童在5岁以前便学完了其一生所应学的东西。'我想把井上文学的形成和这句至理名言联系在一起,这也许有点僭越了,但我总在考虑,为什么井上文学与这句话恰恰如此自然地合拍呢?"①

1965年11月至1966年12月,井上靖在《朝日新闻》上连载发表小说《化石》。这是一部以死亡为主题的小说,小说故事的背后深藏着井上靖个人的一段生活经历。在写这部作品的前一年,井上靖一度疑心自己是否患了癌症。不知道什么原因,也不知从什么时候开始,他的身体变得明显衰弱和消瘦,家人和朋友都提醒他注意,还有一个朋友觉得他憔悴得判若两人了,特地跑到他家里劝他立即去看医生。井上靖去了癌病防治中心接受了精密检查,却未发现什么特殊的情况,只是依旧瘦得惹眼,没有食欲,明显感觉疲劳。后来井上靖又去了乌兹别克斯坦、塔吉

---

① 井上靖、池田大作:《四季雁书》,吉林人民出版社,2005年,第184页。

克斯坦、土库曼斯坦等国家旅行了一个半月,回来时家人发现他面色都变了。第二天又被送到癌症防治中心,还是没有发现任何可能被怀疑是癌症的地方,也没有能够找到造成身体衰弱的原因。所以在这之后的半年时间里,井上靖一直被这样一个念头所困扰:"我身体中医生所未发现的地方有着癌细胞吧?"不管是工作时,还是与客人谈话时,死亡常常不知不觉地闪现在他面前。据井上靖回忆,每当这时,他就态度严肃地对自己说:"即使得了癌症,不也是没有办法的事吗?不要惊慌失措,要用自己应有的态度去与死亡对峙。"井上靖把这段时间的心理称为"癌神经官能症"。当这段"癌神经官能症"快要结束时,也恰好是要为约定的小说连载动笔写作的时候了,井上靖几乎毫不踌躇地选定了《化石》的主题,他觉得,只要将自己不时与死神这个旁观者所进行的对话原原本本地写出来,就足以构成文学作品了。

  池田大作对这部小说的主题充满兴趣,也有深刻的理解。他在给井上靖的信中说:"您的那部题为《化石》的作品是以'死'为主题的,反过来似乎也可以说是以'生'为主题的。也就是说,我认为这是一部从正面探讨生与死这人生根本问题的作品。孤陋寡闻的我虽不敢肯定,但似乎觉得在日本的文学作品中,以'死'为主题的正统的长篇小说意外地少。仅此一点也可证明,'死是小说所难以处理的主题'。"池田大作是学养深厚的佛学家,佛学本身对死亡问题有着深刻而辩证的阐析。池田大作在和许多哲学家、文学家对话时,也不同程度地谈论过生与死的话题。所以,从池田大作本身的知识储备和学养结构来看,由这篇小说生发开去,畅谈一下对生死问题的看法,或者运用自己的理论知识,对这部小说的主题发表一通感想,对池田大作都不是一件难事。但池田大作为了更好地与作者心意相通,为了更深刻地理解作者的主题境界,他在信中向井上靖提了一个要求。他说:"对作品中展开的一种应称为生死观的思想,我也不打算发表思辨性的意见,但我不能不考虑,这以'死'为主题的哲学小说,这使人产生实实在在的感应的作品,使它结晶的根本关键是什么呢?我一方面认为这一切都已由作品本身表达无遗,另一方面,若允许我作为一个读者冒昧地提出一点希望的话,那么我不能不请您谈谈这部作品的动机以及您自己的体验。""之所以这么说,是因为我认为:这部作品并非仅仅是具有非凡文学才能的作者先设定了'死'这么一个本身意念的主题,然后写成的,这里一定有着您深刻的心理动机。"[①]不是自己对着文本大发议论,而是希望了解作者亲身的体验,了解作者深刻的心理动机,这就是知人论世的批评方法。这种方法的运用,往往能获得批评对象的尊重和心悦诚服。井上靖就这样称赞过池田大作:"《化石》是10年前在报纸上连载的小说,后来出单行本时,成了书评的对象,我看到了一些批评意见,但言及作品所具的中心主题,问及这主题与作者我的关系,您还是第一位。"[②]

[①] 井上靖、池田大作:《四季雁书》,吉林人民出版社,2005年,第67、70页。

[②] 井上靖、池田大作:《四季雁书》,吉林人民出版社,2005年,第76页。

第二节　　　　国际视野与比较眼光

有一位曾经和池田大作对话过的美国哲学家曾经这样评价池田大作,说池田大作是宇宙的规模,地球的规模,区域性的实践者与活动家。这个评价当然是指池田大作的思想境界,但用它来评价池田大作的文学批评活动,也是十分恰切的。也就是说,文学批评在文化创造活动中当然只是一个区域性的工作,但池田大作总是用一种国际的、世界的文学视野来评判他所接触和阅读的文学作品的价值与意义,所以,文学家与文学家之间、文学与文学之间的比较,成了他批评活动的突出特点。毫无疑问,比较的实践是需要渊博的知识的,但具有渊博的知识并不一定就具有比较的眼光与比较的意愿。因为文化比较,看起来好像只是一种技术性的方法,其实不然。在技术操作的更深层,蕴含着的必然是一种精神品质。这种精神品质包括多元的文化价值观,愿意美人之美的文化心态以及开放兼容的艺术趣味。只有这种渊博知识、价值观念、文化心态与艺术趣味的结合,才会让一位文学家始终站在国际和世界的高度来看自己、看民族、看他人。

在这一点上,池田大作与他所崇拜的鲁迅颇有相通之处。在鲁迅研究界,学者们往往将鲁迅分为"五四鲁迅"和"左翼鲁迅",并且为这两个鲁迅的区别争论不休,而这两个鲁迅之间的本质性联系却往往被人忽略。我认为,世界意识和比较眼光,恰恰就是"五四鲁迅"与"左翼鲁迅"之间最为切实可靠的精神联系纽带。在"五四"时期,鲁迅是一个激进的西方文化推崇者,这是众所周知的事实。到了30年代,已经转向左翼的鲁迅虽然主张阶级性的文学,看到了民族的脊梁,但他还是一如既往地表现出对改造国民性的重视,表达出对尼采、对佛学的欣赏,尤其是当普罗文学阵营中的文学家们张扬起阶级的大旗,用阶级的眼光和阶级的意识来观物抒情,或者用苏俄式的方式来讲述中国故事时,鲁迅则依然像"五四"时期一样,在讲述中国故事与进行文化批判时,坚持采用超越东西阵营意识形态鸿沟的整体性世界意识。可以说,正是因对这种思想的坚持,所以当左翼阵营大力批判资产阶级文化的时候,鲁迅才仍在坚持他的"拿来主义","没有拿来的,人不能自成为新人,没有拿来的,文艺不能自成为新文艺"①。30年代中日之间民族矛盾急剧尖锐,鲁迅在谈到儿童教育时也不惮于犯忌,指出应该向日本人学习,在出版物和工业品上学习他们的会摹仿。不仅技术上如此,甚至为了进行社会批评而读历史书,鲁迅也不吝赞扬日本的历史课本,在"我自己,是因为懂一点日本文,在用日译本《世界史教程》和新出的《中国社会史》应应急的,都比我历来所见的历史书类说得明确"②。鲁迅的这种文化勇气和胸襟,池田大作是了解的,也大为赞叹。所以,他在评论鲁迅时经常使用的一个关键词就是"世界性",在这一点上,池田大作的眼光较之一些研究鲁迅的专门学者实在高明多了。

---

① 鲁迅:《拿来主义》,《鲁迅全集》第6卷,人民文学出版社,2005年,第41页。

② 鲁迅:《随便翻翻》,《鲁迅全集》第6卷,人民文学出版社,2005年,第143页。

文化比较的意义在于显示不同文化之间的差异，在这种差异中寻找不同民族文化形成的独特路径、历史和发展轨迹，因而从比较文化学科的要求看，不同民族文化之间的比较无疑最能显现出比较方式的功能与旨趣。池田大作的文学批评活动，以及他对某些作家作品的价值评判，就常常建立在这种不同民族文学的比较中。譬如池田大作对中国的历史小说《三国演义》有过深入的研究。但池田大作接近《三国演义》的路径应该说是日本现代作家吉川英治。吉川英治是日本现代著名的通俗文学作家，在日本有着十分广泛的读者，被日本文化界称为日本的民众作家，也是真正将《三国演义》日本本土化的文化功臣。吉川英治用现代日语翻写《三国演义》，这就是现代日本的流行版本《三国志》。日本化的《三国志》不仅在语言上完全日本本土化，而且在小说表达的精神和主题上，也掺入了不少具有日本民族心理特色的新素质。因而吉川英治的《三国志》不仅在日本一般读者中广受欢迎，流传甚广。学界也给予了充分的肯定，有的日本汉学家称其为"令在中国流行的《三国演义》的趣味性得以复活，且配合现今时代人们的作品"。也有中国学者评论说："吉川先生所创作的《三国志》和《水浒传》是在忠于原著的基础上脱胎换骨而取得极大成功的。正所谓见仁见智，在灵活地塑造出叛逆精神和义侠精神这两点上，吉川先生表现出十分成功的手法，不单只刻画出诸葛亮和一百零八将的形象，甚至可以说有助于对个人的启发。"①池田大作对吉川英治充满敬意,曾经出版过关于吉川英治的对话集《吉川英治:人和世界》,也曾写过一首题为《如同富士山一样》的缅怀吉川英治的诗歌。在同中国作家金庸对话时,池田大作就把吉川英治同金庸相提并论,称赞他们都是为民众的作家。对于吉川英治的《三国志》,池田大作也是推崇备至,他说:"在日本,说到《三国演义》的话,指的就是吉川的《三国志》,它就是这样深受爱戴。当时我们一班追随户田城圣的青年们成立一个学习会,就是以吉川先生的《三国志》为教材的。"池田大作还曾经深情地回忆道:"到底还是苦心孤诣于创作的文豪才可能有如此洞彻的视点。我的恩师户田先生也正是运用《三国演义》使我们有机会成长与获得启发。指导者论、人间观、历史观——它们一个一个都是我们不可取代的青春的财富。特别是在孔明与刘备所代表的王道与曹操的霸道相争的对比之中,恩师曾说过:'诸葛亮、刘玄德是理想主义者,《三国演义》中,曹操宛如现实主义者,有一种非要打败他们那些理想主义的悲哀。'他的话语铿锵有力,至今犹在耳边回响。"也许正是由于对吉川英治《三国志》的高度推崇和信任,池田大作在评论中国历史小说《三国演义》时,就经常将吉川英治的《三国志》拿来和罗贯中的《三国演义》比较。如谈到曹操这个人物的塑造时,池田大作认为《三国演义》和《三国志》的出发点有所不同。"曹操这个人物,在《三国演义》中是作为恶的权力化人物而登场的。在

---

① 转引自池田大作、金庸:《探求一个灿烂的世纪》,明河社出版有限公司,1998年,第424页。

吉川的《三国志》中,则没有忘记写出他珍惜人才、爱慕英雄的一面。例如说,他对关羽的那种特别爱惜之情的十分执着就是这一方面的象征。除了写出他的深情厚意,也描写了一个极有魅力的人物。"①所以,在罗贯中的《三国演义》中,曹操是一个不受欢迎的人物,而在吉川英治的《三国志》中,曹操是一个很有魅力的英雄。另外,池田大作也注意到了两者之间的一些细微区别,如罗贯中的《三国演义》十分重视写人物的重义,而吉川英治的《三国志》一开始曾特地强调了刘备乃是一名孝子,说明《三国志》的孝道分量还是很重的。这些比较分析是颇有意味的,既能给普通读者以启发,也能给专业研究者以参考,由此还可见吉川英治《三国志》对池田大作的影响之深。

同一民族之间文学作家作品的比较,在池田大作的文学批评中也是俯拾皆是。譬如池田大作在写给井上靖的信中谈论《化石》这部小说,一开始就把井上靖同志贺直哉相比较,说:"志贺直哉的《在城崎》中,写到了一只受溺的老鼠。曾经一度面临过死亡威胁的作者,将这生死问题像点景似的,放在自己的内心景象中描绘了出来。"在与木口胜义、志村荣一的对话中,志贺直哉曾被他们认为是"与死决斗的文学家"之一。志贺直哉同夏目漱石一样,都曾患有严重的精神衰弱症,但两人都把这种精神病症化作了精神动力与资源,在病情严重的时候完成了自己的代表作。而且两人在与精神衰弱症的抗争中都感受到了死亡的威

---

① 池田大作、金庸:《探求一个灿烂的世纪》,明河社出版有限公司,1998年,第430页。

胁,但他们在心理上并没有死亡的恐怖感,反而对死亡具有一种亲近心理,所以在自己的作品中也细腻地写到他们对自然界死亡现象的观察与感悟。志贺直哉在日本现代文学中影响很大,菊池宽就曾经表示过志贺直哉是他最尊敬、最喜爱的现代作家,中国现代作家郁达夫也曾称赞志贺直哉是日本文学家的良心,池田大作对志贺直哉的熟悉可想而知。志贺直哉因严重的精神衰弱症而感受死亡的迫近,井上靖因担心患上癌症而感受死亡的威胁,所以,把他们进行联系类比也是十分自然的。在通信中,池田大作还把《化石》与同时代同主题的一些作品相提并论。他说:"您的《化石》之所以能得到广大读者的支持,特别是被青年读者带着共鸣感而竞相传读,是因为他们在日常生活中,有着当代人身处想超越而又难以超越生死狭间时的那种遭遇。我想,岸本英夫博士的《凝视死亡的心》、高见顺的诗集《发自死亡的深渊》等书之所以受到人们的欢迎,并不仅仅因为它们是作者与癌症——象征着当代社会的病症——进行苦斗的纪录。"①当然,池田大作并非专业的评论家和学者,他将这些作家相提并论并非要从中比较出高下,或者要从中找出某些不为人知的特点,他的比较往往体现出同者归类的特点,当评论某一部他深受感动的作品时,立刻联想到曾经阅读过也感动过的相近似的作品,从中发现自己对某一个人生问题的敏感性。他对生命的反思,往往就是从这种举一反三、推类联想中开始的。

---

① 井上靖、池田大作:《四季雁书》,吉林人民出版社,2005年,第74页。

在人类艺术发展史上，艺术的形式尽管各有所长，也各有所短，但各种艺术形式在本质精神上是相通的，所以诗中有画，画中有诗，凝固的音乐，流动的空间，这恰恰是艺术精神最为生动与丰富的表现。所以，到诗中去领悟画面的精彩，到画中去寻找诗意的灵动，这是艺术评论最为通行的一种方式。池田大作是深谙这一艺术原理的，他酷爱音乐，特别重视民族音乐在净化和熏陶人性与心灵方面的作用，他也特别喜欢绘画艺术，他晚年一直坚持的摄影无疑就是一种深度包藏着诗意、构形与色泽融合的艺术爱好。这种爱好体现在他的文学评论中，就是语言艺术与其他艺术门类的比较，或者以画说诗，或者由乐及文。在与井上靖的交往中，有一次井上靖把自己编的铁斋画集和关于铁斋的一篇随笔寄给池田大作，池田大作非常高兴地翻看了画集，也拜读了井上靖的随笔。在回信中，池田大作由衷地称赞井上靖"编得真好"，"画集收了铁斋不少真正称得上是洒脱奔放的作品"，还把这一工作称为"与美的相会"。他说："我认为，一幅画中，有些部分是有助于我们了解画家其人及其人生道路的，有些部分则是直观地向我们展示作品本身的光彩。我对铁斋其人及其人生道路知道得并不详尽，但就其作品本身来说，却是宛如'墨飞王彩'这句话所说，那奔放、充溢的生命感跃然纸上，尤其是他临死前的作品《梅花书屋图》和《瀛洲仙境图》，更使人觉得是将他自己将要燃尽的生命火花，寄托在画笔上了。那用点描手法画出的红花，被您形容是'作者的生命在飞扬'。正因为这是生命的迸发和飞溅，所以才会成为稀世杰作的。"在评价完画集之后，池田大作还谦虚地表示："通过您的随笔，我觉得自己得以把握住了这些画之所以为杰作的原因。我深深觉得,在雾岛这薄暮时分的墨色自然景致中,铁斋的画境与您的诗境在悄然共鸣着。"①

　　井上靖大学时攻读的专业是美学,他不仅经常撰写一些有关画作的随笔,而且他的小说和诗歌特别注重色彩和构形方法的运用,具有突出的画面感。日本文学评论家龟井胜一郎在《读书人周刊》中评《敦煌》一书时曾说:"这部作品的生命,在于展开故事情节时井上氏的结构力和文体。它拒绝诗情语言所具有的感伤和甘美,恐怕是一篇与此相反的、冷静铸刻的文章。使人有一种如同看见雕刻在石碑上的古代文字之感。那是一种坚固性。虽然也有一种平时表现出来的汉文字的效果,但是在坚固性中,井上氏的诗魂被压缩,凝结了,创造了一种金石文字似的端正而遒劲的文体。""这部作品的生命,还在于惊人的音响和色彩感。不必卒读就可以明白,那里有沙漠的风暴、兵士的呐喊、马儿的嘶鸣,自然和生物的凄厉的咆哮。在读者耳际漩荡着发自古代史的壮烈的回响。同时大自然、燃烧的城池、沙漠的黄昏,等等,给人一种绚丽的色彩感。我想象它恍如是在彩色电影中创造出来的无比的美。"②中国的日本文学研究者叶渭渠和唐月梅也在他们编著的《日本文学史》中指出:"井上靖的小说,许多是脱胎于诗作,在挖掘人物感情世界的时候,常常注入深沉的

---

　　① 井上靖、池田大作:《四季雁书》,吉林人民出版社,2005年,第93页。
　　② 转引自叶渭渠、唐月梅:《日本文学史》,经济日报出版社,2000年,第573页。

抒情内容,在文学语言运用上充分调动诗的因素。"① 可见,诗、画、文的相通相融,是评论界对井上靖文学作品风格的一个共识。池田大作具有十分优秀的品鉴能力和高雅的欣赏趣味,井上靖作品中这种画境与诗境的悄然共鸣,在池田大作的艺术创作中也是常常发生的事情,所以,他对井上靖诗画共鸣的称赞其实也是一种夫子自道。

第三节　　感同身受与以心印心

禅宗传法强调顿悟,有不立文字以心传心之说。这话说的是文字是有形状的符号,不可能真正表达出圆融澄明的智慧,禅宗智慧只有从反诸自身、明心见性中悟到。后来,这种禅宗心法被引入文学批评理论的建构中,心心相印也就成为文学鉴赏与批评中的一种精神境界的概括。在鉴赏与批评的活动中,这种心心相印的境界既包括与作者的心心相印,也包括与作者所塑造的人物或形象的心心相印。它既是一种理智上的认同,更是一种情感频率上的共振,甚至达到了一种心理感觉上的角色互换,也就是通常所谓不知何为蝴蝶,何为庄生。当然,这种理想的鉴赏与批评境界,对于池田大作这种非职业的批评者更为重要,也更为珍贵。因为他们的鉴赏与批评,本来就是一个寻觅知音的过程,就是一个通过阅读自己喜爱的作家作品达到心灵净

---

① 叶渭渠、唐月梅:《日本文学史》,经济日报出版社,2000年,第583页。

化与精神丰富的过程，对作家作品的批评本身不是目的，提升自己、丰富自己才是批评的旨归与目的。

要达到这种以心传心的境界，在技术上说，首先批评者对作品中的人物和形象要能感同身受。本庄陆男的小说《石狩川》，以八百页的巨幅描写了以广大北海原野为开拓对象的人物群像。小说的故事始于一班自明治维新而没落了的旧仙台藩小藩武士们，渡过海洋，越过北陆大地而迁居于石狩川沿岸。作者通过故事写出了在荒凉的大自然中，开拓原野，向着新生的各种苦斗，同时也展现了开拓团内部的各种身份关系。作者的意图，在于通过描写这封建的身份关系，展现出他们在所谓北海道开拓的艰难之道中变质为地主与佃农关系的情形。池田大作对这部作品非常欣赏，曾写过一篇评论。他说："我渡过流水滔滔的石狩川也只不过是一次。为了访问恩师的故乡，怀着清新的心情站在仲夏的岸边。当想起那深深的、充满野性的河流时，就会想起昔日那《石狩川》作者的风采。"在评论中，池田大作谈到了自己对这部作品主题的理解。但这部作品真正引起池田大作心灵共鸣的是作者寓含在石狩川河水奔腾不息的描写中自然与历史的交融感。本庄陆男在小说编后记里这样述说道："川河鸣叫的声音与茫茫河水的光景，撩动起作者的抒情。作者想将那川河和人的接触来看作者出生地的历史。而且还想将埋在那土地半世纪的我们父祖之心来窥视。"对本庄陆男的这段话，池田大作有着切身的体会，他渡过流水滔滔的石狩川，是为了访问恩师的故乡，这种经历和这种心情，与"将埋在那土地半世纪的我们父祖之心来窥视"的作者何其相似乃尔！所以，池田大作说："……

静静地流着的石狩川,也赞颂着千古以来的历史,一面眺望着这河,一面想着它曾送过震怒的日子,忧苦的日子,而刻画上各种人生凄惨的年轮吧。""我现在也忘不了站在石狩川时的响声。像探索父祖之地,投下自己生命般来书写,正如是青年作家的雕塑似的,站在川边,我不能忘却那纯粹心灵的申诉和悲苦的命运。"①

井上靖曾这样评论池田大作的阅读和评论活动,他说:"您作为一位自由的思想家,以人与人之间心灵的接触为基础,从这种接触所产生的结果中看到重大的意义和价值,并将欲使之与动荡中的世界结合在一起。"②这句话包含两层意思,一层是人与人之间心灵的接触,也就是心心相印,另一层意思是指发现重大价值并与世界结合起来,这层意思是指心心相印的结果不是自己独享,个人觉悟,像小乘佛声闻觉一样,而是要把相印的觉悟与现实世界联系起来,广宣流布,成为世人的精神财富。这一评价真是高山流水,知己之言。池田大作是一位菩萨行者,他能够敏感地发现和享受一个小意象、小情景的美,能够和作者在某一个心念上达到情感的共鸣,但他之所以让人感觉到高大之处在于,他往往能够快速地将这一微妙的心念,将这些小小的美与现世中的切实问题连接起来。譬如池田大作读井上靖的小说《化石》,"若要谈我读了《化石》后的最初印象,那就是:这部作品

---

① 池田大作:《石狩川》,《我的提言》,香港佛教日莲正宗,1980 年,第 140 页。

② 井上靖、池田大作:《四季雁书》,吉林人民出版社,2005 年,第 10 页。

尽管以死亡为主题,却几乎不给人以死的阴郁感,一种洞彻于生与死的亮度,构成了整部作品的基本氛围"。"由于对死的绝望和不安,书中的主人公不断地思索着'生'的意义,这也可以说是以晦暗照射晦暗,用文学的手法,表现出了一种飘溢于生死之界的朦胧的美。我以为,这怕是与您自己那充满阴翳的死生观有着深深的联系吧。"读出这种"以晦暗照亮晦暗"的文学方法,读出"一种飘溢于生死之界的朦胧的美",这已经显示出池田大作的独具慧眼和深得心诠,但作者在这一心诠之上,立刻提升到了一个更为重大的思想命题:"什么是人生?人应当怎样生活?这不一定是仅仅局限于哲学思辨范畴内的题目。所有的人们都在其各自小小的生命活动中,摸索着更好的'生'之道,但是,为了真正发现'生'的意义,我们似乎必须对'死'这根本的深渊做一次观察。也就是说,通过对死的认识,人才能痛切地知道'生'的意义。也许我的理解有片面之处,但我深感这就是《化石》所遇的最重要主题。"①池田大作的哲学体系中本来就包含佛教的永远轮回思想和海德格尔向死而生的存在主义,他在许多对话的场合,无论对话者是宗教家、哲学家、艺术家还是科学家,生死问题都是他特别喜欢讨论的话题,所以,读到井上靖的《化石》,从小说主人公那种微妙心念的捕捉中获得心心相契的欣喜,并由这种欣喜心情转向对人生重大问题的思考,希望自己的这种欣喜也能传导社会,感染世人,这对池田大作来说,也许是一件再

---

① 井上靖、池田大作:《四季雁书》,吉林人民出版社,2005年,第71、72页。

自然不过的事情了。

感同身受与心心相印，可以是长时间的精神演进过程，也可能是一个突然爆发的瞬间，而且从心理能量的聚集角度来看，突然爆发的瞬间也许更有魅力，也更能体现出文学感染力的独特性。禅宗提倡顿悟，"顿"然一词，讲的就是瞬间豁亮的重要性。正如井上靖曾称赞池田大作的诗歌能"把广阔的天空和人间的生活深刻的意义，在一瞬间包容进自己的心中"那样，池田大作对这种瞬间豁亮的悟得也是非常重视和得意的，他在各种对话中经常提到这种文学鉴赏的瞬间。如在和木村、志荣两位科学家对话宇宙与生命的主题时，池田大作提到，前些日子在新潟一次会员集会中的情景。他说他突然就想起了芭蕉的一首俳句："在汹涌的大海/和佐渡的上空/横躺着天河。"之所以会产生这种瞬间的联想，是因为池田大作认为："芭蕉是想在内心里来领会宇宙的时空。人们想把自己所面对的对象写进诗中，通过这种诗心来确认自己的心境。最近的俳句热可以看作这种思想的反映。"①在自己的文学评论中，池田大作也经常提到这样的瞬间。譬如在评论俄苏文学时，池田大作曾这样回忆自己在战后阅读高尔基的《底层》时的震撼："当时我正在战败后一片废墟的国土上迎来十七八岁的多愁善感的青春期，所有的价值观都彻底崩溃，整天饿着肚子，和朋友们把战火劫余的微少的书籍收拢在一起，为了寻求明天的光明，贪婪地阅读着。《底层》中这些话

---

① 池田大作、木口胜义、志村荣一：《佛法与宇宙》，经济日报出版社，1997年，第54页。

像闪电般地贯穿了我的心,当时所受到的感动,至今仍烙印在我的脑子里。'人'这一从苦恼与沦落的底层迸发出来的整个人类的呼叫,不由得不使我感到这是凝缩了俄罗斯文学特色的人类观的表现。"[1]在和井上靖的通信中,池田大作谈到自己阅读领悟井上靖诗歌的感受:"我眼前那些冷冰冰而不算怎样大的机械都是自月球而归来的,这事实无疑是现代科学取得惊人发展的证据,而且也令我产生了一种神秘感。玉兔遨游于月中的那种童心式的罗曼蒂克虽已因文明的发展而消失,但另一方面,我认为文明的发展也正在产生着新的罗曼蒂克。""当时,我的思绪又完全来了个飞跃,想起了收在您的诗集《北国》中的一首诗《漆胡樽》。我记得您将那个奇形怪状的器物比作超越千年的时空落下的一块陨石。您在诗中写道:战争刚结束不久,这漆胡樽被放在首次举行的正仓院御物展的展品中,给来看展览的人们那因战争而荒芜的心灵带来了不可思议的安抚。""您的每首诗,我都深深感动地拜读了,而这首诗给我的印象特别强烈。我在这里将漆胡樽与宇宙飞船放在一起相比,也许是过于牵强了,但我禁不住要想道:再过一个世纪或一千年,当这宇宙飞船也作为一种过去的遗物展出时,又会给后人带来怎样的感慨呢?"[2]这里所谓的"思绪又完全来了个飞跃",指的无疑也是在鉴赏过程中的"瞬间"的力量。

---

[1] 池田大作:《东西文化交流的新道路》,《池田大作选集》,北京大学出版社,1988年,第17页。

[2] 井上靖、池田大作:《四季雁书》,吉林人民出版社,2005年,第36页。

前面曾经提到的池田大作咏唱土井晚翠《星落秋风五丈原》的故事,也是一个"瞬间"感动、心心相印的好例子。土井晚翠依据《三国演义》五丈原诸葛亮病笃故事创作的长篇叙事诗《星落秋风五丈原》,所描写的情景与池田大作的恩师户田城圣当时的心境颇为相似。这位忧国忧民、鞠躬尽瘁的千古贤相,户田城圣一直是奉为人生楷模的;而户田城圣20岁起就师从牧口常三郎,竭尽全力要帮助牧口先生完成《创价教育学体系》一书,后来牧口先生瘐死狱中,户田成圣临危受托要把创价理念广宣流布,所以他总有一种时不我待的急迫感,但在战后百废待兴的日本社会,这种超越性的价值观念难免受到种种阻挠与误会,而户田城圣曾数次在狱中随侍恩师,身体受到摧折,也很容易生发出诸葛亮式的"出师未捷身先死,长使英雄泪满襟"的千古遗恨和宿命感。尤其是土井晚翠在诗的结尾以一种抒情的笔调热烈地歌颂了诸葛亮即使在这种人生宿命面前仍然反抗、知其不可为而为之的进取精神:"梦幻之后,/只有诚永不消亡,/鞠躬尽瘁,成否听凭上苍!"这种使命感与宿命感的融合,更能触动户田城圣的内心,使其百感交集,心潮滚滚。这首长诗风格凝重沉郁而又忧伤悲凉,后来经人配曲,流传甚广。池田大作特别喜爱这首长诗,也能够咏唱。有一年的正月里,创价学会的骨干们聚集在一起,池田大作唱起了土井晚翠的这首《星落秋风五丈原》。后来池田大作在同金庸的对话中,无限感慨地提到当时的情景:"户田先生听了后对我说:'再唱一遍!''再唱啊再唱!'他好几次这样说,而且一边听歌一边挥泪不止,那是对忠心耿耿的孔明的心情与自己的心曲相通的感慨……"多年后,池田大作对此情景记忆犹新，足见他同恩师户田城圣一样，对诸葛亮的命运和伟大有深刻的理解，也可见池田大作对作者与读者在严肃的瞬间里心灵共振这一文学现象的赞美与重视。

后 记

又是秋深时节

这本书的写作,最原初的构想来自2012年5月的日本之行。当时,日本创价大学邀请了七位中国学者到东京八王子举办"日中国交正常化40周年纪念暨池田大作研究座谈会"。我有幸获邀,并在会上做了池田大作文学研究回顾与展望的发言。在这个发言中,我介绍了自己2010年出版的《池田大作与世界文学》的主要内容,也谈到了自己以后在池田大作文学研究方面的设想。其中最主要的一点就是从关系学的外部研究,转入池田大作文学创作自身的内部研究,通过文本自身的细读,领略池田大作文学创作的精妙,验证池田大作文学创作给日本文学乃至世界文学带来的独特贡献。这个设想得到了与会专家们的认同,会议发言后来也发表在当月20日《圣教新闻》的专栏里。

会议中间,创价大学组织参观了创价学园,在学园里浏览了图书馆,欣赏了学生乐团的演奏,与学生代表一起座谈，充分领略了孩子们文学艺术生活的丰富多彩。会议后，我们又去了石卷仙台等地参观。那时正是日本福岛地震一周年，我们沿途看到了一幕幕海啸造成的惊心动魄的残败景象，也听到了在灾难中互救互助、不屈不挠的动人故事。尤其是在石卷市，我们到了灾民们住的临时棚屋里，参观了创价学会的基层活动。那天正好是周日，阳光灿烂，山色清亮，空气中已经能够感受到初夏的微热。用纤维板架起的棚屋里，打着地铺，摆放着空调、冰箱之类的生活用品，空间狭窄，但整齐、干净、敞亮，冰箱上、窗台上摆放着瓶瓶鲜花。一屋子的人，都穿着袜子，席地而坐，但闻不到一点异味。前来参加学会活动的灾民，中老年人居多，先由一人朗读了一篇池田大作的文章，然后大家轮流发言，发言的内容没有大道理，没有不着边际的空话，都是讲的自己的故事。有一位六旬老人，讲他在大地震后的一年里，如何天天去工地做义工，哪里有事做，就去哪里帮忙。每天把自己累得筋疲力尽，倒头就睡，第二天醒来又去找活干。他说所有家人都在这次海啸中遇难，剩他孤零零一人，只有不停地做事，每一天都把自己累倒，才能不去想遇难的家人。老人说得很平静，很实在，缓缓的语调，仿佛讲的是别人家的故事，但听者都被深深震撼了，满屋子的人似乎都屏住了呼吸，沉浸在老人的讲述中。这次活动时间虽短，但我作为一个旁听者，深深感受到了故事的力量，也似乎真正理解了池田先生为什么在那么繁忙的事务中间，会抽出余暇来从事文学创作，而且在和文化名人的对话中，不断提及叙事魅力的原因所在。

此后的几年间，研究池田大作文学创作的这一构想一直让我兴奋，但因同时忙于国家社科基金重大项目"鲁迅与20世纪中国研究"的主持工作，确实腾不出精力来收集资料和整理思路。直到2016年9月，鲁迅研究项目临近结项，我也获得创价大学中日友好学术资助计划的资助，来到创价大学做为时半年的研究教员，才真正将这一构想付诸实施。2005年，我曾获得一个日元贷款项目的资助到创价大学做访问学者，但那次访学缘分不够，连东京的地铁都没有独自坐上一次，便匆匆回国了。那年来创大，正是枫叶红了的时候。十年之后，又来创大，又是秋深时节，走的还是那条从山脚直到山顶的荣光之道，住的还是那座依山而立的研究教员公寓，公寓门前的那株山茶树似乎也没有怎样长大，这份熟悉，使我的心里洋溢着亲切感。这半年的时间，除了短暂回国办理几件重要的事情之外，我尽量留在创大，阅读图书资料，感受校园生活，假日里便自己设计路线，坐上新干线到东京之外的地方走走看看，连2017年的元旦也是在宿舍里看着著名的红白歌会迎来的。半年的时间里，我完成了这部书稿的主体部分，写得疲倦时，就拉开客厅的窗帘，脱下袜子，躺在沙发上，隔着玻璃的落地窗，晒晒东京的太阳。或者打开电视随意看看。日本电视上的谈话节目很多，虽然完全听不懂，但根据提供的画面文字，结合主持人和嘉宾们的各样神态，猜测他们大致在说些什么，也不失为一种放松神经的智力游戏。有时独处到连续几天没有人来打个照面，来说句话儿，自己也怡然自得。因为，能够这样自由自在地支配自己的心灵与时间，能够有一件自己乐意去做的事情催促着，能够有一本自己心爱的书陪伴着，时间如流水，汩汩而去，心里充实，一点也不寂寞。

半年的时间,说长不长,说短也不算短。许多的人和事,温暖亲切,让我念念难忘。高桥强和汪鸿祥两位教授都是老熟人了,上次我去创大,高桥教授亲自去成田机场迎接,现在他已离开国际科了,在学校的教育学院任职。我到创大做的第一件事,就是搜寻他工作室里所有研究池田大作的藏书,然后用索子捆起,搬到了我的宿舍。为了增加我和学生接触的机会,高桥教授慷慨地让出了两节课,让我给学生做了两堂讲座,还请我一起参加他和研究生的聚餐会。2017年元旦节期间,高桥教授盛情接我去他家做客,那天来的还有他的两个小舅子和一个外甥,高桥夫人在厨房里忙碌,高桥教授充当翻译,我们在一起边吃边聊,相聚甚欢,高桥教授的外甥是个初中生,刚从美国学校交流回来,他一直静静地坐在旁边,听着大人们聊天,那种礼貌,不由得人不赞叹。最开心的还有高桥教授家的两只小狗,长相顽皮可爱,客人一到,它们就扑上来撒欢,大家聊天,小狗们也趴在身边聆听,吃完饭主人和宾客合照留念,谁也没有注意到,这两只小狗居然一边一只,排在队列里,那副煞有介事的神气,至今看到照片还忍俊不禁。汪教授是20世纪80年代初期复旦国际政治专业毕业的高才生,气宇轩昂,声音洪亮,说话字正腔圆,抑扬顿挫,是标准的翻译家和演讲家。我申报创大的资助计划时,他就给予了热情支持,这半年中也经常叨扰他。承他邀请,曾去他工作室里闲聊,曾到本部栋吃午餐,曾去东京西郊高尾山游玩,一起度过了许多愉快的时光。还记得高尾山游览的那天,东京刚下完那年的第一场初雪,山路两旁积雪到处都是,有的路段没有石板铺垫,路上泥泞,还有些打滑。汪教授是我们中的年长者,行走的速度却一点不让同行中的后生小子。我近些年来坚持走步锻炼，脚力尚好，也只能是勉强跟在他的后面。据汪教授介绍，他已经把住房安顿到了高尾山下，他喜欢这里的清新空气，喜欢这里的宁静，打算以后就在这里养老了。中国有句老话叫"仁者乐山"，真正能够常与山相伴的，都是有福之人。听到汪教授的介绍，真的很为他高兴。

这里要特别提到的还有日本佛教大学的李冬木和东京大学的藤井省三两位教授。他们都是从事鲁迅研究的著名学者，在国内就有交往。圣诞节后，我去京都游玩，冬木教授建议我第一天去看市内的一些景点，第二天他亲自驾车陪我去了市郊的岚山。岚山多樱花和枫树，春秋两季来看最好，深冬时节未免有点萧瑟，那天岚山有雨，游客更少。我和冬木教授撑着伞，在桂川的河堤上漫步，在山间的林荫道上行走，微雨蒙蒙，别有一番韵味。沿途还参观了日本皇家寺院天龙寺，一休和尚住持过的大德寺，还有他的大学同事家的清凉寺，他一路兴致勃勃地给我讲述这些寺庙的掌故藏品，熟悉得如数家珍。到了下午三点左右，冬木教授似乎有点神态不安，一边陪我说话，一边悄悄地看手机有没有短信。大约过了一刻钟的样子，冬木教授看看手机，神色终于舒展开来。他微笑着对我说："不好意思，刚才有点着急。现在好了，夫人短信来了，说检查结果很好，要我安心陪朋友玩。"我知道冬木夫人两年前患病，冬木一直陪着她在大阪一位全日本最好的专科医生那里治疗。今天一早他特地从大阪过来陪我，但我不知道今天是冬木夫人去医院检查治疗结果的日子。这么重要的时刻，冬木教授却在陪我，让我感动得不知说什么是好。晚上去冬木教授京都的家中小坐，冬木教授拿出一个留言簿，说他的夫人特别好客，每有客人到访，都请他们留言。我提笔写下了两句话，一是感谢冬木教授拨冗款待，二是真心祝愿冬木家人健康平安、吉祥如意。我知道人们往往喜欢在留言簿里写上一些应景的诗言隽语，以示风雅，但我想，这个时候，或许只有这样老老实实的话语，才能真正表达出我内心的感激。

最早见到藤井省三这个名字，记得是在很久以前看到过的一本书里，那是大江健三郎的《我在暧昧的日本》。在这本书里，大江健三郎说他是通过芥川龙之介和胡适的邂逅来领悟中国近现代文学的，而芥川龙之介和胡适邂逅的事件则是通过藤井省三的著作《中国文学这一百年》而获知的。在提到这本书的作者时，大江健三郎称藤井省三是"我国也许最优秀的专家"。虽然大江说"也许"，但这个判断从一位诺贝尔奖获得者的口里说出来，其分量也就足够重了，以致后来听到学校要聘请藤井先生做客座教授时，我立马就想起了大江的这个评价，为学生们有福气经常听到藤井教授的讲座而感到高兴。当然，最愉快的还是和藤井先生一起喝酒的时候。关于藤井教授的酒品，南京大学丁帆老师撰文做过生动的描绘。在我的记忆里，藤井先生喝到佳境时，往往端坐席间，若无其人地闭目养神，有人来敬酒，瞬间惊醒，一边连说"不行了不行了"，一边接过朋友端起的酒杯，一饮而尽，那时的藤井先生，真是赤子一般可爱。这次知道我来东京，藤井先生一定要请我喝酒。那天藤井先生在东大阅卷，约好下午四点在赤门相见，然后一起去东大旁边的新助酒屋。这家酒屋是藤井先生常来的地方，他喜欢在这里招待他的中国朋友。

据藤井先生介绍，这家酒屋颇有点历史了，目前是一对夫妻经营，丈夫经营楼下的大堂，是随来随吃的那种，妻子经营楼上的雅座，来的大多是常客，要提前预订才有座位。这家酒屋只卖一种名叫两关的清酒，据说东京大地震时，这个两关品牌的清酒不怕酒家赊账，始终坚持供酒。震后的东京百业萧条，酒家蒙受损失，生意也不好，幸亏有两关相助，才渡过难关。感其信义，此后近百年来，新助酒屋都只供卖两关这一种品牌。新助酒屋楼上虽是雅座，但酒桌之间都是敞开的，没有像国内的包厢那样间间隔开。墙壁上贴的是日本传统的浮世绘，一道道做工精致的菜肴，用一个个古色古香的青花碟端上桌，美得让人不忍下箸。店内清酒虽只一种，口味却丰富不同。藤井先生和我一共喝了三瓶清酒，第一瓶口味淡雅，第二瓶有点微辣，第三瓶品质醇和。藤井先生说，这样安排，循序渐进，能够真正品味到清酒的精妙之处。藤井先生开始喝时彬彬有礼，喝到酒劲上来时也是意兴飞扬，而到了佳境时反而不再多语，沉浸在微醺之中。我心想，这三种品味倒是最能形容他喝酒时循序渐进的三种境界。

还有研究教员公寓里的寓友们，大家一起度过半年的创大时光，也是十分难得的缘分。厦门大学王日根教授是国内著名的社会史研究专家，他言语不多，但观察细密，对身边的事物景致，有着历史学家特有的敏感，他说回国后要写一本旅日游记，讲述他这一次在日本的所见所闻。真希望能早一点看到他的大作出版，那肯定会是一本很有趣的书。陈祥小伙子是清华大学的博士后，研究环境保护史。他日语本科在国内读的，后来到日本边打工边留学，拼搏了七年，拿到了学位，也积攒了资本，本来可以在日本盘下一个店铺当老板了,但还是义无反顾地回国做学术。陕西师范大学的郭雪妮老师,才情横溢,她在研究教员的学术报告会上,用日语宣读了自己的论文,已经潇洒得让我羡慕,没想到她的英语比日语更好。在创大校方宴请研究教员的席间,郭老师一连献出好几幅书法作品作为赠礼,更是让大家惊艳不已。大连来的陈云哲老师,她和丈夫同在日本留学,不经常住在创大,但只要她一到,东北女性特有的爽朗热情,便使得公寓顿时热闹起来。大家专业不一,平时各忙各的事情,两三天难得有一次照面,但有机会聚在一起时,仿佛一见如故,相处得十分愉快。以后也许还有见面的机会,关于池田大作的研究还会将我们召唤到一起,也许就此一别,不再见面,但不管能见还是不见,这份创大的美好记忆,无疑值得铭记在心,时时想起。

这本书稿开始设计的时候,想研究的课题还是比较丰富的,其中包括池田大作文学创作的本土性与世界性、池田大作小说人物性格的内涵意义、池田大作创作主题与他的哲学思考的关系、池田大作小说的叙事力量、池田大作小说对于细节的精彩描写与日本文化中的悯物宗情传统、池田大作诗歌与散文的抒情结构和意象结构、池田大作诗歌创作的想象力与内在气韵,等等等等。现在看来,这些想法有的在书稿里已经重点阐述过了,有的则在各个章节里也有所论析,但有些话题也因种种原因,不得不暂付阙如。所以,书名早就定下来了,但副标题则踌躇良久。最后名曰初论,也是希望以后有机会再加以补充和修订。自从走上学术道路以来,书也出得不算少了。这本小书的出版,对我而言有着特殊的意义。创大访学临近结束时,池田先生委托田代理事长送了一首汉诗给我,以作赠行。诗曰:"桂花飘香传中国,人才林立架金桥。"池田先生将我的名字嵌入进诗句,那份细致,那份情意,令我感动。今年恰逢池田大作先生九十华诞,我也希望这本小书的出版,能作为礼物献给池田先生,向池田先生表达我的一份祝福和祈愿。

最后要感谢创价大学中日友好学术资助计划的资助,感谢创价大学寺西宏友教授,创价大学驻京办事处的川上喜彦等先生,王娜、上野理惠两位女士,以及创价大学国际科的池本美枝子等女士给予我的热情帮助,感谢南京大学出版社卢文婷女士为本书出版所付出的辛勤劳动。

2018 年 1 月 22 日写于南京秦淮河畔半空居

图书在版编目(CIP)数据

唤醒人们的诗心：池田大作文学创作初论／谭桂林著. —南京：南京大学出版社，2018.5
　ISBN 978-7-305-20261-2

　Ⅰ.①唤… Ⅱ.①谭… Ⅲ.①池田大作－文学创作研究 Ⅳ.①I313.065

中国版本图书馆CIP数据核字(2018)第100681号

出版发行　南京大学出版社
社　　址　南京市汉口路22号　　邮　编　210093
出 版 人　金鑫荣

书　　名　唤醒人们的诗心——池田大作文学创作初论
著　　者　谭桂林
责任编辑　卢文婷

照　　排　南京南琳图文制作有限公司
印　　刷　江苏苏中印刷有限公司
开　　本　880×1230　1/32　印张9.5　字数200千
版　　次　2018年5月第1版　2018年5月第1次印刷
ISBN 978-7-305-20261-2
定　　价　58.00元

网　址：http://www.njupco.com
官方微博：http://weibo.com/njupco
官方微信号：njupress
销售咨询热线：(025) 83594756

＊版权所有，侵权必究
＊凡购买南大版图书，如有印装质量问题，请与所购
　图书销售部门联系调换